———— 阅读之前 没有真相

午夜文库

———— 连·戴顿作品

连·戴顿
Len Deighton (1929—)

连·戴顿(Len Deighton),英国著名间谍小说作家,一九二九年生于英国伦敦,曾在英国皇家空军服役,毕业于皇家艺术学院。戴顿的母亲是一名兼职厨师,在他十一岁时,目睹了安娜·沃尔科夫被捕(他母亲的客户之一)。安娜·沃尔科夫是一名纳粹间谍,并被控窃取了丘吉尔和罗斯福之间的私人信件。戴顿日后说起此事时表示,正因为儿时这个不同寻常的经历,才使得他走上写作道路时,第一个想尝试的题材就是间谍小说。

戴顿还是一位插画师,他除了为纽约和伦敦的机构绘制广告插画外,还为二百余本书籍及杂志设计封面。他的处女作《伊普克雷斯档案》在一九六二年一经面世便名声大噪。戴顿曾说,之所以在全是牛津剑桥毕业生的当权派之外选择一位工薪阶层间谍作为主角,是因为他在伦敦广告机构工作时,全体董事会成员中只有他一人没上过伊顿公学。

戴顿与他笔下冷静深沉、却有独一无二幽默感、出身平民阶层的无名英雄一样,低调内敛。他不喜欢接受访问,一生中也极少接受访问;他也从不在各种热闹的文学节上露面。戴顿以其间谍小说闻名于世,是与约翰·勒卡雷,伊恩·弗莱明齐名的"间谍小说三大家"之一。戴顿最知名的两个系列作品为在二十世纪六七十年代出版的秘密档案系列(《伊普克雷斯档案》《柏林葬礼》等)和在二十世纪八十年代出版的"游戏,陷阱与竞赛三部曲"(《柏林游戏》《墨西哥陷阱》《伦敦竞赛》)。他的作品被《卫报》《泰晤士报》《每日邮报》《观察家报》等主流英国媒体及书评人盛赞为"重塑了间谍小说的形态",对其同时代的勒卡雷等人也产生了巨大影响。《柏林游戏》被英国媒体评为史上最佳二十部间谍小说之一。戴顿本人也被誉为"对这个充满欺骗的人类世界的无畏观察者"。他一生高产,有很多作品被改编成影视作品及广播剧;在享誉世界的同时,也取得了巨大的商业成功。

柏林葬礼
Funeral in Berlin

[英]连·戴顿 著
李逸帆 译

新 星 出 版 社　NEW STAR PRESS

1

棋手先后行棋——每轮只限一人。

十月五日，星期六

天气热得出奇，他们之前管这叫"秋老虎"。没时间给伦敦西南的比纳街去电话了——说得就像以前就有时间一样。

在我去的那幢房子外面，绕着绿藤的栅栏上系了一张亮色卡片。上面的字很醒目，用大号的大写字母写着：寻——暹罗猫，猫名孔夫子。

猫名是什么？我跨上台阶，阳光正暖着地上的一品脱泽西牛奶和香蕉味酸奶。瓶子后塞着一份《每日邮报》，露出了标题：柏林——新危机再临？门框上的按钮像是国王帽子上点缀的珍珠，但只有一枚按钮上面用平滑的铜版体标着：罗宾·J·哈勒姆，英国皇家艺术学会会员——我按的就是那个按钮。

"你没看见孔夫子吗？"

"没有。"我答道。

"它昨晚跑丢了。"

"是吗？"我装作很关心的样子。

"卧室的窗户关不严。"哈勒姆说。他面容憔悴，大约四十五岁。穿着破破烂烂的深灰色法兰绒西装，上衣的翻领上沾着三块蛋黄的圆点，像是戴了法国的荣誉军团勋章。

"你是道利什的人吧。"他说。

他将手摊开，露出苍白的掌心。我顺着冰凉的石廊进了屋，而他关上门，把阳光挡在外面。

"你能不能给我一先令——暖气没准儿马上停了。"他说。

我给了他一个硬币，他接过钱转身跑走了。

哈勒姆的房间和所有拥挤的房间一样杂乱不堪。他的桌子是个水槽，而床是个碗橱。在我脚下，煤气灶上放着一个破旧的水壶，向书架吐着印第安式的烟雾信号。苍蝇发出巨大的嗡嗡声，声音像床上的弹簧一般盘旋上升，然后又飞到窗上用脚踏着玻璃。窗外有一整面灰色砖墙；从某个阳面高处射来的白色日光在墙上折射出两个规整的长方形。我把三张巴托克的黑胶唱片放在一边，然后坐在一把残破的椅子上。哈勒姆来到闲时可用作桌子的水槽边把水龙头拧开，里面发出的"嘎嚓"声像是有人在支气管上钻孔。他冲了冲杯子，再用茶巾擦干，茶巾上则用红绿蓝色画着白金汉宫警卫换岗的场景。他把杯子放到各自的茶碟上，碰撞时发出"叮"的一声。

"不用多说。你是为了塞米察的事来的。"他说话时眼睛还盯着煤气表，顺手又给壶里的大吉岭茶倒上开水，"爱喝大吉岭吗？"

"大吉岭不错。但我不太喜欢的是，你怎么脱口而出了那个名字，你知道有《官方保密法案》这回事吗？"

"小伙子，我每年都得被'官保法'的绳索捆绑教训两次，跟一只不服命的老火鸡似的。"他在桌上放了六颗带包装的方糖，接了一句，"大吉岭里不加奶。"这不是个问句。他呷了一口装在古董迈森杯里的原味茶；我的茶杯上则歪歪扭扭地用棕色的字写着：英国铁路（南铁公司）。

"所以就是你，要去让塞米察叛变莫斯科科学院，再让他来西边工作？不，不用告诉我。"他挥了挥无力的手掌，没给我反驳的机会，"我来告诉你吧。过去十年，没有一个苏联科学家叛逃到西方。你有没有问自己为什么？"我揭开一块方糖的包装纸，纸上印着蓝色的小字：里昂街角小馆。

"这个塞米察是科学院的人。他不是党员，因为他不需要入党。科学院那伙人都是人中龙凤——新的精英阶层。他一个月估计能拿六千卢布①，还是税后。除了工资，他靠讲课、写东西、上电视赚的钱也归自己支配。实验室的餐厅好极了——好极了。他有一套城里的房子，还有座乡间小屋。他每年能领一台吉尔轿车，兴致高的时候还能去黑海的特别度假村一趟，只有科学院的人才能去。如果他死了，他老婆能无条件得到一笔巨额退休金，孩子们也能获得特殊教育待遇。他隶属分子生物遗传学部门，用低温超速离心机工作。"哈勒姆向我晃了晃手里的方糖。

"它们是现代生物学的基本工具之一，每一台成本都在一万英镑左右。"

他顿了顿，等着我完全理解他说的话。

"塞米察他们一共有十二人。每台电子显微镜的成本差不多是一万四千英镑。他……"

"好了，"我说，"你这是要干什么，反过来招募我吗？"

"我想让你站在塞米察的立场评估情况。"哈勒姆说，"他现在最大的问题可能是给自己儿子二十一岁生日礼物送什么，是送

---

①超过两千英镑。

扎波罗热还是莫斯科人牌的车；然后则是查明哪个仆人在偷自己的苏格兰威士忌。"

哈勒姆剥开一个糖块，嘎吱嘎吱地大嚼起来。

"你能给他什么？你见过给波顿的科学家住的半独立式别墅吗？至于实验室，也就比硬纸板搭的棚屋强一点罢了。他到时候一看还以为是战俘集中营，然后便会没完没了地问什么时候才能放他走。"哈勒姆窃笑道。

"好吧。一杯大吉岭的工夫说这么多辩证唯物主义就够了。直接告诉我，假如我把他带过来，你们内政部里的人会不会接手吧。"

哈勒姆又偷偷笑了一下。他伸出一根手指，看起来像点了点我的鼻尖①。

"你先把他争取过来，我们再说。我们很想要他。他是全世界研究酶最厉害的人，但你得先争取到他。"

他又往嘴里塞了块糖，说道："我们可喜欢他了——可喜欢他了。"

窗前有一只苍蝇正敲打着玻璃，想要逃走；它翅膀的嗡嗡声变成了吵闹而疯狂的撞击。它用微小的身躯撞着玻璃，发出微弱的"咔嗒"声。但之后又渐渐没了力气，顺着玻璃坠了下去，最终自己蹬着腿、扇着翅膀，愤怒于那股凝固空气的力量。哈勒姆添了些茶，翻了翻小碗橱的深处，从里面拿出来一盒奥妙洗衣粉和一捆旅游广告单。第一张单子上画着一辆停在阿尔罕布拉宫的公交车，车里的人在向外招手，上面用胖乎乎的字体写着西班牙太阳湾。公交车的另一边则写着只要三十一几尼。他找出了一个

---

①在西方，摸鼻尖代表"正确答案"的意思。

颜色鲜艳的纸盒，高兴得轻轻喊了一声。

"蛋奶饼干。"他说。

他拿了两块放到一个椭圆盘子上。"我周六一般不吃早餐。有时候我会去摩卡餐厅点个香肠和薯条当午饭，但经常是吃块饼干就对付了。"

"谢谢。"我说着拿了一块。

"不过得小心那里的服务员。"

"怎么讲？"我问。

"他们会多收钱。上星期我就发现他们偷偷加了一先令面包和黄油的钱。"他用自己的湿指尖沾走了最后几粒饼干屑。

我能顺着门廊听见一个女人在说话："如果你还能记得我和你讲过哪怕一次，那我肯定说了上千遍了——不许停自行车。"

我听不清那个男人的声音；但那个女人说："停外面去——不然交公路税干什么。"

"我从来没吃过面包和黄油。"哈勒姆说。

我呷了口茶，点了点头。他过去给苍蝇打开了窗户。

"接下来会发生什么他自己清楚。"哈勒姆小小戏谑了一下生命的无常，特别是人性自身的脆弱。

"他很清楚。"哈勒姆重复了一遍，又突然问我，"你没一屁股坐到我的巴托克上吧？"

哈勒姆数了数唱片的数目，以防我往自己大衣里藏了几张。他把杯子收好，摞在水池边准备清洗。

哈勒姆往上卷了卷袖子，又看了他手腕上的大手表约莫一秒钟，才小心翼翼地解开脏兮兮的皮质表带。玻璃表盘上满是细小的刮痕，还有两道很深的口子。绿色的指针停在了九点十五分。哈勒姆把手表凑近自己的耳朵。

"十一点二十分了。"我告诉他。

他示意我安静,并轻轻转动眼珠,展示着聆听手表无声运作时需要的高超技巧。

我懂他是要送客了。还没等我说"我差不多该……"哈勒姆就替我打开了门。

我顺着门廊出去,他跟在我身后,确保我不会偷走油毡。阳光透过气窗照在石板地上,映出一面彩色的威廉·莫里斯式的图案。有一面墙上装着付费电话机,电话簿后面塞着各种告示和没被签收、标着国税局的信。有一个告示是拿口红在用过的信封背面写的:莫蒂默小姐去西班牙出差了。

棕色的墙纸在齐腰高的地方被画上了几条白道。哈勒姆从地板上拾起一个小盒子,盒上卷轴、雏菊、自行车轮的图案上叠印着艾克梅补胎包的字样。他咂了两下舌头,把盒子放在 A–D 卷电话簿上面。

哈勒姆伸出双手握住临街的大门。门上另一个告示写着关门太重会吵到早起的人。《每日邮报》和酸奶还在原处,而传入我耳边的则是远处玻璃奶瓶相互碰撞的声音。

哈勒姆像一只死动物一样挥了挥手。"研究酶最厉害的人。"他说。

我点头。"全世界无人能敌。"我答道,然后身子从半开的门溜了出去。

"给他这个。"哈勒姆说着塞给我一颗带包装的里昂方糖。

"塞米察?"我悄悄问道。

"傻子,给送奶工的马。就是那匹,温顺得很。如果你看到孔夫子了……"

"明白。"我答道。我下了台阶,炎热的阳光穿过扬尘照在身上。

"天哪,我还没还你那一先令的暖气费呢。"哈勒姆说。他只是在陈述事实,并没有在翻自己口袋的样子。

"捐给皇家防止虐待动物协会吧。"我对他喊道,他点了点头。我朝四周望了望,没有发现孔夫子的踪迹。

2

罗宾·詹姆斯·哈勒姆

十月五日，星期六

客人离开以后，哈勒姆又照了照镜子。他在试着猜自己的年龄。

"四十二岁。"他喃喃自语道。

他头发没少，这是好事。头发多的人显年轻。当然还是要简单染染，但染发这个想法早在他发愁找工作几年之前就有了。"棕色，"他想着，"暗棕色。"这样就不会太显眼，顶着一头鲜艳的头发根本行不通，用不了两分钟就会被发现是故意染的。他转过头，想看看能照出多少脸的轮廓。他长了一张瘦削的、盎格鲁－撒克逊式的贵族脸，鼻尖很细，颧骨紧紧顶着自己的皮肤。绝对是匹良马——他经常把自己比作赛马。这个比方令人愉悦，很容易联想到大片的绿草、马术比赛、猎松鸡、猎人舞会、优雅的男人和佩珠戴宝的女人。他喜欢把自己放在这个场景里，即便他这匹良马更多时候装的是政府的鞍。他挺喜欢这样的，当一匹政府的鞍下马。哈勒姆对着镜中的自己笑了笑，镜中的倒影也对他笑着，笑容和蔼、威严又俊美。他打算告诉办公室的人，但自己又明白那里没人能领会自己的幽默——那里有太多傻子。

哈勒姆走回留声机旁,抚摸了一下外层闪亮而洁净的镶板,享受着打开时的无声体验:工艺精良——英国制造。他从丰富的收藏里挑了一张唱片出来。它们全是二十世纪最杰出的作曲家:贝尔格、斯特拉文斯基、艾夫斯。他选了一张勋伯格的唱片。闪亮的黑色碟片一尘不染。就像、就像……为什么就没有和他唱片一样干净的东西?他把唱片放在留声机上,把唱头搭在碟片的最外端。他的手法十分娴熟。在微弱的"嘶嘶"声后,房间里顿时充溢着优美的乐曲:《管乐变奏曲》。他很喜欢。他被靠自己的椅子坐好,像只猫一样把背挪到最舒适的那个位置。"像只猫。"他脑子里想着,又对这个想法感觉满意。他听着不同乐器的声音相互交织,心里想着等音乐结束就抽根烟。"等两面都放完了吧,"他想,"两面都放完了再抽烟。"他又坐回椅子上,满足于他给自己定下的规矩。

他觉得自己像个和尚。有一次,他在办公室的洗手间听到一个低级职员叫他"老隐士"。他还挺喜欢这个称呼。他环视像牢房一样的屋子:他很注重品质,每种东西都是精挑细选过的。他特别讨厌那些有现代烤箱却只拿它来加热超市冷食的人。虽然家里只有一个煤气灶,但在灶上做了什么饭才是最重要的。乡下产的新鲜鸡蛋加培根——世间没有比这更好的食物了。他做饭十分用心,虽然不爱奢侈,但锅里也放黄油。没几个女人懂怎么做鸡蛋加培根,其他菜也一个道理。他想起过去有一个管家,做饭时经常把蛋黄弄破,蛋白上也留着各种黑色的焦点。她洗不干净锅。洗锅并不是难事,但她就是洗不干净。不知道跟她讲了多少遍了。他走过水盆,眼睛看着镜子。"亨德森太太,"他一字一句地说道,"炒鸡蛋培根之前,你一定得用纸把锅擦干净——别用水洗。"他和蔼地笑了一下。这不是紧张的笑，也不是什么鼓励争论的笑。这种笑其实是最适合当时情况的。他很自豪自己能在任何场合摆出正确的笑容。

音乐还没放完，但他准备现在就抽根烟。他绝不是那种自苦的人，所以准备妥协一下。烟是要抽，但抽的是单身汉牌的——这种烟是他放在大烟盒里招待客人用的便宜货。他更愿意为他妥协的能力感到骄傲。他走到烟盒旁，盒里一共有四根。他决定不从这里拿了，没错，留四根正好。他从餐具抽屉里二十根包装的盒中拿出一根普莱耶三号。"三十九岁，"他突然想道，"这是我应该对外宣称的年龄。"

音乐戛然而止。哈勒姆取下唱片、擦拭一下、给它套上包装，最后轻柔地送它去架子上安眠。他想起那个给他唱片的女孩，那个留着红头发、在糟糕的马鞍室餐厅碰见的那位，也是个不错的姑娘。美国人，脾气暴躁，有点说不太清楚话，不过那时哈勒姆觉得美国本来就没什么好学校。他替女孩感到可惜。不，他没有。他不替任何女孩感到可惜，她们全都……喜欢荤的。而且有些姑娘一点都不爱干净。他想到那个道利什派来的人；如果说那个人在美国上过学，他不会感到吃惊。哈勒姆抱起那只暹罗猫。

"你的妹妹呢？"他问它。它们要是能说话就好了，它们可比许多人都聪明。猫伸了伸腿，把长长的爪子埋进哈勒姆的西装，自己抓着衣服，西装则发出"嘶啦"的声音。

"秘密情报局的？"哈勒姆暗想着，自己笑了出来。猫抬起眼惊讶地看着他。

"新来的。"他自己说道。

他把一根手指放在猫耳朵后面。猫呼噜呼噜地叫着。伯恩利来的新人——目空一切、反对公立学校，自视为管理层的人。

"我们必须尽责。"哈勒姆喃喃自语道。这是在政府里工作的人的责任；他们不能过分受政府公务员个人秉性的影响。他更愿意把这个秘密情报局的人当作政府公务员，而不是一个在邮局开储蓄账户的傻子。他把"政府公务员"念出声，想象着把这个词代入和那个人下次对话的所有方式。

哈勒姆把普莱耶三号放进他的纯乌木烟嘴。他点上烟，看着镜子里的自己。他把头发往中间拨了拨。他还是去咖啡店吃午餐比较好——那里的炒蛋和薯条很不错。服务员是意大利人，因此哈勒姆总是用意大利语点单。他觉得意大利人不太可信，不过他们天生如此。他理了一下自己的零钱，在票袋里放了个九便士硬币当小费。他出门前最后又看了一圈。毒牙已经睡着了。客人用的烟灰缸里塞满了烟头——外国牌子的，劣质而廉价的香烟。

哈勒姆拿起烟灰缸时打了个颤，然后把烟灰倒进了扔茶叶的小垃圾桶里。他感觉那个人抽的烟的品种很大程度上决定了他是哪一类人。那个人穿的衣服也一样，都是批量生产的标码衣服。哈勒姆觉得自己对道利什派来见他的人不甚感冒——他一点都不喜欢这个人。

3

用部分棋子保护其他棋子将造成很大损失。最好只拿小兵保子。

十月五日，星期六

"研究酶最厉害的人。"我说。
我听见道利什咳嗽了一下。
"什么最厉害？"
"酶。哈勒姆可喜欢他了。"
"不错。"道利什回应道。我拨了一下对讲系统的开关，转回身子看着我桌上的文件。
"埃德蒙·多尔夫。"我读道。
我翻了一遍那本破旧的护照。
"你总说有个外国名字会更让人感觉像英国人。"我的秘书说道。
"但别是多尔夫啊，尤其不能是埃德蒙·多尔夫了。我觉得我当不了埃德蒙·多尔夫。"
"行了，别和我讲形而上了。你觉得你能当什么角色？"琼问道。

我喜欢"角色"这个词——现在要雇一个会用这个词的秘书可得花大价钱呢。

"嗯?"

"你想取一个什么名字?"琼带着耐心、慢慢地询问着。这是个危险信号。

"弗林特·麦克雷。"

"成熟点儿。"琼说着,拿起塞米察的文件朝着门走去。

"我不想用埃德蒙·多尔夫这个破名字。"我提了提声音。

"你用不着喊,而且恐怕旅行券和车票都订好了。柏林接到的通知就是去接埃德蒙·多尔夫。你要是想改名字就只能自己去办,除非你帮我处理塞米察这件事。"

琼是我的秘书。她应该做我吩咐给她的事才对。

"行吧。"我答道。

"让我第一个庆祝一下你的明智决定,多尔夫先生。"琼说完迅速离开了房间。

道利什是我的上司。他大约五十岁,身材苗条、一丝不苟的样子像一条品种优良的蟒蛇。他离开书桌,带着自己阴郁的英伦风度穿过房间,然后站在那里凝望着外面混乱的夏洛特街。

"他们一开始没当回事。"他对着窗户说道。

"嗯哼。"我回应了一声,不想显得太感兴趣。

"他们觉得我在开玩笑——连我老婆都觉得我不会一直坚持下去。"他把脸从窗户那边转过来,带着讽刺的目光盯着我。"但现在我做到了,我也不想把它们赶尽杀绝。"

"这是他们想让你做的吗?"我问。我后悔自己没听得更仔细点。

"是的,但我不准备这么做。"他经过坐在大皮革扶手椅上的我,就像派瑞·梅森走去说服陪审团一样。"我喜欢杂草——就这么简单。有的人喜欢这种植物,有的人喜欢另一种。我喜欢杂草。"

"它们很好养。"我说。

"并不然。"道利什直接回了一句,"最强壮的会扼死其他的。我这里种着窃衣、合生花、草原老鹳草、报春花……就像一条乡间小道,而不是该死的绕城路。"就是那种有野鸟和蝴蝶的小道。它能让人走进去,而不是堆成一个个花坛,摆出来像墓地一样。

"我同意。"我说。我确实同意。

道利什在古董书桌旁坐下,用文件卡理了理助理从IBM那里带来的打字稿。他用铅笔和订书机把所有文件整理成规则的几何形状,然后开始擦他的眼镜。

"还有蓟。"道利什说。

"什么?"我问。

"我种了很多蓟,因为它们能引来蝴蝶。然后我们就有了榆蛱蝶、优红蛱蝶、黄色粉蝶,甚至可能有狸白蛱蝶。好看极了。那些除杂草的正在摧毁这里的生命——真令人耻辱。"他拿起一个文件夹读了起来。他点了两下头,又把它放下了。

"我需要你守住口风。"

"听起来像是政策变了。"我答道。道利什向我投来一个冷笑。他戴的眼镜要是碰见海关,还得被敲敲听一下里面是不是空心的。他把眼睛架在自己的大耳朵上,又把像床单一样大的手帕塞进了袖口。这是道利什用来表示"说重点"的信号。

"约翰尼·瓦坎。"道利什说着搓了搓自己的手掌。

我知道道利什要抱怨什么事了。我们当然在柏林有其他人选，但最后永远是瓦坎；他效率高、知道我们的需求、懂柏林这片地界，最重要的是，他闹出的动静足以帮助我们转移注意力，让其他驻扎在德国的人少受关注，他们不受关注的时间越长越好。

道利什继续说："……别期待我们里面有谁能成圣人……"我记得瓦坎。他可以手上递给别人一颗炸弹或者一个婴儿，同时脸上还能挂着笑容。

"……收集信息没有规范的方式，永远也不会有……"瓦坎可能政治背景比较复杂，但他是个柏林通。他知道柏林每个地下室、露天音乐台、银行账户、妓院，还有从波茨坦到潘科区的堕胎医生。道利什大声吸了吸鼻子，又搓了搓手。

"即便是赚点外快也不是绝对不可以的。但如果他不能把这些关系的所有细节告诉我们，那他就不再受本部门保护了。"

"保护，"我说道，"我们给过他什么保护？他从我们这里得到的唯一保护就是办事拿钱这种老路数。瓦坎这类人现在可是身处险境——每时每刻、你死我活。他们现在唯一的武器就是钱。如果瓦坎一直想要我们给钱，那就得考虑考虑他什么想法了。"

"瓦坎这类人没有动机，"道利什说，"别理解错了。瓦坎确实是在我们手下办事——虽然离我们很远——我们也会尽快确保他能得到照顾，但还是别把话题扯到崇高的人生哲学上了。我们这位朋友每过一次东柏林的检查站，想法就会变一次。一旦当了双重间谍，会不会迷失于现实就只是时间问题了。他这种人会渐渐被疑虑的海洋淹没。而每一片能攥住的信息则能让他们再漂着多撑几个小时。"

"您想处理掉瓦坎？"

"完全不是,"道利什说,"但我想让他一直留在死胡同里。只要我们把他困在一根安全的好试管里,有个敌人的用处还是很大的。"

"你有点太自信了吧。"我说。道利什抬了抬一边的眉毛。

"瓦坎可有点本事。看看他的档案吧,一九四八年:他向我们预测封锁要来的时间比FOIU①早了十一周,而罗斯十五周以后才听到了点动静。如果你要给他选个酒友放在身旁,他可办不成这事。"

"你先等一下……"道利什说。

"您让我先说完,"我坚持道,"我的意思是,只要瓦坎觉得我们在让他冒险,他就会去寻别的事做。那时候陆军部的罗斯和外交部的奥布莱恩就会拿着鞭子把他赶到奥林匹克体育场②去,我们之后可就再也见不着他了。当然,他们在联合情报会议上都会嘟囔嘟囔、再和你站到一队,但肯定会背着你雇他做事的。"

道利什把指尖对在一起,嘲讽地看着我。

"你觉得我老了,干不动这活儿了,是吧?"

我不说话。

"如果我们决定不再同瓦坎续约,那么他肯定就可以为出价最高的人办事。"

我并不觉得老道利什能吓住我。

---

① FOIU,外交部情报部门(Foreign Office Intelligence Unit)。
② 西柏林的总部。M16部门在使用那里的办公室。

4

柏林防御是一种以反攻取胜的经典防御战术。

十月六日,星期日

恒久以来,欧洲的阅兵场就是从易北河向东延展的大片灌木丛与孤独村庄——有人称阅兵场另一边能延伸到乌拉尔山。但坐落于易北河与奥得河的中间地带,望着勃兰登堡州的,便是普鲁士的主要城市——柏林。

在两千英尺外,你能注意到的第一处建筑便是特雷普托公园的苏军纪念碑。那里归苏联管辖。矗立在十二个足球场那么大的地盘上,这座红军士兵的雕塑让自由女神像看起来好似插在地洞上的小玩意儿。飞机从马克思-恩格斯广场上方飞过,然后扭头转向南边滕珀尔霍夫机场方向,河水狭窄的流渠反射着明亮的阳光。施普雷河纵贯柏林城,像一桶水分几股淌过建筑工地一般。河流和人造渠都狭窄而干涸,它们在公路下方隐秘地潜流,不在地上留下哪怕一个小鼓包的踪迹。没有什么地方会让一座大桥与一条宽广的水流将城市分为两半。实际上,将城市一分为二的是用砖堵起来的建筑和一段段的煤渣砖墙,这些墙会突然抵达其尽头,不可预测,就像岩浆流过一座冷水做的庞贝城一般。

约翰尼·瓦坎在滕珀尔霍夫机场见我的时候，开着一辆黑色凯迪拉克，身旁还带着一个朋友。

"美军的拜利斯少校。"约翰尼说。我和这个穿着皮革制服的、高挑的美国人握了握手，他身上紧裹着一件白色雅格狮丹风衣。行李正在接受检查，他则递给我一支雪茄。

"你能来和我们一起办事真不错。"少校说着，约翰尼也说了同样的话。

"谢谢，"我说，"在这个城里需要朋友。"

"我们把你安排在春天酒店了，"少校说，"那里地方不大。挺舒服，没人打扰，而且柏林特色十足。"

"好吧。"我说道。听起来还不错。

约翰尼开着那辆流线型的凯迪拉克在车流中快速穿梭。这条自西向东横穿城市的十车道高速公路，被后世称作菩提树大街或六月十七日大街。这条宽阔的公路曾经可以从勃兰登堡门出发直达皇宫。

"我们直接管它叫大宽街了。"约翰尼将车开入快车道时，美国人如是说道。远处，勃兰登堡门上的雕塑在下午的太阳下闪耀着金光，而在它后方苏控区则坐落着平坦的、用水泥铺就的马克思－恩格斯广场，共产党的拆除队当初为建这座广场将这里曾经的霍亨索伦城堡夷为了平地。

车头一转，我们驶向希尔顿酒店。

沿街走没多远便是已成空壳的纪念教堂，上方是华丽、仿造旧迹的现代塔楼——像一台精美的高保真音箱——而它后面则是克兰茨勒饭店，我们点了咖啡，桌对面的美国少校系鞋带足足花了十分钟。快餐区对面的两位银发姑娘正吃着德式烟熏香肠。

我看着约翰尼·瓦坎。他身上岁月的痕迹显得很自然。他完全不像四十岁的人，头发像一块量身定制的百洁布，脸也被晒成了棕色。他穿了一件裁剪精当的柏林产英式针头花纹精纺毛料西装，背靠在椅子上，伸出一根手指懒洋洋地指着我。他的手被太阳晒得黢黑，以至于手上的指甲看起来呈淡粉色。"讲正事之前，我们先说明白一件事。这里没人需要帮助；于我自己而言，你来就是多余的，记住这点就好；只要别乱搅和，一切都没有问题。要是真搅和了……"他耸了耸肩，"城里可是很危险的。"他的手一直指着我的脸，嘴上闪过一丝笑容。

我盯着他看了一会儿。看着他的笑容和他的手。

"约翰尼，下次你用手指别人的时候，"我说道，"记得你有三根手指在指着自己。"他把手放了下来，像是感觉到手比刚才沉了一些。

"斯托克负责联络。"他悄声说。

我吃了一惊。斯托克可是红军国家安全委员会[①]的上校。

"所以是官方行为了？"我问道，"一次官方交易？"

瓦坎笑了笑，瞟了一眼少校。

"更像是课外活动。官方而课外的活动。"他又说了一遍，声音大到足够让美国人听见。美国人笑了笑，又系他的鞋带去了。

"凭我们听到的说，柏林这里可有不少课外活动。"

"道利什在抱怨吗？"瓦坎没事找事地问了一句。

"暗示罢了。"

[①] 俄国国家安全委员会（KGB, Komitet Gosudarstvennoy Bezopasnosti），见附录四。

"好吧。你告诉他，如果想让我只给他办事，我一个月拿的得比两千块多。"

"那就你来跟他说，"我说，"他有电话。"

"听着，"瓦坎说道，手上的纯金手表从干净的袖口里露了出来，"道利什根本不知道这里的情况。我和斯托克的联络……"瓦坎张开双手做了个表示夸张的动作。

"斯托克比道利什聪明一千倍，而且他办自己事的时候可是亲力亲为，而不是坐在几百公里的办公室里发号施令。如果我能把塞米察送过线，那是因为我认识这里重要的人物。我可以依靠他们，他们也可以依靠我。道利什不用干什么别的，领了功之后还我个清净就行。"

"我觉得道利什需要知道的，"我说，"就是如果斯托克上校要把塞米察——如你所言，送过线——他想拿什么交换。"

"估计肯定是现金。"

"我预感也是。"

"等一下，等一下，"瓦坎说道，他的声音也把美国人从白日梦中拽了回来，"拜利斯少校是这次交易的美国军方见证人。我就不需要在这里对暗号了。"

美国人摘下太阳镜说道："没错，先生。就是这个情况。"然后他又把太阳镜戴了回去。

我说："务必确保你不会给出任何我们不喜欢的承诺：确保下次你和斯托克上校见面时我也在，嗯？"

"有些难度。"约翰尼说。

"但你能办到的，"我说，"我们为你花钱就是为了这个。"

"这倒没错。"

5

当棋手交换或牺牲一个棋子时,他脑子里肯定想好了下一步怎样让他最终占得上风。

十月七日,星期一

内衣与啤酒,威士忌与精纺毛线,各色霓虹灯被雕琢成动听的词语,铺满了选帝侯大街的街墙。这是上演西方盛世之剧的圆形剧场:在伟大、暴食、叫嚷、嬉笑的剧场四周,包围着肥胖的女士和侏儒、提线的傀儡、吞火杂技师、大力士与逃脱术表演者。"今天换我入伙了,"我想着,"现在他们多了一个魔术师。"我脚下的柏林在大片的光亮与大块的黑暗中,瓦砾与绿草曾在这里为控制世界的权力而和缓地斗争。

我房间里的电话响了。瓦坎的声音很平静,不慌不忙。

"你知道华沙饭店吗?"

"斯大林大街。"我说道。那里是著名的情报交易所。

"现在他们管那儿叫卡尔·马克思大街了,"瓦坎讽刺道,"把你的车开到阿利对面的停车场,车头朝西。别出来,晃一下车灯。我九点二十就准备出发。行吗?"

"行。"我说。

我沿着运河从希尔顿酒店驶向哈雷门地铁站，再向北转开上弗雷德里希大街。北边检查点离这里只有几个街区。我向一个美国士兵挥了挥我的护照，再给西柏林警察看了看保险卡，然后便挂着一挡驶过茨玛大街的铁轨，在颠簸中进入一个不把"共产党人"当脏话的世界。

今晚很暖和，几十个要过检查的人坐在检查站棚子蓝色的霓虹灯下。好几摞小册子和传单整齐地叠放在桌上，上面写着诸如东德科学为和平服务、艺术为人民而生、东德的历史任务与德国之未来的标题。

"多尔夫先生。"一位年轻的边境警察拿着我的护照反复看着，"你带了多少现金？"

我把一些西德马克和英镑摊在桌上。他数了数，然后批准了我的文件。

"相机还是收音机？"

走廊的另一边，一个皮夹克上写着罗德西亚的男孩喊道："我们还得在这里等多久？"

我听见一个边防士兵对他说："得轮到您才行，先生——我们没主动让您来，对吧。"

"就是车里的收音机。"我说。

边防士兵点了点头。

他说："我们不许带的只有东德货币。"他把护照还给我，笑了笑，敬了个礼。我顺着长长的棚子往下走。罗德西亚男孩嘴上说着"我懂我有什么权利"，手敲着柜台，但其他人都直勾勾地盯着前方。

我走到停车港，开着车绕过混凝土路障。一个东德人民警察扫了一眼我的护照，另一个士兵则把红白条的栏杆升了起来。车驶入东柏林。弗雷德里希大街车站周围人群拥挤。人们有下班回家的，去上班的，或者只是在这里闲逛等着有好事发生的。我在菩提树下大街向右转——那里的菩提树是最先受纳粹政权所害的；俾斯麦的官邸已经是纪念楼对面一堆生锈的废墟，纪念楼外两个身着绿色制服、戴白手套的哨兵迈着正步，好像俾斯麦要回来了一样。我绕过马克思－恩格斯广场的白色平地，在亚历山大广场的百货公司楼那里掉转车头，开上了通向卡尔·马克思大街的路。

我认出了停车场并开了进去。卡尔·马克思大街和那时的斯大林大街没有区别，工人公寓绵延数英里，国有商店是一幢七层的俄式建筑，旁边是三十英尺宽的人行横道、大块绿地，还有像M1高速公路一样的自行车道。

街对面露天餐馆的灯在树下闪烁，条纹阳伞间有几个人在跳舞，还有一个小型乐队用不少打击乐器演奏着《陪我的宝贝回家》。灯光闪出华沙两个字，我看到灯下的瓦坎站了起来。他耐心地等到信号灯允许通行，然后朝着停车场走了过来。约翰尼可真够小心的——现在可不是为乱穿马路而吃罚单的好时候。他坐上一辆瓦尔特堡牌轿车，向东沿着大街开了下去，我则以一到两个车的距离在后面跟着他。

约翰尼把车停在了克珀尼克的一幢花岗石大房子前。我从他的车旁边擦过，把自己的车停在了街角一盏煤气灯下。房子不怎么好看，却有一种舒适和自满的氛围，这种感觉是中产阶级房主混着去赴晚宴的回声、雪茄的烟气一起注进房子的骨架的。房子后面带了一个大花园。因为地处米格尔湖的森林与水域附近，这里的空气十分清新。

门上只有一个名牌，牌子是一块简洁干净的黑色塑料，上面用精巧的哥特字体刻着埃伯哈德·莱博维茨教授。约翰尼按了按门铃,一个女佣领我们进了门厅。

"斯托克先生呢?"约翰尼问。

他把他的名片递给女佣,她则踮着脚进了里屋。

昏暗的门厅里耸立着一个巨大的衣帽架,上面挂着几个雕工精美的象牙制品、两个衣刷和一顶苏联军官戴的大盖帽。天花板上雕刻着复杂的树叶图案,墙纸上的花看起来鲜活生动。

女佣说着"这边请",把我们领进斯托克的客厅。屋里的墙纸主要以金银两色为基调,但屋里有很多复杂的元素:蜘蛛抱蛋、考究的蕾丝窗帘、摆满迈森瓷器的架子,还有一个克里姆林宫微缩木雕调酒台。斯托克的目光从二十一寸的高档电视上抬了起来。他身材高大、留着寸头、肤色像狗的磨牙棒。他把自己的大手从亮红色的、挂着金穗带的丝绸吸烟装中掏出来,迎接我们的到来。

瓦坎介绍道:"斯托克先生,多尔夫先生,"又接了一句,"多尔夫先生,斯托克先生。"我们互相点了点头,瓦坎便把一个纸袋放在咖啡桌上,斯托克从袋子里拿出一罐八盎司的雀巢咖啡,点了点头,又放了回去。

"想喝点什么?"斯托克的声音像是音乐剧里的低声部成员。

"开始谈事之前,"我说道,"我能看看你的身份证吗?"

斯托克从裤子后袋里拽出他的钱包,对我揶揄地笑笑,然后把里面的白色硬卡抽了出来。这是苏联公民在国外用的,上面附了一张照片和两个印章。

"这上面可说你是马耶夫上尉。"我质问道,嘴里费力地拼着上面的西里尔字母。

女佣端来了一托盘小玻璃杯和一瓶冰镇伏特加。她放下托盘,斯托克等她离开后才开口。

"你的护照还说你是埃德蒙·多尔夫呢,"斯托克说,"但我们都属于形势所迫。"

他身后的东德评论员正用平常缓慢的声音说着:"……因协助自己家庭西逃而被判处三年监禁。"斯托克走到电视前,用遥控器把频道切到了西德台,电视中五十名日耳曼歌手正用德语唱着《看他们翩翩起舞》。"周四晚上永远没什么好节目。"斯托克带着歉意说,然后关掉了电视。我们拆开果味伏特加的蜡封,斯托克和瓦坎则谈起了二十四瓶苏格兰威士忌值几台相机的问题。我坐下喝着酒,直等到他俩达成了某种共识。然后,斯托克说道:"多尔夫有权利来谈判吗?"——好像根本不当我在房间里一样。

"他是伦敦的大人物,"瓦坎说,"他许诺的事一定能达成,我向你保证。"

"我想拿中校的薪水,"斯托克说着把脸转向我,"终身待遇。"

"谁不想呢?"我说。

瓦坎读着晚报,抬起头说道:"不,他的意思是如果他要来这边,英国政府要付他这种级别的薪水当回报。你能保证这个吧?"

"没什么不可以,"我答道,"我们就说你来了几年了,每天基本能拿五磅四先令。然后还有一天六磅八先令的配给补助,一磅三先令左右的婚姻补助,如果你去参谋学院完成进修还能一天再拿五先令的资历工资,驻外工资是十四英镑三先令,然后……你想要驻外工资吧?"

"你没把我说的话当真。"斯托克说着,白月般的脸上满是笑容。瓦坎正在座位上左右挪动,把领带向喉结方向紧了紧,掰着自己的手指关节。

"没有体制能永远长久。"我说。

"斯托克上校就是有力的说明。"瓦坎说。

"查令十字街喜欢《寻贵妇》的那帮人也是有力证明,"我说,"但从来没被证实过。"

斯托克连喝了两杯伏特加,诚恳地盯着我,说道:"听着,我并不偏向资本主义制度,我也不要求你相信我会这么想。实话说,我痛恨你们的制度。"

"太好了,"我说,"你现在的工作还真能为此做点什么呢。"

斯托克和瓦坎交换了一下眼神。

"我希望你能试着理解一下,"斯托克说,"我真诚地愿意效忠你们。"

"继续,"我说,"我打赌你对任何强权都会说这套话。"

瓦坎说道:"我可是花了很多时间和钱才组了这个局。如果你的脑子真的这么灵光,为什么还要大驾光临柏林呢?"

"好吧,"我告诉他们,"你们就打哑谜吧。我来猜谜底是什么词。"

斯托克和瓦坎对视了一眼,我们又喝了会儿酒,然后他抽出一根带金圈的椭圆牌香烟,用一个史普尼克卫星形状的镍银打火机给我点烟。

"我想搬到西边很久了,"斯托克说,"和政治无关。我过去和现在一直都是一个坚定的共产主义者,但人也会变老。他想追求舒适,追求财产安全。"斯托克把拳击手套一样大的手拢在一起,又低头看着自己的手,"人都想在铲出一把黑土时知道这是他自己的土地,他能在这片土地上生活、死去,并把土地交给子孙。"他笑的时候露出棕色的大牙,牙上各处边缘点缀着纯金,"你们视为理所当然的舒适,换在东德,得等我死透好久之后才能享受到。"

"没错,"我说,"我们现在可以放纵了——我们也足够年轻来享受这种待遇。"

"塞米察。"斯托克说。他等着看我对这个词有什么反应。我不为所动。

"你感兴趣的是他。不是我,是塞米察。"

"他在柏林吗?"我问。

"慢着点,多尔夫先生。"斯托克说,"事情运作可慢着呢。"

"你怎么知道他想来西边?"

"我就是知道。"

瓦坎插话道:"我和上校说,塞米察对我们而言价值四千英镑。"

"你说了啊。"我尽可能用平淡的语气说道。

斯托克给我们都倒了一杯果味伏特加,喝掉了自己那杯,然后又续杯。

"和你们俩聊天真不错,"我说,"我只是希望你能拿得出我能买的东西。"

"我懂你的意思,多尔夫先生。"斯托克说,"在我们国家有句俗话,'用马换承诺的人最后剩下的只有疲惫的双脚'。"他说着走到了屋里的十八世纪红木办公桌前。

"我不想让你背叛对苏联政府的忠诚与正直,然后把我当作你的朋友和盟友。"我说。

斯托克转过身来对我笑了笑。

"你是觉得我在这里装了麦克风,然后想要害你吧。"

"你有可能会的,"我说,"我愿意和你做买卖。"

"我是希望能用别的方法说服你的。"斯托克说,"说点和买卖有关的:一个厨子什么时候会食物中毒?"

"他下馆子的时候。"我说。

斯托克的笑声震得那些古董盘子叮当响。他在大写字台里面翻来翻去,找出一个扁铁盒,又从他的口袋里掏出一大堆小钥匙,打开盒子,拿出一沓厚厚的黑色文件。他把文件递给我。上面的字都是西里尔字母,里面还有影印的字迹和电话窃听的文字稿。

斯托克又拿了一根椭圆牌香烟,夹着没点燃的烟敲了敲写满文字的白纸。"塞米察先生去西边的护照。"他说这句话时讽刺地给"先生"加了个重音。

"什么?"我怀疑地问了一声。

瓦坎向我靠了靠身子:"斯托克上校是调查明斯克生化实验室的负责人。"

"塞米察原来待的地方。"我说着,渐渐掌握了情况,"所以这是塞米察的文件?"

"没错。以及能让我给他十年监禁的所有证据。"

"这也可以让他对你唯命是从。"我说道。也许斯托克和瓦坎是认真的。

6

主教若是被兵限制住了行动,便全无功用可言。

十月七日,星期一

沿着菩提树下大街开车并不是去检查站最快的路线,但为了避免迷路,我必须走主干道。看见高速路的"S"标识后,我把车速提到了法律允许的六十公里。当我途经在柔和而明亮的月光下显得黑暗而阴森的俾斯麦官邸时,一个红圈从侧面超到了我的前方:是警车的信号灯。我停下车,一辆人民警察运兵车停在路边。一个穿制服的年轻人把信号棒插在靴筒上,慢慢朝我走了过来,对我敬了个礼。

"您的证件。"

我给了他多尔夫的护照,心里则盼着这张护照是我们部门花工夫找外交部做的合格证件,也希望着我们部门终于对战争部过去稀里糊涂的印刷手艺不满了。

一辆斯柯达汽车从旁边飞驰而过,却没有被拦。我开始觉得我被针对了。在陶努斯牌汽车后方,另一个人民警察用手电照着美国军队的车牌,并用光扫查着后座和地板。我的护照被"啪"一下合上了,警察顺着窗户递护照时还给我鞠了个躬,敬了个礼。

"感谢,先生。"年轻的那位说。

"我能走了吗?"我问。

"注意一下您的车灯就好,先生。"

"我开了。"

"在东德必须开大灯,这是法律规定。"

"原来如此。"我打开了车大灯。运兵车在光线的边缘亮了起来。只是一个交警在例行公事。

"晚安,先生。"我看见敞篷大车上有十几个警察,其中有人动了一下。现在约翰尼·瓦坎也已经超过我了。我左转开上弗雷德里希大街,试着能不能赶上他。

我在弗雷德里希大街上向南开时,约翰尼·瓦坎的瓦尔特堡汽车离我差不多有五十码。当我开到涂着红条纹的路障时,哨兵则正把护照交还给他,然后抬起停车杆。美国人的防区只有几英尺远了。哨兵先让瓦坎的汽车过去,把停车杆放下去,然后朝我走了过来。他拽着肩上的自动步枪,枪口与头盔发出碰撞的声音。我手上已备好护照。路障后用来当检查站的矮板房涂着一大片猩红色。房前两个哨兵和瓦坎聊了一会儿,然后一起笑了起来。在安静的晚上,他们的笑声显得格外嘈杂。一个穿蓝色制服的边防警察走下楼梯,跑过我的车。

"里面有人找你。"他操着尖锐的萨克森口音对哨兵说,"有电话。"他转向我,说了句英语,"不会让您待久的,先生。耽误您了,不好意思。"但他还是替哨兵拿好了那把自动步枪。

我给自己和警察各点了一根高卢牌香烟,我们抽着烟,盯着这块分隔我们与墙内西柏林孤岛的几百英尺地界。我们各怀心事,也或者在想相同的事。

不到两分钟,边防警察就回来了。他请我下车,不要动车钥匙。他带了三名士兵，都拿着自动步枪，但没有一把挂在肩上。我下了车。

他们带我在莱比锡大街往西走了一会儿。在那里，不管谁爬上多高的梯子都看不见我们。那里停了一辆绿色的小面包车，门上的小标志写着交通警察。车的引擎还在发动。我坐在两个德国士兵中间，其中一位递给我一根抽起来味道很奇怪的烟，我借着高卢那根的火点了烟。没人搜我身，给我戴手铐，或者给我官方的通知。他们只是要求我一起走，没人强迫我。我是自愿过去的。

我透过后视镜看着经过的街道。等车开到亚历山大广场，我已经完全知道我们要去哪里了。再过几栋楼就是凯博尔街：警察总署。

在总署中心铺着小石子的院子里，我听见六个人齐步行进的声音。行进指令发出后，靴子声响的节奏却各不相同。我被关在二层的一个房间里，离大门有三十九步路，大门玻璃间里全副武装的警卫必须按一个小按钮才能打开门。我屁股下面有些年头的木椅子抵着乳白色的墙；座位上还放着两份被翻旧的《德意志报》。我右边大窗户上坚硬的窗棂把视线分割成了几个小方块，桌子后面坐着一位中年女性，她的头发向后紧紧扎成了一个小球。她在桌上每动一下就会把一大串钥匙弄得哗哗作响。我知道肯定有能逃脱的法子。那些在深夜电视节目里的年轻小伙子可不会认为这是什么难事。

这位一头银发的女士抬头看了看我。"你带了什么刀或者武器吗？"她的眼睛明显在厚厚的圆形镜片后面闪了一下。

"没有。"我说。

她点了点头，在一张纸上写了些什么。

"我不能回去晚了。"我说。在这时说这句话并不会听起来很可笑。

银发女士把每个抽屉都锁上,离开了房间,并小心地把门完全打开,以防我走过去乱翻文件柜。我坐了五分钟,也可能是十分钟。现在整个情况都奇怪地简单,真的就像在市政局换驾照一样。银发女士回来时手上拿着我的护照。她把护照还给了我,虽然没有对我笑,但看起来还是很友好的。

"过来。"她说。

我跟着她顺着漫长的乳白色走廊往下走,来到楼里特别靠西侧的一间屋子。房间的装潢也很像市政厅。她轻轻敲了敲大门,没等里面答应就提了我的名字,让我进去。房间很黑,从院子透过窗户射进来的光线只够看清桌子的位置。桌子后面能看见突兀的红光,像是一个红外线闪光灯泡。当我的眼睛适应了亮度之后,我看见房间另一头散发出银色的光芒。

"多尔夫。"斯托克低沉的声音像从扬声器里传出来的一样。桌子那边发出"咔嗒"的响声,暖黄的钨丝灯亮了起来。斯托克坐在桌后,人几乎被厚厚的烟气蒙住。屋子的东德家具是斯堪的纳维亚风格的。我后面的桌子上有一架德国和来牌的简易键钮手风琴、几沓报纸,以及一张棋盘,上面有些棋子已经倒下了。墙旁边放着一张折叠床和两张行军毯,床头摆着一双高跟皮靴。门旁则是一个小水池和一个可能用来装衣服的柜子。

"我亲爱的多尔夫,"斯托克说,"我给你惹了不少麻烦吧?"

烟雾中看出,他穿着一件到脚踝的黑色皮革大衣。

"除非你把我吓个半死,否则就没有。"我说。

"哈哈哈。"斯托克笑着,从嘴里吐出一大团烟雾,如同伦敦国王十字车站的4-6-2型火车开动了一般。

"我想过联系你的，"他用嘴叼着雪茄说道，"越过瓦坎。"

"下一次，"我说，"写信就行。"

又有人敲门了。斯托克像一只受伤的乌鸦一样穿过房间。那位银发女士端来两杯柠檬茶。

"恐怕今天没有牛奶了。"斯托克边说边把大衣脱下来系在腰上。

"所以就有了俄式茶。"

斯托克又敷衍地笑了笑。我把那杯滚烫的茶喝了，感觉好了一些，效果就像用手指抠自己的手掌带来的舒缓感。

"怎么了？"我问。

斯托克等着银发女士关门离开，说道，"我们就别吵了，行吗？"

"你是说咱们俩，还是你代表的是苏联？"

"我是认真的。"斯托克说，"如果我们合作，我们能比互相使绊子的时候做得好太多。"斯托克停了停，对我笑的时候带着一种有表演痕迹的魅力。

"这个科学家塞米察对苏联并不重要——我们有的是更年轻、更好的人才。而你如果能把他带到伦敦，你们的人都会觉得你很能干。"斯托克对着世界政治的愚蠢耸了耸肩。

"货物售出，概不负责？"我问。

"一点不假。"斯托克娴熟地用了个词语，"买主自负其责。"斯托克把烟嘴上的烟转到另一边，又说了几遍"买主自负其责"。我只是喝着柠檬茶，一句话也没说。斯托克踱到了墙边桌的棋盘前，身上的皮大衣像帆船一样吱吱作响。

"你下象棋吗，英国人？"

"我喜欢作弊概率大的游戏。"

"我和你一样，"斯托克说，"脑子有创意的人适应不了循规蹈矩。"

"比如说共产主义吗？"我问。

斯托克拿起一枚骑士。"但象棋的走法就是你们资本主义世界的走法。世界里尽是教主、城堡、国王和骑士。"

"别看我，"我说，"我只是一个区区小卒。我站在最前面。"斯托克咧嘴一笑，低头看着棋盘。

"我是下棋高手，"斯托克说，"你的朋友瓦坎是柏林少有的几个能一直打败我的人。"

"那是因为他是资本主义世界逻辑的一部分。"

"走法，"斯托克说，"已经变了。骑士现在是棋盘上最重要的棋子。皇后已经……没什么用了。皇后没用是可以说的吗？"

"在墙的这边你想说什么都行。"

斯托克点了点头。"这些骑士——将军——运作着你们的西方世界。陆军第二十四步兵师的沃克将军可是对他的士兵说了，美国总统是个共产主义分子。"

"你不同意吗？"我问。

"你就是个傻子。"斯托克学着鲍里斯·戈都诺夫低沉的声音说道。

"我是想告诉你，这群人……"他在我面前挥着这枚骑士，"……只管他们自己的死活。"

"你这是嫉妒了？"我认真地问他。

"可能是吧，"斯托克说，"可能这就是原因所在。"他把骑士放回棋盘，紧了紧系在腰上的大衣。

"所以你要以个人名义把塞米察卖给我？"我说，"原谅我的资产阶级思维。"

"人只活一次。"斯托克说。

"那我能成全你这一次。"

斯托克往茶杯里添了四勺粗砂糖，搅拌时就像要往核反应堆里多添一根反应棒一样。"我想要的就是后半生安静祥和——我不需要腰缠万贯，有钱买点烟草和小时候吃的粗茶淡饭就够了。我当上校条件非常不错，但我也很现实——我不能干一辈子。我们国家安全委员会的年轻人看我的位子时眼里都是妒忌。"他看着我，轻轻点了点头。"妒忌。"他重复道。

"你的位子举足轻重。"我说。

"但这种工作的问题就是会有人想争抢你的位子。我的一些手下都拿着不错的大学文凭，他们和原来的我一样头脑敏捷；而且他们和我过去一样有精力没日没夜地干活儿。"他耸了耸肩，"这就是为什么我决定来你们的世界安度余生。"

他站起来打开一扇木质百叶窗。院子里传来柴油发动机的轰鸣与士兵登车时靴子与后挡板的碰撞声。斯托克把手插进大衣兜，甩了甩衣服侧边。

我问道："那你的太太和你的家人怎么办？你能说服他们吗？"

斯托克还俯视着下面的院子。"我的妻子一九四一年死于德国人的空袭，家里唯一的儿子已经三年半没给我写信了。多尔夫先生，换位思考一下，你会怎么做？"

我等着卡车的轰鸣声顺着凯博尔街慢慢淡去。

我说道："斯托克，如果是我的话，就会先停止和资深骗子说谎。你真的觉得我来之前没有查你的底细吗？我最新来的助手所受过的训练比你想象中的我受的训练还要好。从你家西屋牌冰箱的容量到你情妇用什么型号的避孕套，我都知道得一清二楚。"

斯托克端起茶,开始用勺底压里面的柠檬片:"你还挺训练有素的。"

"刻苦训练,轻松战斗。"我说。

"你引用的是苏沃洛夫元帅的话。"他走到棋盘前,凝视着它。"在俄国也有句俗语:'聪明的谎言比愚蠢的真相好'。"他说着,对我晃了晃勺子。

"你笨拙的杀妻手法可没什么聪明之处。"

"你说得没错,"斯托克愉快地说道,"你得把我当朋友,英国人。我们必须互相信任。"他把茶放在桌上。

"我从来不需要敌人。"我说。

斯托克笑了。和他争辩就像和一个体重秤吵架一样。

"说真的,英国人,我是不想去西边的,但是交易塞米察是真的。"他吮了吮勺子。

"为了钱吗?"我问。

"没错。"斯托克回答道。他用厚厚的左掌拍了拍勺底。

"钱得到位。"他像关金库一样合上双手。

7

骑士能越过敌方控制的方格。

骑士总是停在和起始位置颜色相反的方格。

十月八日,星期二

查理检查站十分忙碌。那里的每个瞬间都被照片的闪光灯切分,永不停息。记者脚下的人行道闪着水与清洁剂的反光。一辆美军救护车从哈勒门方向呼啸而下直奔急救室,并做好了掉头开往停尸房的准备。

蜂拥而至的记者们踩住自己大众汽车的油门,开始在脑子里构思明天的头条。柏林一位年轻人在翻墙时被杀或者人民警察击毙翻墙者或者墙边人行道的血腥杀人事件——或者他根本不会死呢。

我向警卫室挥了挥保险证件,慢慢开了过去。这里离哈勒门并不远——那个街区尽是皮条客和妓院——这是我接下来需要去的地方。

昏暗的门廊通向后面陡峭的石阶。走廊中挂着十二个灰色金属邮箱,其中一个写着德国东部战俘康复部门。信箱里面没有信件,我怀疑这里也从来没收到过。我走上台阶,按了下小小的门铃。我有种预感，即使我没有按，房门也会自己打开。

"怎么了？"一个穿着深灰法兰绒西装的年轻人平静地问道。我用了伦敦那边给我的问候语。

"请这边来。"年轻人说。第一个房间很像牙科诊所的等候室，里面除了不少杂志和椅子之外几乎没什么其他的东西，也几乎没有任何私密可言。他放我进去之前让我在这里待了一会儿，而当我被领进门之后，面前又是另一道门——一扇铁门。第二扇门上着锁，我则站在这个小"橱柜"里，头顶上亮着刺眼的灯光。一阵轻柔的嗡嗡声后，铁门被打开了。

"欢迎来到指挥台[①]。"平静的年轻人说。

房间很大，里面照明用的蓝色霓虹灯发出隐隐的电流声。书架上摆满了文件，墙上挂着几幅下拉式地图。两张长金属桌上摆满了各种颜色的电话、一台电视机，还有一台功能强大的无线电接收机。四个年轻人在一张桌子前坐成一排，他们和给我开门的人一样：年轻、皮肤苍白、胡子刮得很干净、穿着白衬衫。他们或许代表着繁荣的新德国，但他们同时也是某种旧时代遗存的代言人。这是盖伦组织[②]的一个隔间。人们从这里被偷偷带进东德，或者被偷偷带走。他们在东德人的嘴里是纳粹，而在西德首都波恩那里则根本不会被提及。

我并不是一个受欢迎的拜访者，但我也算盖伦组织的一部分收入来源。他们给了我杯咖啡。

其中一个复制粘贴出来的人戴上一副金属框眼镜，说道："你需要我们帮忙吧。"这句话暗含着一层侮辱。我呷了口雀巢咖啡。

[①] 将军指挥战争时所站的土堆。
[②] 德国联邦情报局的前身，但人们仍普遍称其为"盖伦组织"。见附录二。

"不管你需要什么,答案是一样的,没错,我们可以做到。"戴眼镜的人说着递给我一小罐奶油。"你需要先做什么?"

"我想要决定是先包围多佛海峡还是先攻下斯大林格勒。"

眼镜仔和另外两个人笑了,可能这是他们生平第一次笑。

我给他们递上几根高卢牌香烟,谈起了正事。

"我要转移些东西。"我说。

"很好。"眼镜仔说着拿出一台小磁带录音机。

"委托物的属地?"

"我会尽量为你们的计划提供方便。"

"太好了。"他拨了一下话筒的开关。"属地无。"他说。

"目的地?"

"海峡港口。"

"哪个?"

"哪个都行。"我说。他又点了点头,对着录音机重复了我的回答。我们相处得非常和谐。

"大小?"

"一个人。"我说。他们连眼睛都没眨一下,马上又问:"自愿还是非自愿?"

"我还不确定。"

"有意识还是无意识?"

"有意识就是自愿,无意识就是非自愿。"

"那我们希望是有意识。"眼镜仔在转录到录音机之前插嘴道。

电话响了。眼镜仔快速地对着话筒下达了一系列命令,然后两个小伙子便穿上深色雨衣,匆匆准备出门。

"墙那里有人开枪。"眼镜仔对我说。

"真的吗?"

"就在查理检查站。"眼镜仔说。

"打的是你们的人?"

"只是一个负责运输的。"眼镜仔说。他重新听着电话。打电话的人负责原地等待,如果三十分钟没人打给他,他就要回电。眼镜仔把电话挂了。

"只有我们能在柏林干点儿事。"眼镜仔说。另一个头顶金发、戴着图章戒指的人应和道,"没错。"他们两人互相点了点头。

"自从希特勒以后就这样了?"我这句差点儿说出口,但我还是就着第二杯热咖啡把这句话咽了下去。眼镜仔拿出一张街道地图,然后在上面覆了一张塑料膜。他开始在城市的东部来回用笔画圈。

"这些地方是我们倾向的逃脱地。"他说。

"距离占领区的边境不是很近,但在苏控区的一英里范围内。在这块地界,形势升级的速度很快,尤其是在带着危险货物的时候。有时候我们选择把货物先存在吕贝克到莱比锡之间的某个地方。"眼镜仔的美国口音很自然,但他清楚的莱茵河德语口音还是会不时跑出来。

"我们至少需要提前四十八小时进行转移准备,"眼镜仔说,"但之后即便需要的时间更长,我们也会全权负责。有问题吗?"

"有,"我说,"如果我人在东德,但想要联系你们,要走什么程序?"

"你要打一个德累斯顿的电话号,他们会给你一个柏林的号。号码每周都换,德累斯顿的号有时候也会换。你要联系的话先问问我们。"

"好,但竟然还有人有能跨东西柏林通话的线?"

"官方有一条,连着卡尔沙斯特的苏联指挥部和西柏林体育场这里的盟军指挥部。"

"那非官方的呢?"

"总得有线路吧。供水、供电、污水处理、天然气部门都有和城市另一边机构交流的线路。因为有可能发生紧急状况。但官方并不承认这些。"

"你从来不用这些线路?"

"很少用。"什么东西响了一下。他拨了下桌上的一个开关。我听见了那个平静的年轻人的声音。"喂,晚上好,"然后另一个声音说道,"我就是之前德累斯顿来的人。"眼镜仔拨了另一个开关,电视屏幕闪出了蓝光。我能看见一个矮小男人走进等候室,又进了那个灯光耀眼的橱柜。眼镜仔为了不让我看见,把电视挪到了另一边。

"为了安全起见。"他说,"如果我们让你就这么介入另一项行动,你就不会对我们有信心了,不是吗?"

"你说得一点没错。"

"所以如果没有别的事,那就这样。"眼镜仔说着,"啪"的一声把一个本子合上了。

"好的。"我说。我是有眼力见儿的。

他说道:"你来当瓦坎这次行动的行动专员[①]。他的代号是'国王(King)',你的代号是……"他了看桌上的文件,"卡达沃(Kadaver)[②]。"

"尸体,"我说道,"怪可爱的。"

[①] 在美国的间谍体系(盖伦组织从这里借用了这个概念)内部,行动专员负责联络华府与一线特工。他总体上有权对行动的目标和对象进行微调,并一直控制着经费。在这场行动中,我并没有在严格意义上作为瓦坎的行动专员而行动,因为行动专员总是身处幕后,并且不会向其他单位透露自己的身份。
[②] 卡达沃与英文中的尸体(cadaver)同音。

眼镜仔笑了。

我在回到春天酒店之后想着"国王"瓦坎。我很惊讶他现在是柏林最好的棋手之一，但他的办事风格总是出其不意。我想了想我的代号——卡达沃——又想了想"狂热般的服从(Kadavergehorsam)"，在这种纪律下，尸体都能跳起来敬礼。我给自己倒了一杯帝雀斯威士忌，凝望着惹眼、闪耀的街灯。我开始感受到城里的气氛了：墙两边都有灯火通明的宽阔大街，它们被墨黑色湖水般的黑暗区隔开。可能在世界上，只有身处这座城市时，你才会觉得自己在黑暗之中会更安全一些。

8

熟练使用骑士是专业棋手的特点。

十月八日，星期二

当你仔细检视某个勇敢的年轻小伙子的眼睛时，你会看到里面有个惊恐的小人正焦虑地往外看去。有时候我可以在瓦坎的眼睛里看到他，而其他时候我则不太确定。他的举止就像在为荷尔蒙药片做广告；他的肌肉在轻质羊毛西装里显出轮廓。他穿着丝质袜子，皮鞋则是在杰明街一家店里用鞋楦定制的。瓦坎就是欧洲男人的新品种：他说话像美国人，吃饭像德国人，穿衣像意大利人，报税则像法国人。

他讲所有盎格鲁－撒克逊习语时都十分娴熟自然，就算咒骂时也保持着冷静、掐着点，并且不带一点苦恼或愤怒的情绪。他的那辆凯迪拉克是他生命的一部分：黑色车身、真皮座椅、木质方向盘。看地图用的小灯、高保真音箱，空调与无线电话在这里不太显眼，但也不至于发现不了。车里没有羊毛织的老虎或是塑料骷髅，也没有三角旗或者豹纹坐垫。你可以随意拿刀把约翰尼·瓦坎的表面一层层削掉；不管削得有多深，他的金玉之下仍是金玉。

希尔顿酒店的服务员跟我打了个招呼，问道："用我把您的街头巡洋舰停到停车场吗？"服务员说的是英文，虽然"街头巡洋舰"对美国车而言有点贬低之意，但约翰尼喜欢听。他把车钥匙扔给服务员，用手指点了点。约翰尼走在我前面，他鞋上的饰钉在大理石地板上发出有规律的响声。隐隐透过罩子的灯光打在被精心涂过保护油的橡胶榕上，也照在报刊亭里服务员小姐的那沓小费上。报刊亭里卖着昨天的《每日邮报》和《花花公子》，还有带柏林墙彩照的明信片，你可以把它们寄给朋友，并在明信片上写道真希望你们也在这儿。我跟着瓦坎走进酒吧，酒吧里暗得连价目表都看不清，钢琴师在黑白键间来回摸索，就像有人把键位都搞乱了一样。

"能过来很高兴吧？"瓦坎说。

我不确定。瓦坎和这座城市一样都今非昔比。他和这座城都身处于永恒的紧急状态中，并且找到了和这种状态共处的方式。

"非常不错。"我说。

约翰尼闻了闻他的波旁威士忌，像喝药一样把酒灌了下去。"但你想的是现在肯定一切都不一样了。你想着现在已经和平了，是吧？"

"对我来说太他妈的和平了，"我说，"太他妈像《阳台上的游牧客》和'这些来自地狱的鼓声啊，卡拉瑟斯'[①]了。有太多士兵是婆罗门了。"

"而且有太多士兵是贱民了。"

"我有一次在加尔各答的灯塔电影院，"我说，"当时正在放映《四片羽毛》。电影演到守备部队撑不下去的时候，地平线上

[①]两句话分别指涉及电影《游牧客》与《金鼓雷鸣》。

出现了几十个戴尖角帽的人,用风笛吹着《横跨海洋去斯凯岛》。几个拿着李·恩菲尔德短步枪的人一叫'老天爷啊',一些年轻的印度大人就带着蒲葵扇出现了。"

"他们把部落的人打跑了。"瓦坎说。

"是的,"我回答道,"但电影院里的印度人看到的时候还喝彩呢。"

"你觉得我们在给我们的盟军主子喝彩?"

"这得你来告诉我。"我说完转过身看了看,听听周围说英语的人在讲什么,顺口喝着我的雪莉酒。这杯酒在这面墙之外的任何地方,价格都要贵上一倍。

"你们英国人,"瓦坎说,"都住在冰冷的大西洋中心,周围全是鲱鱼。我们怎么说你才能懂呢?一九四四年六月六日,诺曼底登陆;那之前你们英国人在战争期间死于交通事故的比死在战场上的还多[①],而我们德国人光在东线就损失了六百五十万战力。在被占领的国家里,只有德国没有产生反抗组织,因为根本没剩下什么人;而一九四五年时,在你现在站的这里,还有十三岁的小孩正在拿着巴祖卡火箭筒瞄着选帝侯大街,等着约瑟夫·斯大林的坦克清扫完格鲁内瓦尔德之后开过来呢。这就是为什么我们能互道兄弟、通力合作。我们给你们的大兵敬礼,把房子交给你们的士官、老婆给你们的军官。我们赤手空拳清理废墟;当空空的卡车从你们的官方妓院开回来、经过我们的时候,我们也毫不计较。"

瓦坎又点了两杯酒。一位浓妆艳抹、穿着锻金色裙子的小姐正试图吸引他的注意,但当她发现我在看她时,她从细链包里拿

[①] 第二次世界大战开始四年,英国的伤亡总人数(包括被俘与失踪)为387966人,在交通事故中死亡或受伤的人数为588742人。

出一面小镜子，重新修了修自己的眉毛。

瓦坎转过来对着我时，把波旁酒洒在了自己手背上。

"我们德国人不知道自己要扮演什么角色，"他说道，舔了舔手上的威士忌，"身为战败国，我们永远都只能自降为顾客——要靠英美工厂的补给过活——但我们没理解这一点。我们开始建自己的工厂，而且因为我们很专业，所以做得很成功。我们德国人，就是喜欢把一切做得妥当——战败也要败得体面。我们开始发展，但你们英国和美国人就不愿意了。你们能保持自己舒适的优越感肯定是有原因的。原因就是得让我们德国人当马屁精、软蛋、机器人、受虐狂、忠实盟友，或者——因为我们做得好而被当作讨厌的靶子。"

"你说的我都不好受了。"我说。

"喝吧。"瓦坎说着一口喝光刚点的酒，"我不应该对着你喊叫。就算你基本上什么都不懂，你也比大部分人都懂得多。"

"你太好心了。"我说。

将近晚上十点时，一个我在盖伦组织见过的浅色眼睛男孩来了，他对着酒保挥了挥袖口，点了一杯必发达马提尼。他一边小口喝着，一边慢慢转身扫视着房间。他一眼瞥见了我们，自己大口喝完了杯中的酒。

"国王，"他低声说，"有个惊喜。"

这就像在甜味马提尼里看到一枚樱桃一样；有了就是大惊喜，没有你就会大发雷霆。

"我是赫尔穆特。"浅色眼睛男孩说。

"我是埃德蒙·多尔夫。"我说——如果他演我也奉陪。

"你们想要单独聊吗？"瓦坎问。

"不用。"赫尔穆特礼貌地说，递上来他的英国香烟，"我们上一个雇员，哎，赶上车祸了。"

瓦坎掏出一个金质打火机。

"人没了？"瓦坎问。

赫尔穆特点点头。

"什么时候的事？"瓦坎问。

"下周，"赫尔穆特说，"我们下周把他带到角落①那边。"我注意到瓦坎点烟的时候手抖了一下。

赫尔穆特也察觉到了，他笑了笑，对我说道："这周六往后数两个星期，俄国人就会把你的人带进城。"

"我的人？"我问道。

"科学院生物部门的那个科学家；他可能会住在阿德隆。这难道不是你想让我们转移的人吗？"

"我不作评论。"我说。他这么说真的很烦人，而且他还说个没完了。他咧嘴对我笑了一下，然后把马提尼顺着自己的牙缝灌了进去。

"我们现在正在安排管道，"他补充说，"如果你能从你那边把文件给我们，那就帮大忙了。所有的数据都在这里。"他递给我一沓叠好的纸，甩了几下他的袖子，让我能看到亮出来的袖链，然后将马提尼喝完便离开了。

瓦坎和我看向那株橡胶榕。

"盖伦组织的青年才俊，"瓦坎说，"都和他一个样。"

---

① 赫尔穆特用了一个德语的表达方式"UmdieEckebringen"，在德语中意为"杀掉"。

9

有些情况下，兵可以变成棋盘上最厉害的棋子。

十月八日，星期二

我把盖伦的文件要求敲进电传打字机、标上紧急，发给了伦敦。

纸上写道：

> 姓名：保罗·路易斯·布劳姆
> 国籍：英国
> 父亲国籍：法国
> 职业：农业生物学家
> 生日：一九二〇年八月三日
> 居住地：英格兰
> 身高：五英尺九英寸
> 体重：十一英石十二磅
> 瞳孔颜色：棕色
> 发色：黑色
> 疤痕：右脚踝内侧有四英寸疤痕

需要下述文件：

1. 今年之前签发的英国护照，
2. 英国驾照，
3. 国际驾驶许可证，
4. 英国境内有效的机动车保险单，
5. 机动车登记簿（同样的汽车），
6. 大来国际信用卡（有效）。

10

乔伊·因·奥古斯特·瓦坎

十月九日，星期三

"哦，天哪。"约翰尼·瓦坎想起了德国的"贪食潮(Edelfresswelle)"——那时一切在卡路里上都无穷无尽，唯独信仰不是——但说实话，那真是个好时代。他有时觉得自己是在巴伐利亚森林里的某个村庄隐居的邋遢隐士，背心上沾着灰尘，而脑子里满是才智，但今晚他很高兴自己成了现在的样子。约翰尼·瓦坎，富有、迷人，他的存在即代表强硬——让战后德国收获满眼艳羡的坚强、近乎暴力的特质。沃里斯霍芬的药剂把他的脾气调得灵活而坚韧，而这些特质是你要在城里出人头地所必不可少的——不管三十年代的盛况如何，现在当知识分子可没有一点出路。

英国人走了让他很高兴。他对英国的忍耐是有限的。这些人早餐吃鱼肉，还总是想知道哪里换汇价格最好。这里所有地方都映照在彩色的镜子中，尽是身着丝滑、耀眼礼服的女人和穿着价值一千马克西装的男人。看起来就像在《生活》杂志上给波旁酒打广告一样。他喝了一口威士忌，慢慢朝吧台踱去。谁要是现在走进来，都会觉得他是个美国人。他没看见有卖故事的臭记者待在这里，打着"我们驻柏林的特约记者"的幌子杜撰一些子虚乌有的小道消息，倒是有一个在使馆工作的人或者商人，比如那个和金发女郎坐在墙边座位的人。约翰尼看了一眼那位金发女郎。天哪，真！真的是！他都能看见她穿了哪款吊带袜了。他对她笑了笑，她又还了一抹微笑。五十马克一晚吧，他想着，失去了兴趣。他叫了下酒保，又点了一杯波旁酒。新的酒保已经上班了。

"波旁。"他说道。他喜欢听自己说这个词。"这次多加点冰。"他说。酒保上了酒，说道："麻烦钱给得正好，我没零钱了。"酒保用的是德语，这让瓦坎有点不耐烦。

瓦坎用拇指指甲盖弹着一根菲利普·莫里斯香烟，发现自己的肤色在白色烟纸的衬托下格外接近棕色。他把烟放进嘴里，打了个响指。那个傻子估计已经快睡着了。

吧台边上坐着几个游客和一个叫珀奇的俄亥俄报纸撰稿人。有一个游客问珀奇他是不是去过很多次"另一边"。

"次数不多，"珀奇说，"共产党已经把我放进他们的黑名单了。"他浅笑道。约翰尼·瓦坎说了句脏话，声音正好够让酒保抬头看看他。酒保对约翰尼一笑，说道："您可骗不过我（Mirkann keener）[①]。"

珀奇不说德语，所以没注意到。

今晚来了不少从事广播职业的人：他们是操着父辈生硬口音的美国人，在夜晚迟滞的空气中说着奇怪的斯拉夫方言。其中一个人对瓦坎挥了挥手，但没示意让他过来，因为他们觉得自己才是城市文化基调决定者。但实际上，他们只是一群精神上的小

[①] "您可骗不过我"是一句柏林人常用语。

人物，脑子里装的是喝鸡尾酒时聊的几千个小话题。他们其实连弦乐四重奏（string quartet）与网眼背心（string vest）都分不清。

酒保替他点了烟。

"谢了。"约翰尼说。他在脑子里想好，要在接下来培养这个酒保，不为收集情报——他还没有落入这个死循环呢——只想着让他在这座城里过得更自在。他呷了一口波旁酒，想着怎样能安抚一下伦敦的人。瓦坎很高兴道利什的手下要回伦敦了。英国人走不走他不太在意，但你永远也不知道你和他是什么关系。因为那个英国人就是个菜鸟——自己还引以为傲呢。有时候约翰尼真希望他能替美国人办事。他心里觉得他和美国人更像一类人。

这里充满了拘谨谦恭的谈话声。那个鼻子、胡子、眼睛放在一起像一套新奇小玩具的人是一位英国下院议员。他说话带着一套管理层的语气，英国上层阶级的人就是用这种口吻叫出租车或者招呼外国人的。

"但在这里，真正的柏林城，"英国人说道，"税费比你们西德还要低百分之二十，并且你们波恩的兄弟在做买卖时也减免了那百分之四的税。他们只要耍点小聪明，就能给你的货物免费上个保险；如果你运的是钢材，你的包装费几乎可以全免。没有做生意的人会视而不见，老兄。你是做什么生意的？"英国人蹭了蹭两边的胡子，大声地吸了下鼻子。

瓦坎对着一个在犹太文件部门工作的人笑了笑。瓦坎喜欢那个人的工作，但他听说薪水不高。维也纳的犹太文件部门负责收集战争罪的材料，然后送那些之前当过党卫军的人上法庭。工作量可不小，瓦坎想着。他透过香烟的烟气环视着；他现在能在这儿数出五个前党卫军军官。

"这是英国汽车业真正发生过的最好的事。"英国人的声音又搅进了空气。

"你们这些大众汽车的马上就要没活儿干啦,哈哈。没了廉价劳动力,工会的人又来讨钱。但结果呢?大众车价一下就蹿上去了。倒是让我们的人拿到了机会。不管你们怎么说吧,英国汽车业真正发生过的最好的事,都是拜那堵墙所赐。"

约翰尼用手指摸了摸口袋里的护照。其实,墙不墙的对他来说没什么区别。他甚至还挺喜欢有墙的。如果共产党没有禁止他们统治下的乌合之众涌去对面找工作,那工厂找谁当工人呢?约翰尼知道答案:去东边找。又有谁想冬天去塞满蒙古人和乌克兰人的米格尔湖游泳呢?那时候德国收回东普鲁士、波美拉尼亚、西里西亚的机会就很多了。瓦坎其实一点也不关心"损失领土"的破事,但有些管不住嘴、还关心这种事的人,就不该天天念叨那面墙。

这里有个威丁来的姑娘。他好奇人们有关她有司机的传言是不是真的。让她来住这种糟糕的下层人街区真是挺奇怪的。她就住在那幢电视机放在床对面的小房子。他告诉过她苏格兰上校的事。她说自己想要一台二十一寸彩色红外遥控电视时,他怎么回答的?瓦坎记得他说的话把整个吧台都逗笑了。瓦坎与她见面时送了她一个吻,眼角笑得挤出几道皱纹。她对他挥了挥手上的金色网格晚宴包。她还是那么性感,瓦坎想着,虽然自己下了决心,但他最后还是叫酒保送了她一杯香槟鸡尾酒。他附上一张纸条,写纸条用的金色小自动铅笔是从镌着字的名片后面取下来的。

"和我吃晚饭吧。"他写道。他纠结要不要在前面加个"请"字,但心想女人是讨厌犹豫不决的。强势是征服女人的秘诀。

"一会儿来找你。"他在把纸递给酒保前又加了一句。

又有两个人,一男一女,坐到吧台远端珀奇那里了。其中那个男的看起来是个英国人。珀奇说:"你看到它了,对吧?你知道的,我们管那个叫'屈辱之墙'。我想把它展示给世界上所有还能喘气的人。"

一个被称作"威尔逊上校"的人对他眨了眨眼。为做这个动作,"威尔逊上校"特意摘下深色的大框眼镜。他的左眼和上颊周围有一片疤痕。威尔逊顺着吧台推给瓦坎一根雪茄。

"谢了,上校。"瓦坎说道。威尔逊是个退役的下士厨师,他的疤痕是在奥马哈时因为热油溅到脸上留下的。雪茄很不错,"上校"不会傻到给他一根便宜货。瓦坎闻了闻,把雪茄卷上,最后用兜里的一个小而扁的金色雪茄刀细致地把头切掉。那个雪茄刀就像座金色的断头台,混合着锋利的钢铁与抛光的黄金。酒保替他点了烟。

"永远要拿火柴点,"他告诉酒保,"火要定在离烟四分之一英寸的距离。永远别拿打火机点烟。"酒保点点头。瓦坎点好烟之前,"上校"顺着吧台往他那里靠了靠。"威尔逊上校"身高六尺一寸半,坚韧的皮肤包着厚实的肌肉,像优质的德国香肠一样紧致。他脸部肤色发灰、棱角鲜明,留着贴头皮的寸头。他能在好莱坞靠参演有厚嘴唇坏蛋的电影过活。他点了两杯波旁酒。

瓦坎还能听到珀奇的说话声,"真相——我喜欢说这个词——是自由的武器库中威力最大的武器"。珀奇确实很喜欢说这个词,瓦坎想着。他知道"威尔逊上校"想要点什么。他马上喝完了自己的那杯波旁。"威尔逊上校"又点了两杯。瓦坎看着酒保,用头往那个威丁姑娘的方向点了一下。酒保把眼帘拉了下来。这就是这座城里让人喜欢的地方之一,瓦坎心想:对信号和暗示的敏感度。他听见英国下院议员的声音。"天哪，错了。我可以告诉你，我们可还留了几招呢。"英国议员大笑道。

英国人真是要命了，瓦坎心想。他还记得上次去英国是什么样子。克伦威尔路的大酒店，还有下了一周都没停的雨。这个在发明上天才汇聚的民族有四十种不同的电线插头，还没一个能正常用。牛奶放在街边没人动，但年轻姑娘就危险了；性爱在他们眼里放不上台面，但基佬却没人指责；这个地方靠北，适合配一条拉布拉多和没暖气的房子，好客程度低到"女房东"都是个骂人的词；而这里也住着最会吹牛的本地人，他们和外国人说英国人唯一的缺点就是太谦虚。

瓦坎对威丁的姑娘眨了眨眼。她慢慢抚平自己的裙子，摸了一下自己的颈后。瓦坎转过来看着"威尔逊上校"，说道："好了，你在想什么？"

"我想要三十九台柏卡相机，镜头光圈要 f/2 的。"

瓦坎伸手从吧台上的冰桶里拿了一块冰。钢琴师弹出了一段华彩段落，结束了弹奏。瓦坎把雪茄放到嘴里，拍了拍手，对着升起的那缕烟气皱着眉头。几个人也鼓起掌来。瓦坎说道："是吗？"眼睛仍盯着钢琴师。

"价格公道，用美元付款。""威尔逊上校"说。瓦坎没有回答他。

威尔逊接着说，"我知道你不靠这个养活自己；但我有个朋友特意找我帮这个忙。算是纪念品吧——你懂的，从东德带出来的照相机——这些人就喜欢这种东西。"

"什么人？"瓦坎问。

"贸易代表。"威尔逊答。

"要三十九台啊。"瓦坎思忖道。

"对你来说不是问题，"威尔逊说，"下次你领俄国人回来时带在身上就行。据我所知，除了你没有人在开车过查理检查站时，车里还能坐个俄国人。"他紧张地笑了。

"能要三十九台的一定是美国广播电视制片人的代表。珀奇是管事的，对吧？"

"哎嘿，"威尔逊说，"别四处乱喊。这事我可只对你讲了。如果你运相机可以在……"

"你什么都没和我讲，"瓦坎说，"我告诉过你。我不是卖相机的，你也告诉珀奇吧。"

"别讲他的名字。"

瓦坎对着威尔逊轻轻吐了一口烟，没再说话。

"别和我对着干，瓦坎，""威尔逊上校"说，"你也不愿让我告诉你的英国朋友我已不再是美国少校了吧。"

"不再是。"瓦坎愉快地说，差点儿被他的酒呛到。

"我可是能使不少绊子的。"威尔逊说。

"你还能跨过边境呢，有来无回。"瓦坎悄声道。

他们盯着对方，威尔逊咽了下口水润润嗓子，转身喝他的酒了。

"好吧，约翰尼，"威尔逊看着瓦坎背后说道，"生意不成不伤感情，对吧兄弟？"

约翰尼假装没听见，自己走去吧台的另一边又点了一轮波旁酒。

"两杯？"酒保问道。

"一杯就够了。"约翰尼说。

他能看见镜子里威尔逊苍白的脸色。他也能看到那位威丁姑娘，抚着颈后面的头发，装作不知道这样是在拉紧自己的文胸一样。她跷起腿，对着镜子里的他笑着。

"珀奇。"约翰尼心想。

他原来就想往珀奇身上惹点事，哪怕让他在这里叫嚷的声音小一些也好。珀奇还在讲："就是同一拨原来拍过隧道的那个小电视电影的人，整个项目都是NBC出的钱。大伙儿，我的重点是，逃出来的这五十九人，他们的自由是我们的美国体制给的，我们的体制就是不受束缚的企业与公司敢于冒险的进取心……"珀奇能帮约翰尼·瓦坎几个忙。约翰尼津津有味地琢磨着告诉珀奇这些忙是什么；威丁姑娘都没这件事让他开心。

屋子里开始进人了。瓦坎背靠着吧台，绷紧自己的肌肉，又放松下来。对它们中的每一块都了如指掌的感觉会让他心里很舒服，即便是"威尔逊上校"这样的美国人都占不了他便宜。约翰尼·瓦坎能认出来谁是妓女，谁又是基佬。他懂得各种服务员要干的事：从穿在传票叉上的单据，到钉在钉子上的基督。他看出威丁姑娘想要和他对上眼神，而珀奇周围的人也越来越多了。那里有个染发的老英国基佬，还有一个认为他要渗透进盖伦组织的小德累斯顿人——而约翰尼上个星期早就跟他们把那个人说了个底朝天。他好奇赫尔穆特说要借一场交通事故杀掉德累斯顿人是不是真的。倒是有可能。国王这个代号还挺合适的，瓦坎心想，能有这个代号也就证明他们承认了自己的水平。柏林的瓦坎国王。

他猜现在正和珀奇说话的红发姑娘就是珀奇和他提过的那位：以色列情报部门的姑娘。

"哦，天哪！"瓦坎想着，然后说："这地方可真绝了！"说完他便顺着吧台笑着朝珀奇走过去。

11

迫移：因棋局所迫必须移动棋子。

十月九日，星期三，伦敦

驶过议会广场之后，我让车全速行进。夜未深，四处寂寥。一轮弯月跨过圣詹姆斯公园，与闪闪发亮的树叶玩着挑圆片游戏，车上的计速盘逐渐贴向九十英里。一阵声音把我拽回现实。是夏洛特街控制中心的电话："北部租车行①有一条信息给单簧管十号。是否收到？完毕。"

"完全收到，请讲。"

"D先生的消息。你要去贝蒂俱乐部联系哈勒姆先生。单簧管十号是否收到？完毕。"

"倒背如流。"

"口令如下：单簧管十号。你的客户会问你要十先令零钱。你给他准备好四枚半克朗硬币。是否收到？完毕。"

"你在说什么胡话？哈勒姆要十先令干什么？"

"单簧管十号。请遵守通话程序。我在告诉你怎样让这位客

---

① 我们的无线电联络方式的设计目的，是让窃听者认为我们是一个出租车公司。同理，我们开的车也都是装有无线电的出租车，车上的信号灯永远都显示着"有客"。

户知道你的身份。是否收到？完毕。"

"我不知道你在说什么胡话，"我说，"一会儿等我回家打我电话。打座机。好吗？"

我还没到海德公园，那位苏格兰接线员失去了耐心。

"求求老天了，单簧管十号。你也知道内务部都是些什么人。他就想让你给他四个半克朗好确认你是谁。"

"'好确认你是谁'是什么意思？"我前两天才见的哈勒姆。我如果不给他这点钱他还能以为我是哪方神圣——詹姆斯·邦德？

"请你就给他这些半克朗吧，单簧管十号。"

"我不知道几个半克朗算十先令。"我说。但接线员没有再打开无线电了。车里的无线电闪着微弱的绿色光点。我把音量调大，乐队的歌曲声填满了整个车内，车外的雨轰击着挡风玻璃。

贝蒂俱乐部是伦敦一小批靠混合会员制运营了超过二十年的俱乐部之一，虽然每年都能挺过就地倒闭的威胁，但却从来都没把角落里剥开的墙纸贴回去过。杂志架旁边有一个棕发男人往一个单臂强盗老虎机里猛塞先令，手里还紧握着他的乐堡绿啤酒。机器坏掉的声音像是奏着辛纳屈轻柔的歌曲。他没有看我，但知道我走了过来，自己仍继续盯着上面打转的苹果和菠萝。

"有十先令零钱吗？"他问。我还没来得及回答，机器响了三下，又自己一抖，把大把先令吐到了金属托盘上。

"看样子你现在不需要零钱了。"我说。

他突然转过身来抓住我的袖子，用水汪汪的褐色眼睛盯了我好一会儿，说道："才不是呢，亲爱的。我还是需要的。"原来是比纳花园的哈勒姆，但他换了一头鲜艳的棕色头发。他抓起先令，把它们倒进自己垂下去的衣兜里。

"用来交煤气表的钱非常棒。"他说。我伸出手，把四枚半克朗递到他面前,但他则花了五分钟把两张粘在一起的十先令纸币分开——其实只有一张。他很不情愿地把纸币给了我,然后不慌不忙地把普莱耶三号的盒底卡在四英寸宽的支架上。我用拇指指甲一搓,点燃了一根天鹅牌火柴,他叼着烟探到火旁,把烟点上了。等他开口之前,烟已经烧起来了。

"斯托克和盖伦的小伙子们都好好帮你了吧?"

"都好好帮了,"我说,"你找到孔夫子了吗?"

"找到了。"哈勒姆说,"这调皮的死鬼周二一大清早自己回来找我了,浑身脏兮兮的。鬼知道它去了什么地方。暹罗猫就是不靠人活。我真该给它套个颈圈,但好像有点太野蛮了。"不知怎的,他说"野蛮"的时候音调多转了几下。

"是啊。"我说。

我兜里揣着一份柏林地图。我把桌上的几个烟灰缸和那瓶塑料郁金香挪走,将地图铺展开来。

"斯托克将把塞米察从这个长方形地区带入东德。"我用铅笔轻轻在亚历山大广场北边做了个标记。

"他之后会告诉我具体地点。如果我觉得不行,可以在这个地区内换一个具体位置。"哈勒姆的脸都快黏在乐堡啤酒上了,但我知道他每个字都听进去了。

"为什么不让俄国佬把他带到马林波恩,然后再送过西德边境?"他问道。

"那不可能。"我说。

他点了点头。

"斯托克管不到这块。是我傻了。那好吧。你可以——或者你认为你可以——把塞米察放在这里。"他点了点地图。

"然后,"我说,"盖伦组织的人会把他用特殊方式送到西柏林。"

"再然后呢?"哈勒姆问。

"据我对盖伦组织的了解,他们至少会把交接时间推迟二十四小时,这样他们就能利用塞米察换到他们需要的任何东西。然后我们就能用你们内政部做的文件把塞米察以归化公民的身份带回伦敦。"

"盖伦组织的人怎么送他过墙?"哈勒姆问。

"现在你就算猜,都比问得准,我也一个道理,"我说,"如果我张口问了,他们就能编出一堆天马行空却能说得通的谎话。"

"你把零钱给我了吗?"他说。

"给了,"我说,"四枚半克朗。"

哈勒姆打开钱包,数着里面的纸币。

"在我们的人看到塞米察有血有肉地出现在西柏林之前,内政部不会给文件。"我能看见哈勒姆湿润的眼睛里漫布的红血丝。他左右晃着自己的下巴,强调着内政部的条件,然后张嘴又重复了一遍。

"你知道为什么……"他开始讲了。

我伸出手,用指尖轻轻合上哈勒姆的嘴。"你不会想看到塞米察的什么血和肉,"我说,"你可不喜欢血和肉,对吧,哈勒姆?那可不耐看。"

他的脸就像蘸了石蕊水一样红了起来。我走到吧台,买了两杯陈酿白兰地,往哈勒姆面前摆了一杯。他脸上的红还未褪去呢。

"准备好文件就行了,宝贝,"我说,"剩下的我来处理。"

哈勒姆一口灌下白兰地,他点头同意时眼里的泪从来没现在这么多过。

12

每种棋子都有其进攻模式,但只有兵可以吃掉对方的过路兵。同理,此法也只适用于兵。

十月十日,星期四

我离开哈勒姆,往北边逛了逛。马鞍俱乐部仍然喧嚣,直到靴刺叮当作响地离开。一位留着红色倒梳蓬发的姑娘在桌子上十分妩媚地扭着,她有十英寸的头发挨着地面,已经顾不得自己的发型。她的脚肆意而有节奏地把一个个玻璃杯踢到地上。但好像没人在意这点。我走到楼梯那里,侧眼看着这里的烟气和喧嚣。两个女孩穿着大号却紧身的毛衣,背靠着背自恋地扭动身体。我喝了两三杯双份威士忌,试着忘记我在哈勒姆身上耍的阴险手段。

外面的雨还在下。俱乐部的门卫察看出租车的情况。我最后打上了一辆,给了门卫一弗罗林,自己钻进了车。

"我先看到这车的。"

"什么?"我说。

"我先看到这辆车的。"留着倒梳蓬发的女孩说。她说话的时候语速很慢、很有耐心。她身高大概五英尺十英寸,肤色偏白,举止有些紧张，看起来简洁干练。她的嘴唇宽阔而饱满，眼睛像掉进陷阱的小鹿。她现在正一边揉着自己的脸，一边和我抱怨是她先看到这辆出租车的。

"我要去切尔西。"她说着打开了车门。

我环顾四周。坏天气逼得出租车都不出车了。"好吧，"我说，"上车吧，我们先去你的地方。"

车门一锁，我这位新朋友便把蓬发散在皮革座椅上，舒了一口气。

"抽烟吗？"她边说边娴熟地弹了下骆驼牌香烟包装的一角，我永远也做不来这个动作。我拿了一根，又从口袋里掏出一根天鹅火柴。我用拇指指甲搓了下火柴头，将它点着。她很佩服我的手法，看着我探头把烟点上。我表现得很自然，装作我没有在指甲下面放几毫克打火用的磷，每次打火时就像被生锈的手术刀割一下子一样。

"你从事广告业吗？"她问道。她说着一口温柔的美式英语。

"是的，"我说，"我是智威汤逊的业务执行。"

"你看起来不像那里我认识的人。"

"此话不假。"我说道，"我是扣领衬衫帮的带头人。"她礼貌地笑了一下。

"切尔西哪里？"司机喊了一句。她告诉了地址。

"那里有个派对。"她告诉我。

"这就是为什么你要在口袋里揣一瓶健力士吗？"我问道。

她拍了拍酒瓶，确认酒还在。"它呀，"她笑着说，"我用这个洗头。"

"用健力士酒？"我问。

"如果你想要洗身体也行。"她说着摸了摸自己的头发。

"我是想要身体,"我说,"相信我,我想要的。"

"我叫萨曼莎·斯蒂尔,"她礼貌地说道,"大家都叫我萨姆。"

13

罗马诱饵：牺牲一子作诱饵以扭转劣势。

十月十一日，星期五

夏洛特街就在牛津街北边，没几个人为此抱怨。上午十点时，他们就开始写菜单、过滤昨天的油、清理塑料花的灰尘，服务员也开始用眉笔画着假胡须。

我向街对面开熟食店的沃利挥了挥手，转身走进门廊。门上除了其他的牌号，有一块光洁平整的黄铜板，上面标着退伍军官就业办公室。门廊里的鲜花墙纸看起来更有秋天的氛围了。一楼平台有股丙酮的气味，而身后标着阿克米电影剪辑室的走廊里传来电影播放器微弱的转动声。里面的二层则假扮成戏剧用衣的裁缝店，我们可以在这里购买、裁剪或者制作任何我们想要的制服。这是爱丽丝的座位。她既是图书管理员又是门房。要是有人觉得他们能在没有爱丽丝的批准下做任何事，我建议他们试试。

"你来晚了，先生。"爱丽丝说。她正在用力把盖子扣回雀巢咖啡的铁盒上。

"你总是对的，爱丽丝。"我说，"没了你我们都不知道能干什么。"我上楼去办公室。调度部门那里传来了《天使将守护你》的忧伤长号独奏,CWS铜管乐队则跟着调度部门无止境的长篇独奏表演着。琼在楼梯上等着我。"晚了啊。"她说。

"是那个降B调短号,"我解释道,"把音截短了。"

"我说你来晚了。"她把我的旧雨衣挂到木衣架上,架子上面烫着窈于打字室的字样。

我看了看周围愈发光秃秃的地毯、琼的柚木桌子和崭新锃亮的IBM计算机,然后我便看到了它。窗台上放着一株浑身是刺的室内绿植。

"怪可爱的。"我说。它的叶子长而带刺,鲜艳的绿色在刺尖褪为暗黄。在我眼里,它唯一能做的就是多挡住点伦敦本来就供给不足的灰色日光。"可爱。"我又说了一遍。

"婆婆嘴,"琼说道,"它就叫这名字。"

"别以为我会信。"我说。

"道利什看你上个月的支出单时也这么说过。"

我打开"来件"柜,琼已经把里面一大部分筛好了。最难以入眼的是那些政治读物。大版面的书信纸上印着翻译的《团结报》与《参考消息》和其他两张信息表,这些都在柜子里摆了将近一周了。别人也不会替你来读。

"那是常春藤餐厅的账单。"琼说道。我往两张信息表上签了"已阅",然后放进"寄出"的柜子里。这是不让纸堆起来的唯一办法。

"我和你讲过他会提醒你我的生日到了。"琼说。

"别乱焦虑了,我能对付得了奶奶。"

"哈哈,行吧,别把他给开了。"

"笑话还是我来讲好了。"我说,"保罗·路易斯·布劳姆的事你怎么处理的?"

"我把文件申请送给内政部了,然后给国际刑警发了蓝色信号,以及如果发现线索之后怎么做个贝蒂荣画像①。目前还没有答复。奶奶让你十点十五去下阿克米电影,到时候他们会审查每个在卡尔斯霍斯特安全管控区的苏军人员照片。十一点结束以后,道利什要你去见他。你想的话我就从沃利那里给你点两个三明治。内政部的哈勒姆来过电话,也想见你。我告诉他你明天上午十点到十点半会回他电话。你明天晚上飞去柏林,酒店我帮你订好了。一切正常。"

我说:"你这能干的死鬼。"

琼往我桌上放了十几封信,她的手臂蹭了一下我的肩膀,我闻到一阵永恒之音的淡香水味。

"我今天晚上去不了了。"我说。

"上面三个在十一点被取走之前都能准备好。文件需求书不重要。"

"那我就期待了。"我说,"但还得对付那个斯蒂尔姑娘的破事。"琼走到门边站了一会儿,看着我。我感觉到她因为生气脸红了一些,因为我太懂她怎么想了。她身上的A字裙很显女人味。

"我就是喀耳刻。"她说,"每个饮我杯中酒的人都会变成猪。"她转身走了。"你也不例外。"她转头把话顺着肩头丢了出来,就像往肩后撒盐一样。

"讲点理嘛,琼。"我说道。但她已经走了。

道利什占着整栋楼唯一有两扇窗户的办公室。这里暗到不需

---

①蓝色信号为请求信息。其他的信号包括抓捕罪犯、准备引渡的红色,以及表示身份不明尸体的黑色。贝蒂荣是一种罪犯识别系统,以发明者的名字命名。

要装深色玻璃，但你也不需要什么手电筒。他总会买一些古董家具。隔一段时间他就会说自己要去办点业务，所有人都知道他回来就会从波多贝罗路带一张写字台或者一株蜘蛛抱蛋。

因此，道利什的办公室和旧货店没什么两样。装着绿色罩子的维多利亚灯下立着一个古董雨伞架和一个古董桌。墙的一边摆着一面有玻璃门的书柜；里面放着一套精美的皮面狄更斯作品集，其中只缺一本《马丁·瞿述伟》。道利什花了二十五先令买这套书。他经常说，《马丁·瞿述伟》并不是狄更斯写得最好的几本之一。另一面墙放着巨大的IBM机，还有两个蝴蝶标本箱——其中一个的玻璃框裂开了——以及不同公务员板球队的合照，照片上能找到道利什布满胶片颗粒和皱纹的脸。

十月一号就开始烧煤了。冻死人的九月和热化人的十月没什么区别。煤灰堆里放着一个塞满煤球的奥妙纸盒。我把真皮扶手椅又往摇曳的火旁拽了拽。造这个小火炉的时候，英国轮船航行世界还得靠烧煤，而英国的外交则意味着把这些船派到一些地方去。

道利什读了我的报告。他捏了下自己的鼻梁，盯着报告说道："我发现所有人又开始针对你了。"

爱丽丝端了咖啡来，她把咖啡放在桌上，离开的时候没有说话。

"是的。"我说。

道利什递给我一个裂开的杯子，杯沿上画着粉色的花。"和我讲讲斯托克。"他说，"吃姜饼吗？"

我摇摇头。"我太胖了。斯托克只是做分内的事罢了。"

道利什把茶杯和托盘举到与眼睛齐平的位置。

"这一套六组还不错。"他说，"德国瓷器，有年头了。"

我看着杯里雀巢咖啡的小粉堆随着热水的旋涡越来越小。

"它们漂亮极了,你觉得呢?"道利什问。

"虽然和波特兰花瓶比还差点儿,但用来装雀巢咖啡没问题。"

"斯托克活儿干得好吗?"

"我觉得挺好,好到我都想相信他老婆死了的蹩脚故事。他要不就想让我看破他的谎言,这样我就更容易相信他之后说的故事——"道利什端着咖啡走到火炉旁的椅子边上,坐了下来。

"或者?"他问道。他把烟斗拆成零件,对着每个部件大声地吹着气。"或者他觉得我还没聪明到……"道利什摆了一副特别蠢的表情看着我。

"挺好笑的。"我说。

道利什装好了烟斗。

"然后就是盖伦的人想在文件上写的信息。"他看着薄纸上打出来的东西。"用布劳姆当塞米察的化名有什么不对吗?"

"没有,只是我不喜欢被别人牵着鼻子走。他们提一两个要求对我没关系——我理解,他们也会准备别的文件——但他们给的这个单子和一本传记也没区别了。"

"你就是自己赌气罢了。"道利什拿出一包两磅的糖。

"也许你说得没错。"我说道,"我不喜欢盖伦那群人把我当下属管。"

"但他们要这些证件有什么目的?又不去卖,他们有的是钱。"

我耸耸肩,往咖啡里加了三勺糖。

"会长胖的。"道利什说。

"一点没错。"我回道。

"那个姑娘呢?"道利什问,"萨曼莎·斯蒂尔,你对她有什么发现?"

"估计这也是个假名了,但没见苏格兰场标绿卡或者白卡[①]。中央档案库[②]也没有发现。她是美国人——我已经给华盛顿发了请求了。"

"这么大阵仗啊,"道利什说,"你干这事从来都不计成本。最后结果肯定和其他姑娘一样。最后呢?你发现她有一个新闻专员,费尽心思要把个人秘史和照片发给任何想要的人。"

"那个姑娘在跟踪我。"我说道,"虽然她的手法既笨拙又明显,但我们可不能不当回事。"

"你很确定吗?"

"很确定。"

"唔,"道利什不情愿地哼了一下,"好吧,可能你是对的;多小心点总归没错。你去查查她。"

"已经在办了。"我耐心地说道。

"然后再见她一面。"道利什说。

"这尽管放心。"我说,"我还能做点分外的事呢,权当娱乐。"

"你查了瓦坎先生的情人吗?"

"当然。"我笑了,"没有什么拜利斯少校。美国军方的档案倒是能根据描述找出一个游手好闲的平民,叫威尔逊。他估计就是来吓唬我一下的。那个瓦坎,才是个人物。"

"他可是个恶霸。"道利什说。他抓起糖袋,站了起来。"算了,这个不管用。其他都好吧?"

[①] 在苏格兰场的犯罪档案文件中,绿色卡表示无犯罪记录的可疑人员。白色卡表示有普通犯罪记录的人员。
[②] 中央档案库存储着可疑人员与国家要人的政府情报文件——后者包括工会官员、科学家、公司负责人等。

"我的电热炉不转了，"我说，"我在楼下都要冻死了。琼跟我说你对我的开销不太乐意。我是太管不住钱包了吗？"

"管不住钱包只是心态问题，孩子。"他说道，"挨冻也一个道理。看看你能不能两个都自己解决了。"

我感觉轻松了一点。"我其实想要八百磅的无息贷款，给自己买辆新车。"我说。

道利什轻轻把烟草放进烟斗槽里。他拿起火柴，叼上烟斗，抬头看着我。

"知道了。"他终于开口了，一边小心地把烟点上。

"知道我想要还是知道我能买？"

"知道大家对你的评价一点不假。"道利什说，"出去吧，让我工作一会儿。"

"那斯托克的四千英镑怎么定？"我问道。

"啊，"道利什说，"你就是因为它才有这种自己够不到的想法吧。"道利什大吐了一口烟。

"我们可能失去他。"我说。道利什用火柴杆戳着烟斗槽。

我又补了一句："埃及情报的人如果听到动静，连眼睛都不会眨一下就把塞米察买了。"

"我正担心这事呢。"道利什说道，但脸上没有任何担忧的痕迹。"埃及人正招德国科学家呢，是吧？"

"对。"

"我们在苏黎世的人可得盯好MECO①了——要是真有交易肯定是靠它来办。"

"对。"我又说了一遍。

---

① MECO，机械公司，地址位于苏黎世比尔门斯多夫大街155号。该公司代埃及政府购买喷气飞机导弹及人员。

"不错,"道利什说,"注意观察。如果你给琼填一张战争部武器单,我能批给你一把手枪。"

"谢谢你,先生。"我说道。这从来没发生过。如果道利什觉得我需要枪的话,我剩的日子估计就不多了。

"求求你别乱用。我要负很大责任。"

"它如果对我开火的话,我会让您知道的。"我说道,"那时候我就先把枪带到内政部崩了哈勒姆。"

"哈勒姆。"道利什突然抬起头看着我。"别管他的事了,"他说,"你没有威胁他吧?"

"只是稍稍给了点压力,"我承认道,"我们几乎让内政部全权负责整项计划。"

"别这么做。"道利什说。他拿出一块大号白手绢,擦了擦自己的眼镜。"我不在乎你做什么别的事;但对哈勒姆好一些,像戴着小山羊皮手套一样温柔对待他。"

"我觉得他更适合带亮片的绿丝绒手套。"我说。但道利什只是吐着嘴里的烟。

我下楼正准备让工作部开始干活儿,奇科进来了。

"AEASD 给我来文件了。"

"哪个?"我问。

"安全部门原子能局。"奇科说。

"这还差不多。你又在电视上看间谍电影了吧。所以呢?"

"我该怎么回?"

"转给其他地方。"我说。

"上面标着紧急呢。"

"那就紧急转走呗。"奇科怯笑了一下,夹着文件走去窗户那边了。他其实只是想在午饭前消磨下时间。奇科是他们家族谱树上开的一朵奇葩。他额头太大、面颊太窄,所以算不上俊俏,走路的时候佝着背,就像英国高个子为了不伤到自己发育落后的兄弟自尊而特意哈腰一样。他偷偷扫了一眼我的办公室。

"老头儿的花园那件事,是真的吗?"

"什么是真的?"我"哼"了一声,没抬头。但我猜到接下来他要说什么了。

"战争部有个人说奶奶种杂草呢。"琼来这里取一些文件柜里的东西,她等着我给她个回复。

我说道:"道利什先生身为一个业余植物学家已经功成名就。他著作颇多,写有《森林沼泽与荒野植物》与《蒴蕚播种期的裂果现象》。他是草场与绿篱花的专家。你以为他在花园里种的什么,西红柿?"

"不,先生。"奇科说,"天哪,我才知道他是杂草专家。"

"我们习惯说绿篱花。而且别管道利什先生叫'奶奶'了。"

"好的,绿篱花。我那些朋友不知道这个。"

"总有一天,奇科,"我说,"你要认清你那些朋友,就是在你一直叫战争部的那个部门的人,什么都不知道。他们和你一样无知。而你应该行动起来。去图书馆找本书读吧。"

"您有什么推荐吗,先生?"

"从字母 A 或者离门最近的书架开始读,看看你在圣诞节之前能学到点什么吧。"

"您和我开玩笑呢吧,先生。"

"我从来不开玩笑,奇科。真相其实挺好笑的。"琼找到了文件,一句话没说地离开了办公室,不管怎么看这都不是个好兆头。

奇科走到了桌子后面。"您在标什么呢?"他问道。

"机密。"我说,"如果你没事干,就去修修电热炉。插头不管用了。"

"好的先生。我还挺懂这种东西的。"

他抬起炉子,用六便士硬币把插头上的螺丝拧开了。我继续开始读《提升你的用词能力》。

"奇科,'兄弟姐妹(sibling)'什么意思?"我问道。

"不清楚,先生。"他在剑桥待了三年,自己的学士服都和自行车链绞在一起了,可做《每日邮报》填字游戏时还是得作弊。我们一直沉默着,直到他开始和我讲起自己昨晚看的电影的剧情。我记住了电影的名字。

奇科把插头递给了我。"最小的螺丝掉到您桌子底下了,先生。"他说。

"出去吧,奇科。"我说,"我需要呼吸点儿空气。"

他朝门走去。"拿走你的破文件,"我说,"休想把它扔给我。"

外面的电话响了,是对外的邮政总局线路,没有任何"退伍军官就业办公室"的掩护。

"是萨姆。"打电话的人说。

"不是全名萨姆,萨姆是……"

"萨曼莎,"她说道,"萨曼莎·斯蒂尔。"

"你好,最近怎么样?"

"你应该知道的。"她说。

"和没有眉毛的时候一样好?"

"早上的送奶工也这么说。"

"他眼光真不错。"

"你还过来吗？"

"来。我现在就过来接你。"

"你呀，那过来吧。但我可不做什么保证。"

14

仅做调整：该术语表示棋手仅摸子以做调整，而不走子。

十月十一日，星期五

萨曼莎房前的街道是驾校用来教学员转弯的。在卡姆登镇的一潭有西克特画作风格的死水后方，有一排僻静的房子，那里原来是给维多利亚时代商人们的情人住的。而选择这里的原因则是他们买不起汉普斯特德的宅邸。

常春藤包裹的屋子一直延伸至后院花园，哥特式的入口处挂着一张现代的标牌，看起来怪怪的：希思维尤住宅区——旅馆式公寓。花园里的雕像透过灌木丛，向外怒视着，像一群在丛林中受过训练的游击队员。我推开绿松石色的大门走了进来。阳光透过彩色玻璃在大理石地板上留下美丽而纤薄的形状，好像有人曾在这里挥颜泼墨过。那个把屋子隔断成公寓的人肯定赚得不少，足以让他在门厅里摆上带框的相片和鲜花。窗户带着哥特式的窗花格，上面刻满了黄色花朵舒展而蜿蜒的花纹，透过的光线照亮了台阶。光线让空气中的尘土空悬着，我则像一只逃离琥珀的苍蝇一样爬上楼梯。

台阶尽头的门上挂着一张打字机写的卡片：S. 斯蒂尔。我按了下门铃,听到一阵类似身处木琴内部的声音。

萨曼莎·斯蒂尔穿着浴袍、头上围着毛巾打开了门。

"你是,"她问道,"富勒·布拉什公司派来打扫的吗?"

"我是美国运通的,"我说,"这里的水是可以喝的。"

"我刚才在泡澡。"她说。

"也许我能帮上忙。"

"确实,"她说道,"去倒两杯喝的,一杯给我。"

我走进客厅,屋子前后两面墙上盖着丝绸,中间有一张三十英尺长、绒毛高到脚踝的地毯。酒柜在屋子的一角,我一打开便被粉色霓虹灯的光线闪了一脸。我在柜子里的酒瓶间摸来摸去,兑了一杯马提尼,向里扔了几个冰块。

浴室墙面全是马赛克图案,用的是壁板供暖。低矮的大理石桌上摆着三十几瓶乳液和浴盐,桌子正上方是一面粉色大镜子和一堆不锈钢浴室用品。

浴缸由某种黑色的石头制成。萨曼莎坐在浴缸里,戴着几个手镯和一串珍珠。

"别傻站在那里。给我杯喝的。"她说道。五英尺十英寸并不算太高,但如果她躺在黑色浴缸里,就让人目不转睛了。

我说道:"你泡澡的时候都戴着小饰品吗?"

她笑了笑。"小饰品一直戴着——偶尔戴珠宝。"她尝了一口酒,"你往里面倒了什么东西?"

"味美思和杜松子啊。"我说。

"难喝死了,倒了重做一杯。"

我给她做了杯劲儿更大的。她一饮而尽,从浴缸里爬了出来,身上滴着水在地毯上跳起了舞,她的银饰、钻石和湿漉漉的皮肤一同发着光。然后她便开始快速而一点不带挑逗地把身体擦干。

"放点儿音乐。"她喊道,一边用一条红色的浴巾把自己裹好。我打开留声机,接上电源。唱臂在闪亮的黑色胶片上滑动,克莱尔·奥斯汀唱着《我看破了爱情》,像是动了真心,而后面则配着千篇一律的伴唱。萨姆拿起她的烟,我已经准备好点烟了。

"手放下,死鬼。用不着你来,兄弟。"

"我只是想帮你点烟。"

"我自己会来。"她说道。她弹了一下骆驼香烟的盒底,往嘴里夹了根烟,点燃。她面颊一瘪,专心地吸了一口,然后往房间里吐了一大口带着她温度与愉悦的烟气。她眼睛很大,正专心研究坐在沙发上的我。房间里的装饰是那种房东为外国住客特意布置的奢华但不凸显个人喜好的风格。房间里有很多缎面灯罩的台灯和跟洗脸盆一样大小的玻璃烟灰缸。萨姆走到我坐的沙发前。

"遇见你是我能在这个小破城里发生的最好的事。"她说道,"你藏到哪里去了?"

"我在海外联盟外面等呢,"我说道,"但你没再过来了。"

她坐到我身旁。她温暖潮湿的皮肤和身体散发着爽身粉和白速得牙膏的味道。

"你可以吻我了。"她说。她把头靠在沙发上,闭上眼睛。我慢慢地吻了她。

她站了起来。"我不是张皱巴巴的五磅钞票,"她说,"你不需要把我慢慢摊平。"

她抚摸着自己的胳膊走到酒柜前,用手肘夹着腋下的浴巾。她自己倒了杯酒,转身面对我的时候脸上带着迷人的、可以给牙膏做广告的微笑。"市面上有种新的镇静剂，它不会给你舒缓……"

"但能让你享受紧张。"我带着挖苦补上了她的句子。她点了点头，倾着杯子喝了一口。

"我们不是老姑娘们打桥牌，"我说道，"如果任何时候让我愉快的事变得让你不舒服，就和我说一声。"她又点了点头，认真地盯着我看了一会儿。留声机还在放着克莱尔·奥斯汀柔软而富有颗粒感的声音。

"别嘟嘴了，穿上点衣服。"我说。她走了过来，身体跪在沙发上。她的额头很大，正用温柔的灰色眼睛来回看着我的脸颊。她笑的时候脸上弯出了太多皱纹，但说话时声音又回到了清爽的、孩童般的状态，刚才的生硬感也全然消失了。

"既然你都这么讲了。"她说道。我轻轻吻了一下她的嘴唇。

"是我讲的，"我说，"穿好衣服，我们就开车开回英国乡下。"

"然后呢？"她问。

"去演唱会或看个剧。"

"然后呢？"

"晚饭。"

"再然后呢？"

"我们拭目以待。"我说道。她不怀好意地笑了笑，突然变了脸色。"我最喜欢音乐会了，"她说，"皇家节日音乐厅会演……"

"查尔斯·艾夫斯和阿尔班·贝尔格的曲子。"我补上了一句。

"还有勋伯格的。他们会演勋伯格的《管乐变奏曲》，我最喜欢这一首了。我们快出发吧，我穿我那件焰红色的雪纺绸裙子，好吗？"

"当然可以，"我说道，"拿到票很容易，因为没人喜欢现代的……"她又吻了我一下，一缕头发趁着亲吻混了进来。但当她把头收回去的时候，她眼睛里却闪着光点——眼眶里并不是露水般的小泪珠，而是湿润得像水洗过一般——几缕长发黏在她的脸上。我等她先开口，希望她说些和自己被泪水打湿的脸相应和的轻言细语。她什么也没说。我有种感觉，她从来没有在未经思索后果之前说过任何话。或者她也可能说过一次。

她硬生生推开我的胸膛，喊道："我的中和剂。"

"什么？"我问道。她挣开了我的怀抱。

"我的中和剂，"她重复了一遍，"我在家染发来着，我十分钟之前就应该抹上的。一会儿头发就得全打卷儿了。"

她走进浴室，解开头上的毛巾，不停地念着四个字母的单音节英语单词。我从我嘴边拿下一根丝绸般柔顺的长发，又给自己倒了杯酒。头发是染了色，但这又有什么不寻常的？

15

即便是兵也能"一子击双"。

十月十一日，星期五

湿漉漉的叶子像无数新打制的硬币一般在脚下闪烁。街边的蕨类植物尽数枯萎，包裹着铜制的抽象雕塑，而上面闪光的叶片像魔法一般悬于看不见的枝条之上。

酒吧还得走一会儿才能看到，我们在教堂前的墓地站了一会儿，耳边听着各式哀怨与窸窣之声，眼睛望着一个个在反射着微弱光线的墓碑。萨曼莎大声读出墓碑上的大号花体字。

碑上之赞誉皆为空得之衔。
人最好的碑铭便是其身后的美誉。
托马斯·梅里克。逝于一八四九年八月十五日。

她像一个幽灵一样穿过微弱的光线。"这个写得离谱。"她喊道。

此处安眠着比利·佩恩的尸骨。

愿他此后无人叨扰。
在他被戮之日，
无数慈悲之思也随他而逝。

脚下湿润的青草散发出如香水一样新鲜的香气。鸟儿们还在树中鸣唱，树木则在落日的大手术间一一站定，像一堆放在一起的动脉钳。萨姆坚持要看看小教堂里是什么样子……门打开时伴着一颤一颤的尖刺声。门上一张手写小告示上写着：图文拓印暂停，恢复时间待定。有色玻璃上此等宝石折出的光轻柔地打在平整古旧的长椅上，黄铜蜡烛架排列成阵、发出光亮，让这里像是一座中世纪的炼油厂。萨姆紧紧握着我的手。

"遇见你是发生在我身上最好的事。"她说这话时像是动了真心。

我们到酒吧时，那里已经人满为患。穿着粗织毛线衣的男人神情专注地躺在豪华长椅上，对于自己本地人的身份十分自豪。

"我说梅布尔，"他们中有个人对女招待喊道，"要不给这里的各位都再来杯酒吧？"一个穿着开襟衬衫，领口塞着佩斯利花纹围巾的男人说道："他是国内最好的摄影师了，但一张照片就要一千几尼。"

一个穿着仿麂皮马靴的人说："我们的冷冻鱼条都比他强。我就说，'你在石膏里就只能凿出丑东西，老兄——我们烧个熏香就能把周围热得滚烫'。我们也这么做了，哈哈！让销售额上涨百分之六点七五，他还能拿个美术指导奖呢！"他笑的声音低沉而雄厚，大口喝着啤酒。

萨姆没放开牵着我的手。我们走到酒吧另一边,坐在高脚椅上。那些穿驼毛大衣、牛仔靴、黑色紧身裤袜的姑娘们也在这里喝着皮姆一号,互相交换着西区理发师的信息。

"两大杯苦啤酒。"我说道。窗外的月亮散发着黄色的光,像一个蓝色天鹅绒房间中的低瓦数灯泡。

"你有没有想过在月球上生活是什么样的?"萨姆问。

"每时每刻都想。"我说。

"说真的,"她攥紧我的手,"说真的,死鬼。"

"那是什么样的?"我问道。

"有点吓人,但很美好。"她说。

"像你一样。"我认真地说道。

萨姆拿起她的苦啤酒,冲我做了个鬼脸。酒吧外一辆跑车发动的轰鸣声震耳欲聋。它把一颗小石子甩向窗户,自己穿透风,一头冲进夜晚潮湿的空气。

萨姆对勋伯格《管乐变奏曲》的想法是对的。我会为了查尔斯·艾夫斯的《英格兰三盛景》而去听音乐会,因为我喜欢军乐队疯狂的模进演奏,但勋伯格又是另一回事了。每个人都喜欢把别人变成自己喜欢的东西。萨姆也不例外。她很爱笑、深情满满,还有点女孩子气。这种有学问的小姑娘,我根本抵挡不住。我们去肯辛顿的一家只有两间屋的小地方吃了晚饭,那里的菜单像报纸一样大。

我们挤过涂脂抹粉、身穿借来的晚礼服的人群。萨姆因为没有长手套和镶着珠宝的臂镯,觉得自己有点不合群。

"别担心,"我说,"你有张漂亮的脸蛋。"

她对我吐了下舌头。

"别把自己搞得这么性感。"我说这话的时候服务员也听到了，萨姆脸红得像一颗甜菜根，这还挺让我惊讶的。

我们喜欢同样的东西。我们都喜欢不加甜瓜的牡蛎。"我吃牡蛎的时候不加调料。"萨姆说。

我对服务员抬了抬眉毛，但萨姆也看见了，狠狠踢了一下我的脚踝。牛排还说得过去，我很努力才忍住没从甜点车上拿太多吃的。我们十二点半喝完了咖啡，开车回家后我把车停在海德公园的蛇形湖旁边。萨姆说，如果我们住在月球上，我们就能看见地球上哪半边人正在安眠。

"我们就是唯一能同时看见太阳的人。"我说道。

"我喜欢。"我重新给汽车打火的时候外面下起了雨。

"来我家说说理由吧。"我提议道。

"我家吧。我还没有眉毛呢。"

"我明天把所有款式的眉笔都买了，就放在我家。"我像她许诺。她紧紧抱住了我的胳膊。

我按了下萨姆前门的铃铛。"别按门铃。"萨姆说道，"我的邻居爱安静。"她动作夸张地打开门，把灯的开关拨了上去。

不难察觉屋里一片凌乱。小偷从最下层的抽屉开始往上搜刮，这样免得从上往下找的时候要关上上面的再开下面的。萨姆呆站着，看着这一片狼藉——衣服散落遍地，地毯上全是洒的红酒。她紧紧咬着自己的下唇，松开的时候狠狠扔出了一句单音节的、发自肺腑的脏话。

"我要不要叫警察？"我问道。

"警察，"萨姆鄙夷地说道，"你指的是你们英国那种不会像傻子一样糟踢屋子，不会问个没完没了，最后什么也不会做的警察？"

"他们确实做得不怎么样。"我说，"但大家对他们的评价还挺高的。"

萨姆说她想自己待一会儿。

"随你。"我说道,我这么说是因为我懂她的心情。

我回到公寓以后给萨姆打了个电话。她听起来不是很紧张,也不是很伤心的样子。

"她好像还可以。"我换掉接收器以后和奥斯汀·巴特沃思说道。

"很好。"他说。奥斯汀现在正坐在我最舒服的那张扶手椅上,喝着我最喜欢的威士忌,谦虚得不得了。"就是些常规操作,"他说着,"装着滑动螺栓的落地窗——小意思。人们真是傻。你来看看我住的地方,那才叫真的防盗。"

"是吗?"我问道。

"当然了,"那个澳大利亚佬说道,"最好的防护要花不少钱呢。但我就奇怪了,为什么大家都舍不得在这上面花钱。都是在事后——他们才能做好防盗,被偷光抢净之后才这样。"

"没错。"我说道。

"我搞得挺乱的。"澳大利亚佬说。

"我发现了。"

"人各有行事之道。"澳大利亚佬故作神秘道,"有时候我办事干净,有时候我就拖泥带水的。苏格兰场永远看不透我。"

"我打赌他们已经看透了。"

"不过确实,"澳大利亚佬说,"谢谢你按了两下门铃。我都快忘了时间了。听到你到门前之后我就赶紧跑了。"他摸了一下鼻尖,浅浅地笑了笑。

"你有什么想法?"

"唔,"澳大利亚佬小心地说道,"未婚独居女性。很多男性朋友。每周能从纽约曼哈顿的大通银行拿三百美元。"

我点了点头。

"联合国广场分行。"澳大利亚佬说道。他对这种详尽很骄傲。

"美国护照的名字是萨曼莎·斯蒂尔。以色列护照和一个叫汉娜·斯塔尔的女性是同一个人,但是以色列的那个是金发。身上佩戴着很多首饰——都是昂贵的高级珠宝,没有便宜货。真的貂皮大衣,不掺半点假。我要卖了能赚一千镑。材质太真了,估计能值三四千镑。"

"真的吗?"我说道。我又倒了些喝的,澳大利亚佬则从壁炉那里把他的靴子和一双红色袜子拿了下来。

"我可没说她是个妓女,但她生活条件很不错。"他的袜子被火烤得直冒蒸汽。"受的教育也很不错。"澳大利亚佬说。

"是吗?"我应和道。

"各种各样的书——心理学、诗歌,五花八门。"

我趁着澳大利亚佬把自己脚烤干的工夫去泡了咖啡。外面的天气糟透了;雨不停顺着窗户往下淌,急促的雨阵咆哮着通过檐槽大片地冲下地面,水流撞向后花园的水泥地时发出空洞的击打声。我拿着咖啡回来时,澳大利亚佬翻开了他的小格莱斯顿包。里面有几根撬棍、一把斯蒂尔松牌扳手以及许多他自制的开锁工具。里面还有两件防尘外衣、一双软拖鞋和一台宝丽来100自动相机。

"像是这些。"澳大利亚佬说着拿起几张宝丽来的相片。只有一张和我想知道的有关:小卧室中有一台单眼显微镜——看起来很专业、目标确定,还有化学设备支持——堆成一堆的标本和试管。我想看的则是书架上书的名目。

"照片不行。"我说道,"我戴着眼镜都看不清书的名称。你记不记得其中一些名字?"

"我和你讲了,"澳大利亚佬说道,"我本来刚要抄几个下来,结果你就按门铃了。我还能再去一趟——不难的。"

"不了,不要再去了。就想起来一个书名就行。"

我们坐在那里,我看着澳大利亚佬肥硕而滑稽的老脸,他那双明亮的小眼睛正盯着壁炉里的火,试着回想自己短暂瞥到的那些书。

"比如,"我追问道,"有没有书上写着'酶'?"

"我的天哪。"澳大利亚佬满足地笑了起来,"就是这个,你说对了。'酶',它们全都是讲酶的。"

他记不起全部书名,不过我知道他肯定不会胡编。他是我们这里最好的入室盗窃人选,也是最好的外聘人员。

"你怎么知道的?"澳大利亚佬问道。

"猜的,"我说,"她看起来就像那种喜欢酶的姑娘。"

16

每个兵都可能是潜在的皇后。

十月十二日，星期六，白厅

"加冕典礼的时候看着真不错。"

"那还用说。"我说道。

"连着几英里都能看见。我胜利游行的时候也在现场。真的很好。"

"我们还是开始……"

"你想阵亡将士纪念日的时候来吗？"哈勒姆问道，"他们是观感最好的。"

"可以啊。"我说道，"现在，关于……"

"稍等。"哈勒姆说道。他走到桌前，对着浅绿色的电话机说了几句。

"菲莉丝，我们想要一杯加奶油的咖啡。你能和梅纳尔太太说一声吗？用好的那套瓷具装，菲莉丝，我来客人了。"

哈勒姆的办公室在楼里最顶层，窗外可以一览白厅沿街的景致，窗外我们脚下的纪念碑上落满了一列列的椋鸟。办公室里装潢精美，白厅一向如此；工务部的油地毡上铺着灯芯草编席，房间里挂着蓝色的窗帘、两幅塞尚的印刷画还有把破旧的藤编椅。哈勒姆整理了一下文件,找出来两份档案和一本小册子。后者是农业部出版的《园艺师用得上的化学品》。哈勒姆打开其中一份档案,上面用罗马体标着特殊进口许可的字样,标题下面的名字工整地用圆珠笔写着塞米察先生。

"我们管所有官方假证件申请都叫'进口许可证'。"哈勒姆解释道。他用自己皮包骨的尖手指点了点另一个档案。"这个报告是——"他读道,"有毒物质咨询委员会的。"

"你是我认识的毒性最大的人。"我愉快地说道。

"你太顽皮了。"哈勒姆说,"我还以为我俩可以友好相处了。这在长期对我俩都有好处,你也懂的。"他按照自己想象中赢家的样子笑了笑。他今天穿着内政部的制服——黑夹克、细直条纹裤子、硬白衣领和老米利安俱乐部的领带。

"盖伦组织的人和我说塞米察两周以后会进入柏林。"我说。

"哦,这些我们都知道。"哈勒姆漫不经心地回答道。

"你怎么知道的?"

"哈,你们这些夏洛特街的人。整天神秘兮兮的,也不讲礼貌。尤其是道利什奶奶最明显。"我点了点头。

"你知道,我们就管他叫道利什奶奶。"

"你刚才就是这么叫的。"

"塞米察不是个秘密特工,小兄弟。他要去洪堡大学作题为《合成杀虫剂——害虫对 DDT 抗药性的提升》的演讲。他二十九号星期二要演讲,所以他前一周周末的某个时间会到柏林。我是从 AND[①] 拿到消息的。这可不是什么秘密。另外,我和你打赌

[①] AND,东德的官方新闻机构。

他会住阿德隆酒店。"

"现在你就是在猜了。"

"才不是呢,"哈勒姆说道,"洪堡大学通常就会把等级最高的客座讲师安排在那里。"他拿出自己的烟嘴。"你能给我根烟吗?"他问道。我拿出一盒高卢烟,撕下一角,把烟给了他。

"法国烟?"哈勒姆问道,"这些烟做得挺粗糙的,是吧?"他点烟时正好有人敲门。一个穿着花围裙的老太婆跛着脚痛苦地踩着地毯走了过来。

"放在那里就行了,梅纳尔太太,太好了——巧克力消化饼干也放那里。我的天,我们真不配享受这种服务。"哈勒姆把一大瓶插好的花拿走,好给咖啡盘腾出位置来。

老太婆笑容满面,用卷发夹整理了自己的刘海。

"您今天后背还好吗,梅纳尔太太?"哈勒姆问道。

"我觉得要下雨了,先生。"她回答道。

"我们的梅纳尔太太从来没测错过。"哈勒姆骄傲地对我说道。

"真的吗?"我说,"她应该去空军部的屋顶上住。"

梅纳尔太太笑着从窗台拿起三套杯子,对哈勒姆说:"哈勒姆先生,您欠我两周买咖啡的钱呢。"

"两周?"哈勒姆问道,"你确定吗?"

"没错,先生。"梅纳尔太太的回答很短促。

哈勒姆拿出皮质的小钱包,小心地打开,把硬币像《死海古卷》残片一样倒在手上。

"两周?"哈勒姆问,期待最后能暂逃一劫。

"是的,先生。"梅纳尔太太坚定地点着头说道。

他挑拣着手上的钱,好像不想让光照到一样。他递给梅纳尔太太两枚半克朗,大方地跟了一句"不用找了"。

"还有一先令,"梅纳尔太太说,"您忘了还有三次饼干的钱呢。"哈勒姆给完钱以后她就走了,但他盯着门看了很久。他很确定自己上周付过她钱了。

"求求老天了,哈勒姆。"我说道,"我们直奔主题吧。为什么我们要花工夫把一位杀虫剂专家搞过来?"

"你坐稳了。"哈勒姆说,"椅子是不是很舒服?"他把咖啡从一个精美的德累斯顿茶壶里倒进杯子递给我,那个杯子在波多贝罗路可不止卖一磅六便士。

"如果我要在这里坐上一周,一心想着让你回答两三个简单问题的话,就不太舒服了。"

"吃饼干吗?"他问道。

"不了,谢谢。"我回得很简单。

哈勒姆皱了皱鼻子。"吃吧,"他说,"巧克力的。"哈勒姆卷袖子的时候,我发现他戴着一块瑞士积家的大金表。

"买新表了?"我问道。

他摸了摸手表那边的衣袖。"我攒钱买的,"他说,"表还不错吧?"

"哈勒姆,你真是,"我说——我顿了一下,盯着他的脸——"品位无可挑剔。"他整理着桌上的纸张,眼睛里闪出愉悦的神采。

哈勒姆把纤细的手抱在脑后,在转椅上轻轻左右晃着。光线透过窗户扫在他面孔上时,他衰老但英俊脸庞的轮廓便一览无余了。现在,他扑满粉的脸被太阳晒成了尼古丁黄,像是一架拉锁松掉的帐篷。

"你知道 DDT 是什么吗?"哈勒姆问。

"和我讲讲。"

"这种我们叫氯化烃。它们会留在土地里,也会留在体内的脂肪里。你的脂肪里可能就有五十毫克DDT。"

"不好吗?"

"很可能不好。"哈勒姆说道,"但许多美国人体内的含量是你的五倍。说真的,我们这里有些人已经有点警觉了。不管怎么说,塞米察做出贡献的另一种类是有机磷类。它们不会残留——很快就分解了。"

"那很不错。"我说。

"是啊。"哈勒姆抿了一小口咖啡,把杯子像降落一架受损的直升机一样放在杯垫上。

"那塞米察对酶的知识是从哪里来的?"

"好问题。重点就在这儿。后一类化学物质里有两种——对硫磷和马拉硫磷——它们是通过抑制一种叫胆碱酯酶的酶而起作用的。它们通过这个来杀虫。这两种物质胜过DDT的地方在于,现在害虫对这两种药还不像对DDT一样有抗药性。"他喝了口咖啡。

"这很重要吗?"

"重要极了。"哈勒姆说,"塞米察的研究看起来不那么惊世骇俗,但农业也是我们英伦岛传统的基石。"他露出烤瓷牙,高傲地笑了笑,"绿宝石岛[①]等等。"他往嘴里塞了块方糖。

"你就因为这个把我派出去了?"我问。

"和这个一点关系没有,好孩子。刚才是你自己问的,对吧?"他说着把嘴里的糖嚼碎吞掉了。

我点点头。哈勒姆继续说道:"我们是想谈政治上的事。"他把塞米察的文件用橡皮筋绑起来,手指顺着文件柜小心地拨着,

---

① 绿宝石岛,爱尔兰岛的别称。

直到把文件放到正确的缝里。

"斯托克上校。这是我想和你聊的……"他大声吸着鼻子,用烟嘴在墨水台上敲了两下。

"你能再给我一根法国烟吗?这还……"他想着合适的形容词,"……挺洋气的。"

"别喜欢上这种味道了。"我说道,"抽完一包,你就会自己再买新的了。"哈勒姆笑了,点上了烟。

"斯托克。"我说道。

"哦对,"哈勒姆说,"我们感兴趣的是斯托克。"

道利什"奶奶",我心想。这名字从哈勒姆口中听来,还挺不错的。

哈勒姆抬头看了看,又举起一根纤瘦的手指:"'战争是政治的延续……'你知道克劳维茨这么说的意思。"

"是的。"我说,"我得和克劳维茨聊聊,他老是一遍遍说一样的东西。"

"好了好了。"哈勒姆说着摇了摇手指。

他从桌上拿起一小张纸,快速扫了一遍,然后说道:"我们需要知道像斯托克这种契卡干部①对党完全管控国家这件事的满意程度。而且五年之后,估计军队会重新掌握精英群体的位置。你也知道,他们的影响总是随形势消长。"哈勒姆扁平的手掌像天平托盘一样上下移动着。

"对此他是既爱又恨。"我说。

"精辟。"哈勒姆回答道,"好了,我们这边做政治预测的人很关注这类信息。她们说,如果苏联军方自觉十分自信,那么可

---

① 见附录四:苏联情报系统。

能冷战就会变成热战。而当党牢牢掌握着缰绳，紧张局势就会缓和。"哈勒姆的手指微微动了一下，像是要从手掌赶一只苍蝇一般。"他们就喜欢下面发生的这些事。"他显然觉得这些人有点奇怪。

"所以你不觉得斯托克会叛逃？"我问道。

哈勒姆抬起他的下巴，用他长长的鼻子俯视着我。"你已经看出来了，肯定如此。你也不是真傻。"他伸出手指揉了揉鼻子。"你怎么就当我傻了呢？"他又整理了一下档案。"斯托克的案子很有意思，你知道的。实打实的老布尔什维克斗士。他一七年十月革命的时候跟着安东诺夫·奥弗申柯攻打过冬宫，你想想这在俄国人眼里意味着什么。"

"意味着你是个就算直接扔掉也不足惜的英雄人物。"

"我觉得这还挺恰切的。"哈勒姆说道。他拿出一支金制自动铅笔。"简而言之，让我先把它记下来。'直接扔掉也不足惜的英雄人物'，斯托克就是这种人。"他往嘴里又送了块糖，自己写了起来。

17

骑士可以用来同时威慑两枚分开摆放的棋子（此战术名为"捉双"）。如果两枚棋子中一枚是国王，那么另一枚棋子则无法被救。

十月十二日，星期六

在我交回内政部的通行证、踏入白厅的时候，纪念碑的灰色石头在冬天耀眼的阳光下闪动。空无一人的旅游巴士单独或并排停在骑兵卫队路与泰晤士河的堤岸边上。

一身红色的骑警一动不动地坐在马上，手攥着佩刀的同时脑子里想的却是金属抛光剂和云雨之事。特拉法加广场上的鸽子则被柴油织就的有毒薄纱缠住了身子。

一辆出租车看见我在招手，从车流中猛穿过来。

我对司机说道："海尼基酒馆，波多贝罗路。"

"波多贝罗路。"司机说着，"潮人都去的那儿？"

"听起来是这样。"我说。司机把小旗拍下来，一脚油门折回了车流。一个开着宝马Mini的男人对着司机喊道："你个弱智东西！"而我则点了点头以表同意。

海尼基是一个空荡荡的好地方，里面的布置非常简单，地板不会因为洒了半杯最好的苦啤酒就没法待了;穿着山羊绒、小羊皮、干草、皮革、仿皮革的各式人等挂着精心装点的自恋面具推搡着、闲聊着,摆出各种各样的姿势。我点了一杯双份帝雀斯威士忌,挤进人群中。

一位顶着爱德华时代发型、胸部丰满得像科幻小说人物的姑娘从一个大草篮里拿出来一个哥本哈根瓷茶壶。"……要我说你就是个该死的老强盗。"她跟一个长胡子、穿着收腰粗布夹克的男人,刚才他还在说"学术训练是没天赋的人最后的庇护所"。姑娘把茶壶放在一边,闪了闪她乌黑的大眼睛,说道:"我希望你能告诉那个傻——老头儿。"她重新系了系皮衣的腰带,从男人的夹克兜里掏出一包伍德宾香烟。

"我真想掐死他。"她说,"他就是个大……"她用查泰莱夫人的语言描述着他,那个男人则把一杯烈性黑啤端在嘴边,满眼深情地审视着自己的倒影。

我喝了口自己的酒,眼睛盯着门外。门口还没有萨姆的影子。我身后穿粗布夹克的长胡子男人说着,"我和你讲我抽的时候什么感觉吧。我感觉自己口袋里装着赫拉克勒斯、伊阿宋、奥德修斯、加勒哈德、西拉诺、达达尼昂、人猿泰山,还有一张足球彩票的兑奖支票。"姑娘一边笑着一边拍了拍草篮,确保茶壶还在。长胡子的男人看了看我,说道:"你在等萨曼莎·斯蒂尔吗?"

"可能吧。"我说道。

"是吧。"他说道,仔细看着我的衣服和脸,"她说你长得有点古板。"

"我的古板能和二次方根比一比[①]。"姑娘尖声咯咯地笑了。

[①]此处的"古板"在原文中为square,该词也有二次方、正方形的意思。

"那这里有个长方形板。"长胡子男人说着递给我了一封信。信封里的纸如是说道:"亲爱的卡达沃先生,所有证件必须在周一上午前送达我们在柏林的办公室,不然我们无法保证递送。"我没能看懂信上签的是什么名字。

"把这封信给你的人长什么样?"我问。

"像马丁·鲍曼。"长胡子男人说。他短促地笑了一下,从我手里把信抽了回来。"我和他说我会替他把信销毁,毕竟我们不想让信落在错误的人手里。"

"怎么了?"黑眼女生问。

"——(滚)开,"长胡子男人骂道,"这是生意。"他把纸叠起来,放回衣兜。"这娘们儿现在归你了。"他亲切地和我讲道。萨曼莎正在屋子的另一边来回扭着头找我呢。

萨曼莎对长胡子男人说了声"你好大卫",又对着仔细研究她靴子而根本没注意到她的黑眼姑娘说了声"你好海蒂"。然后又对着十几个人,诗人、画家、作家、艺术片导演(他们组织的名字只有简称)以及零星几个模特或者摄影师打了招呼。没人在介绍身份的时候说自己是秘密特工,连大卫也没说。

18

杀（mate）：源于古法语，意为压倒或战胜。

十月十二日，星期六

萨姆开着一辆白色阳光阿尔派（邦德同款座驾）把我接回了她家。公寓里光洁一新，洒过红酒的小地毯也被拿走清理了。她在厨房里来回走发出声响，隔着屋子能听见电动开罐器的声音。我踱进她的卧室，梳妆台上摆满了小瓶装的浪凡和纪梵希香水，撕碎的药棉、金色的梳子、洁面霜、半杯冷掉的咖啡、一盆金缕梅、护肤品、手霜、滚珠除臭剂、剪刀、镊子、六种不同的指甲油、七瓶从绿色到淡紫色的眼影、装着银色颜料的罐子，还有一大碗小珠子和手镯。银色相框里是一个穿着迷你针织泳裤的金发男人。我拿着相框。这张相片很小，往下一滑就能看到另一个男人的头。底下是一张工作室写真，光线和印刷都很不错，上面的人朝着镜头的方向前倾了四十五度，电影明星也喜欢这样往前倾身。上面是一串潦草的大写字母：永恒的爱献予萨曼莎，约翰尼·瓦坎。

一双纤细而修长的手从背后抓住了我的胸膛，我感觉到萨姆柔软、馥郁的身体正紧紧贴在自己后背上。

"你来我卧室做什么啦?"她说。

"看看你情人们的照片。"我回答道。

"可怜的约翰尼·瓦坎。"她说道,"他还爱我爱得发疯呢。你会因为这个疯狂吃他的醋吗?"

"醋坛子都翻了。"我说。

我们站在那里,盯着梳妆台镜子里的我们,彼此之间几乎没什么距离。

床上有不少玩具,一只破旧的泰迪熊、一只耳朵坏掉的黑丝绒小猫和一条斗鸡眼的小鳄鱼。

"你不是已经过了玩毛绒玩具的年纪了吗?"我问。

"还没有呢。"

我说道:"谁还需要毛绒玩具啊?"

"别这么说,"她说,"男人把女人当毛绒玩具,女人拿小孩当毛绒玩具,小孩就用毛绒玩具当毛绒玩具。"

"真的吗?"我问道。

"好啦好啦。"萨姆说着,她的指甲尖从下往上轻划着我背上的肌肉。她压低了声音。"一场爱情分四个阶段。一开始是相爱与享受恋爱。"她的声音在我的肩膀里闷闷的。"这是第一阶段。"

"这个阶段有多久?"

"不太长。"萨姆说,"马上就轮到其他阶段了。"

"有哪些?"

"相爱但不享受恋爱,"萨姆说,"这是第二阶段。然后既不相爱又不享受正在恋爱的事实。最后则是不相爱但享受这个事实——然后你就身处爱情之外了——痊愈了。"

"听起来很不错。"我说。

"但你得假装自己很强大,"萨曼莎说,"我对待爱情很认真，这让我感觉有点可悲。如果相爱的人能携手共同走过这些阶段……"她又往我怀里钻了钻，"我们就会永远停在第一阶段，什么事都不会将我们分开，我们就会一直住在月球上。好吗？"

"好。"

"不，我是认真的。"

"那看来我们是第一对登上月球的。"我说。

萨姆说："想想那些在地球上的傻子吧，他们看不到我们这里的烈日。"

"可把我们晒坏了。"

"别乱动，"萨姆说，"别这样，我锅上还热着一罐玉米呢，会烧煳的。"

"玉米，"我说道，"直接扔掉也不足惜。"

19

棋手可以通过消将或垫将的方式摆脱被将的局面。

十月十二日，星期六，柏林

我把包递给春天酒店的门卫之后就出门找地方吃晚饭了。现在是深夜，动物园里的动物都已入眠，但隔壁希尔顿的另一拨动物才刚刚清醒过来。威廉皇帝纪念教堂旁钟声和缓，一辆大众迷你巴士从旁边开了过来，嘈杂的警笛声与蓝色闪灯预示着有紧急情况发生。周边的车都停了下来，目送这辆标着美军军警的车疾驰而去，车里的风扇嗡嗡作响。

法国文化中心离这里不远，就在乌兰德路的街角。我已经饿了。虽然今晚很适合散步，但气压正在向上攀升，天上也下起雨来。对面的围城中明亮的霓虹灯牌闪耀着。选帝侯大街人行道上的餐厅都关紧了自家玻璃窗，打开了电红外暖气。玻璃屋内的食客像食肉的昆虫一般四处走动着。这些穿着体面的岛民①一边吃饭，一边争论，互相开着玩笑，靠着一杯咖啡在店里待上大几个

---

① 柏林人对自己的称呼。

小时，直到服务员明显脸色不好看的时候才走。餐厅外的小店闪着灯光，向散步的人售卖杂志和烧肉小吃，双层冰淇淋车喧嚷着来回挪动，大众汽车在街角疾行、嗡嗡作响，敞篷的梅赛德斯则慢悠悠地走着，里面的司机向自己认识的和根本不认识的人打着招呼、肆意叫喊。

一拨拨行人穿行于十字路口，他们等着信号灯变绿，之后便恭顺地前进。穿着深色羊毛上衣的小伙儿把车停好，耐心等待着，车里的广播里放着爵士乐。他们那些染了白色头发的女朋友则在补妆，决定下一站去哪家俱乐部玩。

有两个男人正在街角边的小店吃烤羊肉串，用晶体管收音机听橄榄球比赛的赛况。我走到宽阔大街的中央，街道上五颜六色的汽车排成长龙，车流一直延伸至格鲁内瓦尔德。抬头看去，法国文化中心餐厅的灯光映入眼帘。

我听见身后有脚步声，小店里的两位中的一人走了过来。我站在两辆停好的车中间。我转过身，靠在最近的那辆车旁，手掌压在汽车冰冷的铁皮上。他是光头，穿着一件短大衣。他跟我跟得太紧，以至于我突然一停，他差点儿撞到我身上。我猛地向后一仰，使出全身的力气踹了他一脚。他尖叫了起来，失去平衡向前跌的时候，我闻到了浓重的羊肉串味。我朝着尖叫声的方向胡乱抓了一下，感觉到羊肉串的木杆扎进了我左手的侧面。他的光头撞上了另一辆车的车窗，把上面的玻璃撞得粉碎。玻璃上一张闪亮的贴纸写着受平克顿侦探社保护——芝加哥汽车俱乐部。

他抱着头慢慢倒在了地上，像橄榄球触底得分的慢动作，轻声抽泣起来。

小店里的另一个人朝我跑了过来，操着不能再好笑的萨克森口音对我喊了一大串德语。等他过马路时，路旁又响起了警笛的凄鸣声，一辆顶着蓝色闪光灯、大灯全开的大众牌小客车沿着宽敞的街道咆哮而去。那个萨克森人先退了几步到人行横道上，等到警车呼啸而过又径直向我跑来。我掏出当时战争部武器库大发牢骚才给我的那把九号埃斯塔勒自动手枪①，左手拉开枪栓，往枪膛放了颗子弹。一阵疼痛顺着掌心向身体扩散开来，我感到湿滑、黏稠的血液流了出来。那个萨克森人过来的时候，我已经蹲得很低了。在我左胳膊旁几英寸的地方，那位抽泣的男人说话了："可我们有给你的消息。"他晃了几下身子，血从他的光头上流了下来，像是给他戴了副耳机。

"你疯了吗，英国人？"那个萨克森人用德语喊道。

我告诉他我可没疯，要是他们能保持距离，我也不会如此。萨克森人躲在别克汽车后面又喊了一声。他们有"上校给我的"消息。我知道这里有好几个上校，但显然他们说的就是那位。

坐在地上的男人继续抽泣，一辆过路车的前灯闪过，他的面色一片惨白，血顺着他头的侧面往下流着。凝固的血液黏住了他的手指，像万花筒一样慢慢结出新的形状。鲜血在他的耳郭中堆成了小水洼，滴下来的血则像番茄汤一样砸在他的针织领带上。

我边道歉边接过萨克森人写给我的地址。他们不是B级片里的彪形大汉，只是两个上了年纪的送信人。我把萨克森人和他半昏迷的朋友留在选帝侯大街中央，自己离开了。碰上周六晚上，他们永远也打不到车的，更何况，现在已经开始下雨。

---

①埃斯塔勒的布朗宁自动手枪已经取代了点三八左轮手枪，成为标准装备。

20

敌方区域指棋盘上对手棋子一步之内的范围。

十月十二日,星期六

我清洗了一下木杆在我手上扎的伤口,用绷带包扎好,但还没等车开到弗雷德里希大街的检查点,伤口就又开始流血了。检查站里有人正在激动地争辩。一名红脸男子挥舞着手上的爱尔兰护照,说道:"……我们是且一直是中立的。"

边防士兵回应道:"你们的政府不仅不承认德意志民主共和国,苏联都等了四十五年,也没等到你们政府承认人家。"

他们只是扫了一眼我的护照,就还了回来。别说手上拿着九毫米手枪了,我就算开着M60坦克也能顺利通过。

我迈出检查站走进雨中时,身后的爱尔兰人又说道:"草率结婚后悔多——我们都这么说。"

卡尔霍斯特是归属俄方的东德地区——联合军事管制委员会就在这儿,大部分俄国人也在此定居。萨克森人给我的地址位于这个地区南部的一条窄街上。雨点结实地砸向地面,四处没有一个路人。一阵阵闪电点亮了整片天空,我趁着其中的一闪看清了街道的名字。小巷里是一条石子路,巷道两边都是窄门脸的商店。街前的木门在雨中闪着光泽，这么一对比，十二号门看起来更加破败不堪。

我把手枪塞回自己的夹克，又紧了紧手上的绷带。血从绷带的贴合处洇了下来，弄得袖口全是血渍。我敲了敲门。四下的窗户都黑着灯，只有街上的煤气灯还亮着。我从口袋里掏出一个手电筒，顺着布满裂缝的石灰墙照了照。我最终找到了开关，但电灯还是不听使唤。

我推开左手边一扇润滑良好的门，走进一间大房间，中间是一架带锯，上面两面巨大的轮盘反射着手电筒的光。墙角处有一台榫眼机。每台机器下面的地板都有混凝土加固，生锈的螺栓把这部膏好油的机器固定得很牢靠。其中一扇墙边堆着不少板材，木板的气味在夜晚潮湿的空气中与水蒸气紧密相融。四下无人，我打开一扇壁橱，但枪口前只是一把扫帚和一罐抛光剂。前面的主门打开以后是一段狭窄的螺旋梯。我把手电筒夹在身体的一边，手指从扳机上松了下来。手电筒因为血而变得黏糊糊的，一滴血在光里晃来晃去，最终轻轻落入了锯末中。楼梯吱吱作响，木质台阶上盖着一大层锯末，地下室的地板上厚厚的刨花像秋天落叶铺就的地毯，踩上去便会发出噼噼啪啪的声音。

我慢慢把手电筒转向墙的另一边。我能闻到新切的木板发出的甘甜、醇香的气味。框锯、伦敦锤、曲尺、弓锯、凿子、木锉还有装着染料和抛光剂的瓶子有序地摆在压板机上方正确的位置上。地下室中间整齐地摆着五张木工桌，上面则是装着鱼胶的生锈罐子和薄薄的镶板。

地下室的深处没什么东西。那里有个小灶盘，上面放着一个用来烫弯木板的巨大水壶。六个长着裂纹的茶壶被倒放在茶巾上沥水，其中一个杯子上印着德累斯顿惠赠。

屋子尽头笨重的桌子上放着几个埋头螺丝和一把重型螺丝刀，它们的位置显示着零件在木板上的拼装位置。头顶正上方是一面天窗和一个吊臂，这些东西加起来体积太大，过不去楼梯，得吊进去才行；六面棺材正靠在墙边，木板被抛得闪闪发光，可以直接拿来使用。

这些棺材制作非常精美。它们的盖板和底座一样深，四周的浮雕刻着树叶与花朵的螺旋纹样，一直延伸至六个大金属把手上。我挨个敲了敲它们，一、二、三、四、五、六。最后一个棺材不是空的，敲击的回声未落，棺材盖板突然重重摔在了地上。我赶忙拿手电照了照包满丝绸的棺内，把枪端了起来。手电光照出了一个穿制服的男人，他把自己紧紧挤进了这口直立棺材。我还没来得及仔细端详他的脸，但他身上的勋章和金穗带已经告诉我，他就是斯托克。

他咯咯地笑了。"我吓到你了，英国人。承认吧，我吓到你了。"

"我吓得差点儿往你肚子上开六个洞。"我说道。我把手枪放回口袋，帮他把宽大的肩膀从棺材里掏了出来。

"你要死的话最好来英国，我们这儿的棺材从肩膀往上就变宽了。"

"是吗？"斯托克掸了掸他夏服上的锯末，从身旁的桌上拿起一顶大盖帽，打开了四盏霓虹灯。

"这是在开哪门子玩笑，斯托克？"我问道。

斯托克用手掌把棺材拍上。"给塞米察用的。"他说道，"你看。"他指着棺材里面，棺盖精美的浮雕上已经打好了孔。

斯托克又拍了拍浮雕。"世上可剩不了几处这样的美宅呢。"他又敲了敲棺材边，"榆木的，用风干过的二十毫米木板精心打制。做了防水和上了蜡，内衬是丝缎套白棉布。这是侧板，寿衣和盖布。电镀把手很结实，名牌可以刻也可以手写，钉棺材的螺丝是黄铜的，还加了盖板的装饰、尾部的金属环以及丝绸挂绳和流苏。"

"好吧。"我说道。斯托克打趣似的往我后背上重重拍了一下，自己笑了起来。

"两百马克。"他说，"但不用担心，我用我自己的四千英镑来付。"斯托克又笑了，他的脸像是粉色砂岩雕出来的一般，面部光滑得像是被朝圣者抚摸了千年之久。他解开上衣口袋，掏出一张浅黄色表单。

"家属凭这张表来认领死者。这里签字。"斯托克拿自己的手指戳了戳表单，他的手指看起来像根里昂香肠——还是有点烤焦的那种。

我掏出自来水笔，但有点犹豫要不要签。

"地址就签你的酒店，名字留'多尔夫'就行。你怎么这么畏畏缩缩的，英国人？你这名字也用不了几天了。"

"我担心的就是这几天。"我说。斯托克笑了，我拿笔签了文件。

"你割伤了手，英国人？"斯托克说。

"掰牡蛎的时候划的。"

"这样啊。"

"我们那边的生活已经奢靡得无可救药了。"我告诉他道。斯托克点了点头。

"我们把塞米察装在这里，三周以后通过查理检查点——十一月四日，周一下午五点。那现在钱怎么说？"斯托克拿出一包杜卡特牌烟，我从里面抽出一根点上了。

"你们政府那边正式同意付款之后,你就让维克多·西尔韦斯特在他的BBC海外节目上表演一下《有家小旅馆》那首歌。如果交易不成,就不播了,可以吗?"

"你这也太一锤子买卖了,斯托克。你要是能来体验一周我这边的各种麻烦事,你就知道了。我不确定我能不能办到。"

"不确定你能不能让这位西尔韦斯特表演一首《有家小旅馆》?"斯托克怀疑地问道。

"我不确定自己能不能不让他演。"我说。

"你们这资本主义制度啊,"斯托克边说边睿智地点了点头,"怎么就能办成事呢?"他从袖子上掸下一颗锯末。"非洲有一个部落,里面的人会站在全是鳄鱼的深水里钓鱼。他们把抓到的鱼送到隔壁的村来交换,但隔壁村最主要的产业是木质假腿。"

斯托克大声笑着,一直等到我被迫和他一起笑出来才停止。

"这就是资本主义。"斯托克拍了拍我的肩膀,说道。

"我听过一个很不错的笑话。"他压低了声音,像是怕有人会碰巧听到我俩说话一样。"乌尔布里希[①]装成路人四处调查自己的欢迎度。有一个被问到的人说'跟我来'。他把乌尔布里希先带上火车,又坐汽车,最后来到萨克森山区深处和捷克斯洛伐克的边境上。他们在乡间一直走,直到离最近的房子都有几公里远,才终于停了下来。这个人看了看四周,小声对乌尔布里希说道:'就个人而言,我根本不喜欢他。'"斯托克又狂笑起来。"我根本不喜欢他。"斯托克说着指了指自己的胸口,笑得喘不上气。

"听着,斯托克。"

"阿列克谢耶维奇。"他回道。

---

① 乌尔布里希,德国政治家,曾任德国统一社会党第一书记。

"听着,阿列克谢耶维奇。我来这里不是来听资本主义真相的。"

"你不是吗?"斯托克问,"没准儿你会发觉你就是来听这个的呢。"

"为什么?那下一次我能获得什么高见?再来个棺材恶作剧?"我沉默着抽完了烟。

斯托克突然眯起眼睛,然后狠狠戳了戳我的胸口。

"我们知道你有多成熟、多老练,要不然你可不会和瓦坎这种土匪以及盖伦这种罪犯共事。你让我感到恶心,英国人。"

我掏出自己的烟。哈勒姆没给我留太多,但我还是给了斯托克一根。他划开火柴时,黄色的火焰在他的眼中跳跃着。他又开始轻声说起话来。

"他们在耍你呢,英国人。"斯托克说,"他们都有自己的活儿干,就你没有。你是那个直接扔掉也不足惜的家伙。"

"又来这一套话了,"我说,"前几天就有人用这句话形容过你。"

"我就是直接被扔掉也不足惜,英国人。但那也得等这局棋下完。而你,等到盖伦拿到塞米察文件的那一刻,你就可以被扔掉了。"他认真地盯着我,"你觉得盖伦的组织是何方神圣?你觉得他们是给你们政府跑差的吗?"

"他们基本上什么事都干,只要给钱。"

"但钱得给够。"他悠闲地坐到长椅上,看起来要讲些秘密。"你知道二百一十亿美元是多少吗,英国人?这是美国政府一年花在军火上的钱。你知道都有谁拿了吗,英国人?通用动力能拿十二点五亿,剩下只有四家公司能各拿到十亿。这才叫给够,对吧?"

我没说话。

"这二百一十亿美元里超过百分之八十都不需要大公司投标竞价。你能跟得上我说的意思吧？"

"我可比你想得远。"我说，"但这和你有什么关系？"

"柏林的紧张局势和我关系可大了——这是我的工作。你们军队里的人恨不得把弦给绷断。我才是那个费尽心思给弦松劲的人。"

"你可没有松劲，"我说，"你还想像个吉卜赛站街女一样，一门心思要把弦弹出点花样呢。"

斯托克夸张地叹了口气。

"听着，我的朋友。明年你很多军队上的朋友都要退休，然后去资本主义大公司里做军火。他们大部分都签好合同了……"

"等一下。"

"我可不等一下。"斯托克说，"我们知道下一步要发生什么。为了搞清楚真相，我们没少费钱费力。你们的将军退休以后能拿到什么工作取决于他们拿了多少军火大单。局势越紧张，买军火就越容易。盖伦能创造紧张局势——拉高需求——他就好比广告公司。他就是把你玩弄于股掌之间的那种人。"

"瓦坎说……"

"别和我说瓦坎说了什么。"斯托克像是吐一颗沾血的断牙一样把话扔了出来，"他就是个醍醐的法西斯分子。"斯托克朝我靠了靠，悄声说道，好像他对自己刚才太激动有些不好意思。

"我知道瓦坎绝顶聪明，我也知道他政治谈判很在行。但相信我，英国人，他打心底里仍然是个法西斯分子。"

我逐渐能看出来约翰尼·瓦坎作为一个骗子有多么狡猾了。但我可不会告诉他，瓦坎的大脑就像鲸鱼的喉咙一样——虽然巨大无比，里面能装的点子却只是虾米大小。我问他："那你为什么要和他打交道？"

"因为他在帮我玩弄盖伦组织的人。"

"也顺便玩弄我？"

"没错，你也一样，英国人。今天晚上看看能不能找到你的朋友瓦坎吧。问问你在美国国务院的朋友们，问问盖伦组织的朋友们，问问你认识的所有人，英国人。如果线索断了，就去弗雷德里希大街的检查点，或者找个东德地界的电话打给我的办公室。我来告诉你他在哪儿，我是那个唯一能告诉你真相的人。"

"我们那边有个除臭剂用的是一样的广告词。"我说。

"那你买来试试吧。"

"我也许真会买的。"我说。我头也不回地离开房间，上楼坐进自己的车里。我看见斯托克锃亮的伏尔加汽车就停在街边离我远一点的地方，车后面是两辆T-54坦克和一辆步兵车。开往弗雷德里希大街的时候，我路过一条横幅，上面写着学习苏联就是学习如何胜利。我逐渐明白他们是什么意思了。

那天晚上我给所有认识的人打了电话，问他们瓦坎的情况。从柏林文件中心到汤姆叔叔的小屋地铁站，我把每个人都问了个遍。每个人的回答都是一样的。瓦坎不在，他们不知道他去哪里了，也没人知道他什么时候回来。有些线人确实不知道该把消息传给谁。

我透过电话亭的玻璃墙，盯着东德广播控制亭上灰色的硬纸板和长满斑点的植物。

"我是非洲渔夫。"我对着电话说道。

"电话打给哪位？"接电话的女孩问，她早就对奇怪的名字见怪不怪了。

"不是造假肢的，就是鳄鱼，"我说，"我记不清是哪个了。"

我听女孩重复了一遍我说的，然后便是斯托克走过来接电话时震耳欲聋的笑声。

"亨代广场，"斯托克说，"在西班牙边境旁边。"

"记得听维克多·西尔韦斯特。"我说着挂了电话。给我东德硬币打电话的那位边防士兵向我挥手，跟我道了晚安，我转身走了十码，回到了西柏林的地界，界标上的字更像是在说，祝你平安到家。

21

最好把国王移到保护周全、远离危险的位置。

十月十四日,星期一,亨代广场,法国

广场边的马路因为飘扬的尘土而斑驳不堪。阳光虽然充足,但环境还是显得死气沉沉。太阳疲惫地向淡紫色的山后落去。孤独的沙滩绵延几英里。赌场与酒店大门紧闭,门上尽是雨水在初冬留下的污痕。

蓝海大街上一家装着大玻璃窗的餐厅里传来打字机阴郁的"咔嗒"声。我经过一个有挂锁的小店、上面残破的标识上写着调制酒。我径直穿过玻璃门,一位穿着粉色罩衣的年轻姑娘停下手中算的账目,抬起头看着我。

她给我拿了杯咖啡,我则凝望着海天之间灰色的交界处,晚霞逐渐将那里染成粉色。在接下来的半年,这片海要为夏天的到来做练习,每天都要涌上岸来抚平海边的沙滩,就像一个吹毛求疵的老女佣铺床单。

"今天有客人吗?"我疲累地问道。

"有的。"姑娘的笑容既温柔又带了点嘲弄,"一位金(King)先生和他的夫人。"

22

将对方的军是每个棋手的终极目的。

十月十四日，星期一

狭长的餐厅里整齐地摆放着十二张桌子，但今天只有三位客人用餐。吧台那边放着仙山路牌的烟灰缸和调配法式鸡尾酒的工具：滤网、雪克杯、水果刀和搅酒棒。吧台后面则是好几排酒瓶，自从去年夏天就一直没被动过。瓷砖地带着寒冷晚风的气息。顺着天花板，我能听到楼上给我铺床的女服务员拍松枕头的声音。

穿着粉色罩裙的姑娘把打字机放到一边，换上了一条黑裙子。"您想喝些什么？"她问道。

我一口气连灌两杯苏士酒，然后和她互表同意：冬天来这里的人真的太少了。我听见厨房里油烧开的滋滋声，以及菜下锅的沙沙声。他们是昨天来的这里，不知道要待多久。她和我一起喝了第三杯苏士酒，第四杯是我带进房里喝的。等到我下来吃晚饭时，其他客人也回来了。

瓦坎外面套了一件羊绒大衣，里面则是萨维尔街定制的西装——他的领带是迪奥的，丝绸衬衫则是奶油色的。

"你好,金先生,"我说道,"给我介绍一下你的朋友吧。"

"这是萨曼莎。"约翰尼·瓦坎说。

"你好。"萨曼莎说道。

23

王翼弃兵是一种开局阵法,使用此法时棋手将牺牲己方的兵。

十月十四日,星期一

晚饭吃得十分安静:今晚的菜品是巴斯克式鳕鱼。过了一会儿,约翰尼·瓦坎问道:"你非要跟着我吗?"
"我是来办事的——遇到了一些困难。"
"困难?"瓦坎不再嚼嘴里的鳕鱼了。
"你吞过骨头吗?"我问道。
"没有,"瓦坎说,"到底是什么困难?"
"没什么别的,但盖伦要我拿文件来。"
"你为什么不给他们?"
"伦敦那边把名字拼错了。"我说道,"他们拼成了'布鲁姆',但实际上应该是……"
"我知道应该是什么名字,"瓦坎大声嚷道,之后又小声加了一句,"这些呆子,蠢货,浑蛋。"
"所以还挺重要的。"
"那可不是。"

"我发过去的时候名字还是对的。"

"我懂,我懂。"瓦坎嘴上说着,脑子则想着别的事,"我也猜到会出大岔子。"

女服务员从厨房里出来,看见瓦坎盘子上的鱼只吃了一半。

"您不喜欢吗?"她问道,"要不要给您上点儿别的?"

"不太喜欢。"

"我们有牛肋眼或者小牛胸腺。"

"小牛胸腺。"萨曼莎说。

"小牛胸腺。"我说。

"小牛胸腺。"瓦坎也说。但他已经不知道在想什么别的东西了。

我们坐在吧台喝着咖啡和白兰地。萨曼莎找了张英国报纸看,她分给了我一版。最后,瓦坎靠了过来。

"你能给伦敦发个电报,让他们再做一套吗?"

"当然可以,约翰尼。你知道的,你说什么我都会照办。"

瓦坎拍了拍我的膝盖。

"我们就这么做吧。"他给了我一个大大的笑脸。"就算咱们把活儿都干完了,伦敦那边也能都搞砸。"

我耸了耸肩。"如果你能像我一样在伦敦那边干这么久的活儿,你就知道他们什么拿手什么不拿手了。到时候你就会庆幸自己不是计件拿酬的,然后就开始大笔花钱了。"我把最后一口白兰地也喝完了。

"你说得没错。"瓦坎说。他把服务员叫来,又点了白兰地,只是为了向我证明他完全理解了我说的话。

"那斯托克的钱怎么办?"瓦坎问道,"你懂的,他想要的是现金。"

"真的吗,我还准备用我大来国际的卡给他付呢。"

瓦坎轻轻笑了一下,搓了搓手。

"我跟你讲,"瓦坎说,"我这次是为了塞米察的交易来昂代的。"

"我不想……"

瓦坎摆了摆手。"我不用保密。我只是之前发现,把自己的各项差事划分清楚是最好的。这是我打仗的时候学到的。"

"打仗?你打仗的时候是干什么的,约翰尼?"我问他。

"要说的话,就是所有人都要干的事,"约翰尼说,"服从命令。"

"有些人服从的可是些很让人震惊的命令。"

"我干了很多让自己抬不起头的事。"约翰尼说,"我原来当过一次集中营警卫。"

"真的吗,"萨曼莎插嘴道,"你都没和我讲过。"

"矢口否定没什么意义,"约翰尼说,"一人做事就得一人当。我想是谁都做过些拿不上台面的事。但我可没干任何伤天害理的事,没折磨人、没杀人,也没旁观什么暴行发生,但我确实是体制的一员。要不是有我这种在控制塔上执勤,吹着冷风、喝着难喝的咖啡、跺着脚取暖的人——要不是有我这种小人物,这个系统就运转不起来。我对我自己扮演过的角色很羞愧,但如果大家都诚实一点的话,那些工厂工人、警察、守铁路的也是一样的,他们也是体制的一小部分。我们都应该推翻这个体制,不是吗?"

约翰尼带着试探的眼神看着我。我没说什么,但萨曼莎说,

"是的,你应该推翻,但不应该等到这些将军开始四处捣乱的时候才开始行动。整个民族都应该对三十年代犹太商人遭遇的迫害感到震惊。"

"是。"约翰尼低吼道,"我一直听到有人说这种话,说我们早该推翻希特勒了。这是因为说这些话的人不知道他们在讲些什么。你说的'推翻'是什么意思——找一天早上,等我值班的时候开枪杀掉长官吗?"

萨曼莎感受到约翰尼的怒火给她的压迫感了。"也许这能算是个开始。"她低声说道。

"是,非常好的开始。这个长官家里还有他的妻子和六个孩子。他是个老社会民主党人,憎恨所有纳粹分子,还在一九四二年的斯摩棱斯克因为冻伤而走路一瘸一拐。"

"那就换个人。"萨曼莎说。

"没问题,"约翰尼讽刺道,"随机选人,是吧?"他笑了一下,好像在说,即便他和你大谈一整晚,你也永远不能理解集中营里面发生的事,特别是当警卫是什么感受。

"我很庆幸我去的是集中营,"约翰尼凶狠地说,"你们听到了吗?是庆幸。因为如果我没进集中营,我就要去东线打仗。集中营的职位很不错,是份美差。每个人都想去。你觉得整个德国都想排队去打布尔什维克吗?你们美国人就愿意相信这种事,是不是?实话告诉你,没这回事——尤其是党卫队那帮疯子更没这么想过。只要脑子不进水,谁都想找个远离前线的工作,就算焚化炉的臭气让他吃不下午饭,也能接受。"

萨曼莎用手掌捂住自己的耳朵,而约翰尼则又笑了起来。这是他说话最口若悬河的一次。

24

　　串击指直线进攻。若是前面的棋子躲开进攻，就会暴露后面真正的目标。

十月十四日，星期一；十月十五日，星期二

　　到了十一点半，我们就都上去睡觉了；或者说得更准确些，虽然我们互道了晚安、走了遍流程，我们仨里面没有一个真去睡觉的。我站在广场上，身上穿着自己羊皮内衬的雨衣，周围的风则像发了疯的海鸥一样在身旁呼啸。

　　"没别的可能了，一定是这样。"凌晨一点十五时我如是想道。大海里发酵般的味道顺着夜潮飘近了一些。

　　凌晨两点，我还在想同样的事；但等到两点半，才有新情况出现。我前方闪过两个车灯，因为颜色不是黄色，所以我猜到他们是另一边的车。这是辆雪铁龙DS19，它的轮胎在满是沙子的路上刹车时"嘎吱"响了一下。司机灵活地从车里跳了出来，打开车后门，下车的则是瓦坎。后车厢的灯光照出了后座的另一位乘客，一位白发、五十岁左右的男人。但我没带望远镜，也看不清更多了。我看见瓦坎朝我房间窗户的方向回头看了一眼，然后又急忙回到了车上。司机轻轻关上车门，驱车离开了。

我回到酒店，想着到底谁会这么有雅致，能在西班牙租得起挂着圣塞瓦斯蒂安车牌的雪铁龙，还能配一个在凌晨两点半还戴墨镜的司机。

我悄悄关上酒店房门，走到楼梯最下面的小房间里。那里放着一个马桶、两把拖布、四包奥妙洗衣粉、三件雨衣、两把雨伞，还有一部付费电话。我要打两个电话：第一个电话要把法国的圣让站定为接头地点；第二个电话就是打给那些真正在意这件事的人，再给他描述一下那块圣塞瓦斯蒂安的车牌。面对困扰我们的事，胡乱猜测是没有意义的。

我一口气打完两个电话，都没顾上开灯。

我听到头顶有高跟鞋匆匆穿过房间的声音。我把听筒从座机上拿了下来，以免发出声音，然后悄悄地踩着我的胶底鞋穿过走廊。

我沿着洒满月光的海岸走着。散着磷光的海浪碎成了星星点点的花边，月光则像白色颜料一般被洒进海中。我回头看了看酒店，前门黄色的光在覆满沙子的路上照出了一块四边形，上面闪过一位姑娘的身影，那个影子快速地朝着海边走来。

萨曼莎穿戴整齐，她的耳环到眼影都告诉我她还没上床休息。

"约翰尼不见了。"她说。

"去哪儿了？"我问道。

她大衣领口的扣子系上了。"就是找不到人了。"她说，"他说他要下楼一趟。然后我就听到有车开走了。"

我们站在一块，盯着对方看了好久。

"我好冷，"她说，"也好害怕。"

我开始往酒店的方向走去。

"约翰尼的车还在，"萨曼莎说着，赶忙跑过来赶上了我，

"他昨天晚上说的——都是真的吗？"

"都是真的。"

"但是呢，聪明鬼？我能听出他嘲讽的口气。"

"没有嘲讽。"我说道，"人们很少会说错事实。他们扭曲的是自己与事实的关系。不管你是打先锋还是在山谷后面泡茶，你都能描述轻骑兵冲锋的场面。"

"你讲得真犀利。"萨姆说。

"现在轮到谁嘲讽别人了？"

"好吧。不管你喜不喜欢他，瓦坎是个聪明的男人。他原来分析过一首巴尔陶克的弦乐四重奏，要是出版肯定能颠覆整个音乐界。"

"好吧，"我说道，"如果你想成为瓦坎月度异想天开事件俱乐部的成员，那由你去好了，我反正已经对月下痴谈免疫了。"我走得很快，萨曼莎必须走几步跳一下、两步并一步才能跟上我。她一把抓住我的胳膊。

"那个月亮难道不是咱们俩一起报名去的吗？"她温柔地问道，"我们最后还是没被选上吗？"

"选上了，"我说，"但我要求重新计票。"我把胳膊从她手里挣脱出来，推开了玻璃门。餐桌上闪闪发亮的餐碟和叠成圆锥的餐巾在昏暗的光线下发出亮黄色。萨姆上楼梯时跑到了我的前面，她翻着自己的包，在我们走到她房间时掏出了钥匙。她把门推开，房间里的床上放着一个灰色旅行包，另一个包则在衣柜旁边。其中一个包是空的。我伸手拿起另一个包，里面有一小包卫生纸和一个鞋拔。衣柜里挂着一些衣服，我则快速检查了一遍，用手戳着、扭着肩垫，边摸边听缝线处有没有纸张的声音。

梳妆台上放着几瓶古龙水、指甲油、睫毛膏,还有扑粉、洗发水、毛刷、几包棉花、太阳镜和香烟。我把打开的箱子放在下面接着,手肘一揽,把它们都扫了进去。我从抽屉里翻出萨曼莎的内衣、几包透明尼龙袜、带着金缎带的平底靴,还有一个硬纸盒,盒子里装着两枚钻石戒指、一个银色手镯、一块装饰着珠宝的手表和一些分好类的便宜珠子。我向萨曼莎伸了伸手,头也没抬。

"手提包,"我说,"还有钱包。"

东西还在她的手上。她打开包,仔细研究着里面的东西。她拿出两根骆驼牌香烟,把它们点上,然后把其中一根和闪着光泽的漆皮手提包递给了我。

我迅速地翻了一遍,从里面掏出一本写着萨曼莎·斯蒂尔的美国护照和二十二张一百法郎的新钞,把它们放进了自己的口袋里。

"我还以为咱们两个很般配呢。"萨曼莎说道。她现在看起来没有五英尺十英寸了。她就是一个全身美国味的天真姑娘,在邪恶的欧洲遭受背叛,完全不知所措。

"确实如此,"我说道,"但现在要干正事——别和找乐子搞混了。"

"我这辈子的正事都已经干完了。"萨曼莎说,"什么时候我才能找乐子呢?"

"我看看我能做点什么吧。"我说的时候笑了笑,我看见她嘴角也隐约动了一下。

"我想让你知道……"

"还是别说了,萨姆。"我说,"现在这个情况下,如果我公事公办,直接打电话就可以了;而现在我帮你做的事,可是值一颗二十四克拉的钻石。"

她点点头，拉开裙子侧边拉链，像是女童子军做体检一样不慌不忙地脱下裙子。她的眼睛里全是泪水。"烟熏的，"她说，"我不该累的时候抽烟的，我的眼妆全都毁了。"她笑着把还剩下三英寸的烟在沁扎诺烟灰缸里按灭了。她穿着黑色内衣穿过房间，丝毫不在意我的目光。她认真地从衣柜里挑了一件红色条纹的羊毛裙。"红色是我的幸运色。"她说道。

"有道理。"我说。

她把裙子举到头顶上方。"我还是尽量打扮得漂亮点儿吧。"裙子像灭烛器一样从头上落了下来。然后，她在裹着自己的衣服里面挣扎了一番，害怕自己的胳臂被衣服束缚住，直到她终于露出头来，头发在灯光下紧张地抖动着。

"待在这里别动，"我说，"我先回我房间，两个屋的账我来付。"

"你可真是个能干的死鬼。"她说这句话的时候既没有仰慕也没有挖苦的意思。她看着镜子里的自己，反复摩挲着她的脸。

我的房间里没有行李。我在楼下等着萨曼莎，看看她处理这件事时脑子还清不清楚。

我走到门廊那里，俯身看了看下面的路。除了被海风往门里推的小沙堆，路上没有任何动静。我在门廊上抽完了自己的烟，刺骨的晚风把我身上最后一点酒醉的感觉逼走了。我凝视着向西边地平线延伸的海岬，西班牙离那里只有几码之遥。广场周围断损而扭曲的树都把枝条指向了那里。

我把箱子放到奔驰220SE的后座上。我打开暖气，我们俩则安静地在座位上听着风扇的噪音。打着火之后，车子便颠下了路沿。广场上一片漆黑，除了风呼啸的声音外一片安静。还没等车开上主路，我就打开车灯。踩下油门时，车速表的表盘换了颜色，车身追着黄色大灯长长的触角飞驰而去。

"看来你拿了倒数第一名。"萨曼莎说。

"看来是的。"我同意道。

"你真的很想抓住瓦坎，是吧？"

"你说是就是吧。"

"你就不准备和我多说一句话，是吗？"

"可能吧。"我说道。萨姆没好气地哼了一声，拿出她的骆驼牌烟。

"打火机在收音机下面的第一个抽屉。"我说道，"但如果你眼妆花了的话可别发火。"我们沉默地开了很久，直到萨曼莎说道："你比瓦坎可爱。"她转过头来在我的耳垂上轻轻亲了一下。"在我眼里，"她继续说着，"我觉得你很惹人爱。瓦坎……"她说得很慢、很轻，好像是要表明自己的态度一样，"瓦坎就是个彻头彻尾、死不悔改、冷血又腐朽的大浑蛋。"她一点也没有提高自己的音量。"但瓦坎是个天才。如果他的头脑是块钻石，你的就是块玻璃。"

"都拿钻石和手切水晶玻璃对比了，"我说，"所以我这个角色就注定是个废物咯？"

"胜负早已注定。"萨曼莎笃定地说。

对一个秘密特工而言，把他当傻子看就是对他最大的尊敬。他不需要做任何别的事，只需要确保自己不完全是个蠢货。我现在就是这么想的。

车已经在通往波尔多的 N10 公路上开了两百公里。但这条路修得不错，清晨和我们同行的只有几辆装着各种灯的市场货车，以及往返圣塞瓦斯蒂安和边境之间的慢速长途车。萨曼莎有一半的时间都在睡觉——差不多三个半小时。我不需要打破任何公路时速纪录，也不需要去叫我要见的人起床。车开过贝庸之后，从宽阔、阴郁的朗德到波尔多便尽是封闭而宽敞的良道了。在地平线尽头，树木的绿芽如分列式般行进，幼树的直杆姿态挺拔，一批批树桩前进又后退着。如海洋一般的树木正等待着刽子手的斧子，偶尔略过的黑色焦土则标志着毁灭之火到访的痕迹。萨姆那侧树木组成的网格像是一团绿叶之火，它闪着光亮，像一张印刷失败、红色过量溢出的彩色照片。

一根根树枝在清晨苍白的霜露下闪着红色，直到最后日冕的金色与铅色融为一体，在某种反向的炼金术下炼出了有清澈蓝色天空的早晨。车开到波尔多市郊外缘时，我关上了车灯。我们逐渐能看到一些孤独的车手，他们踩着僵硬、准确而自负的脚步，踏着自行车前进，这是早起的人都有的特质。房屋尾端的墙上印着已经褪色的巨幅开胃酒广告，缠成一团的电线框柱了铺满石子的马路。我把车开到圣让站，停到了正门口。现在整座城上正悬着一大片云。

我把车停在公交车候车亭前面。哥特风格的地铁站里有一座独眼巨人眼睛一样的钟，上面显示，现在已经七点。弗桑酒店外面的藤椅像喝醉了一样东倒西歪地靠着富美家的桌子。工人们冲进小餐馆，赶在上班之前喝口暖身的。垃圾车震耳欲聋的响声站在附近就能听见，一位一身黑衣的女人正在一桶桶地往人行道上泼水，然后拿扫帚擦着地面。

"醒醒！"我说。萨姆还没彻底清醒，就已经拿出了一个小镜子，对着镜子里的自己开始化妆了。

两个身穿黑色制服的摩托警察正站在弗桑酒店的门外聊天，他们戴上白色手套、松了松黑皮带、把夹克的边往下拽了拽，满眼喜爱地同时跨上了车。他们蹬了一下发动板，然后像跳芭蕾一样一个轻蹲、一个小跳，优雅地发动了车。他们加速，在道路弯曲处倾斜着身子，迅速驶过震动的木门和百叶窗，只在冰冷的空气中留下一串尾烟。萨曼莎打了个寒战。

"我们能喝杯咖啡吗？"她问道。我点了点头。

小酒吧挤满了人。十几个穿着蓝色工装服的人正喝着酒、说着话，嘴里呼出来的大蒜味和高卢香烟的烟气弥漫在狭小的空间内。两个人给我们让了路，一个站在门边的人正讲着和外国姑娘搭讪的笑话。我用英语点了两杯加牛奶的咖啡。如果偷听就是你的本事的话，你绝对不能轻视从事航运工作的人说的话。

"还来得及，"我对萨曼莎说，"即使是现在。"

"你说成为你这边的人吗？"她问道。我点了点头。她说，

在他被戮之日，
无数慈悲之思也随他而逝。

"死得像块墓地里冰凉的石头。"我说。

"我已经很喜欢我现在干的事了。"她在帮自己找开脱的理由，因为她不清楚我知道多少信息。这是女人会玩的把戏，而她开始享受其中。"我不可能现在就都放弃。"她说。

"没人想要让你这么做。"我带着些挑逗的语气说道。

萨曼莎愤怒地哼了一下，对话也因此停止了半分钟。"你就是头玩世不恭的猪。"她说。

我笑了笑，安静地喝着咖啡。天色更暗了。她还是把烟留了半英寸，然后丢到地上用高跟鞋踩灭了。"你可以滚了。"我说着把护照给了她。

"把我的钱给我,小子。"

"我们可没说好这个。"我说。"你都拿到你的包了,就别挑三拣四了,小可爱。走吧。"

"我不理解,"萨曼莎说,"你一路把我带过来的时候都没讲。"

"领土安全局不会半夜开门,但是……"我看了看手表,"我的小伙子们十七分钟以后就会在办公室了。"

"你个施虐狂。"

"你可太误会我了。"我说,"你没有犯法国的罪。他们只会把你当作一个麻烦的外国人对待,然后在你的护照上盖个'无效'的章,再把你送上回美国最早的船或者飞机。我本来可以把你扔在伦敦呢,他们可没有这优待。"

萨曼莎甩给我一个简单而粗俗的词。

"拍人马屁不会有什么好下场的。"我说。但萨姆又说了一遍那个词,她已经想不出什么新的了。

"给朋友打打电话——把这些指控撤销,"我说,"附近肯定有你的人能帮你。"我向她靠了靠,礼貌地笑了,"但别再伸你的小手掺和这个行动了,因为海伦娜·鲁宾斯坦可做不成起死回生的事。"

萨曼莎跟着我走到车旁。我把她的行李从后座上拿出来放在地上。引擎还在转,博世的喷油嘴猛地推着我的车加起速离开了停车场。

后视镜的萨曼莎自己一个人站在那里。她身上穿着橄榄色的马海毛军式厚大衣,她扣上了所有的扣子来抵御寒冷的天气,而腿上灰色的针织袜却只能到膝盖下。

当我的车开向马恩路时,两名穿着带腰带雨衣的中年男人从弗桑酒店走了出来,朝着萨曼莎的方向走去。

25

底线杀王：当国王走一条可预测的路线，它就会因路线封锁而被困。

十月十五日，星期二

她穿着法国政府办公室制式的黑色裙子，看起来上了年纪。她推着一辆新艺术风格的手推车，上面放着十二套杯碟、金属滤网、几把勺子、一个带盖子的陶壶和一个大不锈钢筒，里面能瞥见燃气阀蓝色的火焰。她小心掀起陶壶上的盖子，里面涌上一股深烘咖啡豆的香气。她把这些贵重的颗粒称好、倒进滤网，再放到一个杯子上，往里倒入滚烫的开水。她往每个杯子旁边放两块带着包装的方糖，便推着叮当作响的小车出门去了。

"我不清楚她是否在给西德的情报机构办事，但你还能想出什么别的可能吗？"我问道。

格勒纳德拿开滤网上的盖子，做了个被疼到的表情。"每天都能烫到我的手指。"他往咖啡里丢了块糖，抬头看了看，说道，"我看得懂你那个'单纯可欺小男生的口气'，而且我也知道你只是在利用我们给自己办事。"

"那就忘掉她好了，"我说，"忘了我提过瓦坎的所有事，还有那个姑娘或者布劳姆。"

格勒纳德在笔记本上写了点什么。

"而且你也很清楚,这件事我办不到;如果咱俩角色互换,我坐在你的办公室里,你也办不到。你说对吧。"他又把盖子拿了起来。"咖啡好了。你为什么要在这个姑娘身上费这么大劲,然后又把那个男的给放走了?"

落地窗外的天空几乎完全黑了。我扫了一眼格勒纳德的办公室:沾着棕色污点的护墙板,天花板上的石膏墙面有几块已经掉色,老式金属暖气片下面鼓起一层奶油色的小包——这是油漆工做事潦草的后果。墙上的钟摆在关着它的玻璃盒子里来回踱步。

"我们还是得拿到他。"我说道。格勒纳德的桌子上摆着一个像玩具旋转木马一样的金属玩意儿;上面的"骑手"是几块闪亮的大块橡皮印章。格勒纳德转了转旋转木马,自己轻轻笑了一下。"和我讲吧,"他说,"我受不了你卖关子。"

"好吧,通常来讲,我们想让你再给他至少一周左右的自由,但盯紧他,告诉我他身上带了什么再放他走。"

格勒纳德摇了摇头,笑了。刚下起来的几滴雨打在了窗户上。"你们英国人的这种名声可不是白来的。"

"想要那个姑娘的话就拿去。"我有点生气了。"她会把所有的线索都供出来。我只想要……"

格勒纳德朝我挥了挥干瘦的手。"如果你回答我一个问题,我们就成交。"他没等我同意就继续说了,"但这次和我说真话,你要是再想骗我,我就生气了。"雨下了起来,几道复杂的水流向落地窗下方流去。

"要么是真相,要么是沉默。"我说道。暖气片发出一阵机关枪一样的噪音。格勒纳德伸了一下自己优雅而纤细的长腿,手握着桌子以保持稳定，使劲踢了一下暖气，噪音停止了。他仍然盯着那个涂了漆的金属暖气片，问道："你怎么知道我们在监视瓦坎？"

"我知道STASI①清楚那个姑娘在哪儿。而事实上，是他们故意把信息泄露给我们的。看起来，如果他们雇了个监视动向的人②盯着她，那你估计就会同时监视这两个人。"格勒纳德朝我深鞠了一躬，显示出假意的尊重和感激。一阵强风把落地窗吹得在窗框里乱动。

"如果他们和我说那姑娘在巴黎，我就不会这么下判断了。但可惜那是昂代；如果你的主祷文里少了个'h'音，三英里之外他们都能发现。"

格勒纳德又给暖气来了一脚，说道："听起来确实没错。"

我擦了擦自己的眼镜，让自己看起来像那种正派的英国人。我好奇格勒纳德到底少说了多少。虽然他说话的距离也没有远得离谱，但谎言从来都不会是没有理由的。我嘴上说从东德拿到的消息，实际上是从苏联安全部拿的，而不是STASI。他说地点在昂代，但他说的是那个男的，而不是那个姑娘。那个姑娘是怎么回事？说她给西德安全部门办事，如果放在格勒纳德的嘴里确实能讲通。但对那个姑娘而言，她迟早有一天要为自己考虑。

格勒纳德从桌子那边站起身来，走到一个卷帘柜前，从里面抽出一个装着文件卡目录的抽屉。他从里面拿出一张，回到桌子这里，读了一遍正面，又反过来看了看。"好了。"他说，"我们能帮你干。"活像一个保证按时送达吸尘器的人。

---

① STASI，前东德国家安全部。
② 监视动向的人，通过例如贿赂门卫等方式而获得某人的动向，但非对被监视者全天随时监控。

我突然站起来,把手压在他的桌子上,倾身把脸向他那里靠了靠。我发现他额头上有个小伤疤,还能看出他其中一个鼻孔里的鼻毛弯曲的弧度。"下次你来伦敦的时候,就会因为我帮过你的忙而感谢我了。"我轻声道。

格勒纳德沮丧地转着旋转木马,从上面挑了一块印章,在我手背上扣了个"无效"。"别太靠运气活。"他一边说,一边把手从桌子那边伸了出来,和我结结实实地握了个手。"保重,"他说道,"这座城可是既阴暗又危险。"

"我再在柏林待几天就走。"我说。

"我说的是伦敦。"他冷冷道。他按了一下桌上的小铃铛,一位留着平头、戴着无框眼镜的年轻人打开了门。

"艾伯特会送你下去。"格勒纳德说,"这样在门口就可以省掉很多麻烦。自从你上次来了以后,我们整个地方都变得特别机密。"格勒纳德又笑了起来。

我跟着艾伯特在巨大的楼梯间里一圈圈往下转。下到一半,我听见了格勒纳德的声音。我顺着巨大的垂直管道,往头顶上天窗的方向看去。格勒纳德正俯身在阳台上。在这座石质建筑的对比下,他显得十分渺小,而这座楼里则尽是字斟句酌写就的档案和那些在沉默中记录的老官员,这种沉默只会被笔尖碰上墨水盘的声音打断。格勒纳德又喊了一声,几乎以耳语的音量说道:"我的老兄,要按照骗子论,你可真是无可救药。"弯曲绵延的扶手好像毫无边际地重复着,和格勒纳德说话的回声一样没有尽头。我看见他把头从最小的几个圈之一里面探了出来,然后自己笑了。

"正确的形容词,"我说,"是专业。"我继续顺着卡里加里博士小屋一样的楼梯往下走。我知道要花好久才能把手上的印泥墨水洗掉。我不由自主地用手揉着。

26

经验丰富的棋手能记住棋术大师的经典下法并予以运用。

十月十五日,星期二

波尔多在所有法国人的记忆中都有一个特殊的位置(就像慕尼黑之于英国人)。一八七一年、一九一四年、一九四〇年,法国政府都一边昂首喊着"坚守阵地!"一边流亡到了波尔多。这里的每座大型酒店都十分熟悉一拥而入的折叠椅和档案柜、打字机和武装守卫。驱车驶过这里时,我想起了一九四〇年六月;波尔多就是凡尔登与维希的中间点。

我一脚踩下油门:棋下到这个阶段,速度就很重要了。我逐渐把这辆奔驰220SE挂到最高挡。车速快的时候方向盘很灵敏,而上面的液压减震器则让操控十分精确。路上大部分的车都是从波尔多出发的慢车,开了半个小时之后,公路便由我自己独享了。我把时速保持在一百五十公里开了很久,反复告诉自己今天早上的时间没有被浪费。

我开车经过昂代广场上的赌场,毫不显眼地通过了蓝海大街,这是我的拿手绝活儿。我把车开上路沿,在原来的停车位把车停了下来。瓦坎的凯迪拉克也在原来的地方。现在都已经十点四十分了,路上还是毫无动静。我推开前门,厨房里传来了往壶里倒水的声音。我上楼走到我的门前,把手上仍然挂着请勿打扰的标志。我插进钥匙、轻轻推开了门,自己站定在门框的后方。我脑子里过了一遍在吉尔福德学的所有东西,但其实这没有必要——瓦坎离这里还有好几公里呢。我从自己的柜子里拿出酒给自己倒了一杯纯威士忌,在手表上定好吃晚饭的闹钟,然后便上床睡觉了。现在我什么都干不了,能做的只有让事情慢慢发酵。等到有东西烧开的时候,我会听到水汽翻腾的声音。

27

任何攻击敌方国王的行为都是将军（check）。

十月十五日，星期二

外面有人砸门时，时间已经到六点半了。门外站着约翰尼·瓦坎，既生气又伤心的样子。

"请进。"我说道。我转身时发现他还在愤怒地对我瞪着眼睛，我也瞪了回去，但因为我的眼睛只是两条缝，他并没有察觉。

"我去了趟警察局。"他说。他的羊绒大衣斜挎在肩膀上，衣袖像骨折的四肢一样垂着。

"是吗？"我像在寒暄一样说着，"为什么啊？"

"被他们盘问了一遍。"他说道。他用手捋了一下头上的灰发，来回看着我的房间，防止里面有藏起来的警察。

"为什么？你肯定是惹着他们了。"我边穿衣服边说。

"惹着他们！"他大声说道，"我就给你们政府干过一件事。"

"也是，但你肯定没和他们说这个。"我打了个哈欠，"你是不是坐到我的领带上了？"

"当然没有。"约翰尼说，"我一句话都没和他们说。"他越来越生气了。"他们一直在问我各种问题，"——他看了看自己的大金表，"连问了四个小时。"

"你看你把自己搞得气喘吁吁的。"我给他倒了一杯威士忌。

"我没有。"他说道。奇怪的是，他虽然嘴上这么说，却一口闷了威士忌，活像个快渴死的人。"我不准备再在这里待了，"他说，"我要回柏林。"

"你说了算，"我说道，"我只是想帮你一把。"

他鄙夷地看了我一眼。我说："过来，约翰尼。你要么告诉我到底发生了什么，要么就什么也别说。但你别指望能让我相信你进局子是因为警察不喜欢你给头发分边的方式。"

瓦坎坐在床上，我给他又倒了一杯酒，然后我手上的表就响了。"我想去那里找个人问问意见。我是昨天晚上去的，他就住在西班牙。"

我假装自己是那种为了保持礼貌而听人倾诉的人。"这个人，"约翰尼接着说，"是我在军队里认识的。"

"在集中营？"我问道。

"是的。他是那里的医生。我们俩认识好几年了。我估计法国人对他很有意见。他开车载我回这里的时候，他们不让他入境，还把我从车里拽了出来。"

"哦，"我说话的语气像一个刚刚才理解事态的人，"你们进入西班牙国境时，他们在国界边上把你们拦住了。"

"是的。"

"好吧，那我倒觉得不是什么大事。例行检查而已。"

楼下酒店的人敲了一下小铃铛，晚饭已经做好了。我匆忙穿好衣服，瓦坎则喝了不少威士忌。晚饭吃得并不尽兴，因为瓦坎的心情很糟糕。其中一名警察告诉他，因为萨曼莎的证件没有办妥当，所以她得出境。"什么证件？"瓦坎一直在问，我根本答不上来。

"和这个活儿有关的一切都乱套了。"约翰尼等咖啡上来之后如是说道。他抻了抻自己的腿,端详着自己昂贵的牛津皮鞋的鞋尖。"我本想着让所有人都满意……"他伸开手做了个投降的动作。

"你如果要满足所有人,"我说,"那最后确实能有一堆差不离的成果;但你永远干不成有价值的事。"

约翰尼直勾勾地盯着我看了很久,久到我开始觉得他已经疯了。

"你说得没错。"他最终说道。他又开始盯着自己的鞋尖,重复了两三遍"你说得没错"。

我给他倒了杯咖啡,他回了句谢谢,但思绪已经不在这里了。然后说道:"现在伦敦可要生我的气了。"

"为什么?"

"怎么说呢……"他动了动胳膊,好像要把自己的手甩出去一样。"在你需要知道文件上签什么名字的时候我不在柏林,却在这里因为私事胡混。有时候我觉得我没有和这种生活断绝关系。我其实应该去创作音乐,而不是在伦敦孤军奋战。伦敦会要了我的命。"

"伦敦不在意你到底是什么样的人。"我说,"相信我,我很了解他们。他们就像一台大电脑。往里面输入一件成功的事,输出的结果就是升官发财。"

"行了。"约翰尼打断了我。他又开始用眼睛盯着我了。"他们就想要那个人,塞米察——我对天发誓也要搞到他。"

"这就对了。"我说道。但我都不清楚自己是怎么说出这种饱含热情的话的。

28

空有布局是不够的。走每一步棋时都必须有清晰的目的。

十月十七日，星期四，伦敦

"怪罪哈勒姆没什么好处。"道利什曾经这么说过，"他已经额外给了你很多支持和信息。天哪，你真应该尝尝当时我被内政部调遣的滋味。"

"我们先别说给警察戴高帽的事了，"我说道，"我现在有自己的问题——我不想听你的麻烦事。"

"把圣塞瓦斯蒂安的人牵连进来——是个很严重的误判。格勒纳德的人会知道所有事的。"

"不用担心格勒纳德。"我说道，"我把那个姑娘交给他了，然后告诉他她在波恩工作。这足够让他们忙活上几天了。"

"你用不着在这里把事捋顺，"道利什说，"你只要去欧洲那边把烂摊子收拾好就行，我来帮你行屈膝礼、亲别人的手、道歉，然后和他们解释犯错在所难免，给你当替罪羊。"

"您做得真到位。"我一边说着一边转身准备离开。

"还有一件事，"道利什说，"前两天那个小伙子奇尔科特－

奥克斯①过来和我说了一堆书和蓟属植物雄蕊的东西。我一句话也没听懂，我只知道他是从你那里听来的。"

"我只是提了一句您喜欢野花，"我说，"这没错吧？"

道利什正在清理桌子上的东西，好像准备要站上来跳一曲戈帕克舞。这代表他要说掏心话了。

"你知道吗？现在连家里的太太们都喜欢这些了。有人听说了，还过来看呢。他们是过来嘲笑我的。我知道他们就是这么想的，但他们真的留下来观赏它们，有一两个人还给我带了植物。我种了矢车菊——我不知道为什么一开始我没想到种这些。我还有一些好看的红色琉璃繁缕、田春黄菊——你们可能更熟悉雏菊这个名字……"

"确实。"我说道。

道利什眺望着远处，他的目光随着植物慢慢向前绵延。"香雪球、牛膝菊、黄色的滨菊和几片漂亮的草丛，还有野鸟与蝴蝶。"

"您不会养害虫吧？不会养切根虫和科罗拉多金花虫吧？"我问道。

"不会。"道利什回答道。

"那有毒的植物呢？"我问道，"洋地黄、乌头，或者致命的茄属植物和野海芋，或者那种大伞菌？毒性都可大呢。"

道利什摇了摇头。

他拨了一下对讲系统，叫爱丽丝去取他需要的档案，然后把机器关上，说道："不管你下了什么其他结论，不管对错，别误解哈勒姆。他是个老好人；不管你个人对他有什么意见，内政部

---

①指奇科。

没他根本转不起来。留他个清净，要不然咱们就得谈谈了——当面。"

我点了点头。道利什递给我一张复印好的表格。"如果你以后能在找外勤部门提供哪怕是例行情报的时候，先提请审批一下，你就帮了我大忙了。你不懂……"他挥了挥复印纸，"这玩意儿要花我们的钱的。"

"好的。"我说。道利什有一套惯用伎俩，每次他一做动作，大家就知道会要开完了。但他还经常会在别人转身往门那边走的时候装得很惊讶。

"那个，"他说，"你说的那些我写书和种草种花的胡话……"

"怎么了？"我问道。

道利什尴尬地耸了耸肩。"谢谢你。"他说道，然后突然埋下头，在桌上忙起他的工作来。

29

忠爱暴力、进攻与机动的棋手通常会采用西班牙布局。

十月十七日,星期四

收件人:	无具体个人。伦敦外勤部门
直接目的地:	WOOC (P)
来源:	Cato 16

进一步回答你的问询。你提及的车牌号在厄恩斯特·莫尔医生名下,此人正处于四年期的监控之下(之后对此人的问询请使用"歌鸫"为代号)。你的(伦敦)档案将有详细的描述。简要信息为:身高:六英尺一英寸/体重:十二英石十二磅/瞳色:棕色/发型:几乎光头。无伤疤或明显疤痕。一九二一年生于莱比锡。于一九四一年在莱比锡成为(医学)博士。一九四一年加入德国军队,在一九四一至一九四四年间于后方医院服役。一九四六年于汉堡以证人身份出席英军战争罪问询会(参见:275/犯罪/nn)。一九四六年被释放,进入德国民间医院工作。一九四八年被波恩政府聘用(情报部门,非盖伦组织)。一九四八年开始为放射治疗器材担任代表。一九四九年被派遣至西班牙北部销售放射治疗仪器。一九五一年于当地(西班牙北部

海岸）购置土地。一九五三年从放射仪器公司辞职。一九五三年开始在西班牙开办公司。一九五三年与西班牙公民结婚，育有两个孩子。

厄恩斯特医生现在为西班牙公民。他仍在为波恩政府发送报告，但我们认为马德里方面知晓此事，并且可能与他达成了协议。波恩方面已将他标注为可信度极低的人物。

在你所提及的日期，他与JV[①]共处了五小时，然后被法国入境管理部门禁止入境。我们猜测这是你们发生接触的时间。JV未出现在我们的档案中。相信这些信息对你将有所帮助。

CATO 16

---

①指约翰尼·瓦坎。

30

> 棋子的范围并不是由距离决定的，而是规则内能走的步数决定的。

十月十七日，星期四

我把信件拿到办公室里又读了一遍。我快速扫了一遍"来件"柜，然后电话便响了。接线员说哈勒姆半小时前来了两次电话，问我要不要和他通话。要的。

"喂，我是哈勒姆。特殊入境办公室的。"

"他们告诉我说你追着找我呢。"

"是和你并肩同行，"哈勒姆说，"我可没有追着找你。"我俩会心一笑。然后我问道："行了，什么事？"

"只是打电话告诉你，一切准备妥当。"

"一切什么都妥当了？"

"海关的、入境的东西。有车把你从南汉普顿接到多佛，我们在埃克塞特有一幢很好的房子。他要在那儿待差不多一个星期。"哈勒姆的声音越来越小。

"哦，是的。"我说道。

"所以我们选了南汉普顿。"哈勒姆说。

"好吧,这还挺舒服的。"我说,"他要不要再带上自己的热水瓶?"

"这些事总得有人管吧,"哈勒姆一股傲慢的样子,"你要是在这里大谈国内事务,那可是半点儿忙也帮不上。如果你站在前往大海彼岸的邮轮甲板上,手上牵的却是个'禁止入境'的人,那可就看起来很傻咯。"

"还有比这更傻的呢,要是和我牵手的是……"

"行了,打住。"哈勒姆严肃道,说完便挂了电话。

我对着挂掉的电话说完了剩下的句子,琼正好走了进来。"哈勒姆?"她边问边往我桌上放了两杯咖啡。

"猜得真准。"

"你可不能让他骑在你头上。"

"他真的让人很不爽。"

"你觉得他自己不清楚吗?"琼说,"他就和你一样,靠惹人生气来给自己找点恶趣味乐一下。"

"你真心这么想?"

"这太明显了。"琼说。

"你知道吗?我从来都没意识到这一点。那我得换个态度来对待这个没好心眼儿的老东西。"我把 Cato 16 发的消息递给她,喝了口雀巢味的热水。琼仔细读着上面的信息。

"有意思。"

"哪方面有意思?"我问道。

"说不清楚,"她说,"但肯定是有点意思,毕竟这是你要的东西。它对我而言没什么意义。"

"我不想打击你可怜的信心,"我说,"但对我而言也没什么意义。"

"你期待拿到什么？"她问道。

"我也不太清楚。我猜，我期待收到的这份描述可以和盖伦那份布劳姆的文件完全对上，或者瓦坎会出现在这份简历里的某个地方。"

"没准儿他出现了呢，"琼说，"如果你仔细看，在这个东部前线的地区，他俩可能都在同一个集中营，和瓦坎说的一样。"

"我猜他确有可能，"我闷闷地说道，"我只是希望有一些重大进展。"

"可你总告诉我不要期待有什么巨大进展呢。"琼说。

"你不要做我做的事。你要做我告诉你做的事。"

琼对我做了个鬼脸，又看了一遍文件。"要不要我来好好查查他的档案，看看有没有提到瓦坎？"我犹豫了一下。"现在都没什么动静，"琼说，"我一周闲得能做两次头发。"

"如果你觉得莫尔的文件也能和烫头一样治愈你的话，你就去吧。"我说。"我很愿意找管档案的人帮你批一下授权。"

"你看看你的植物都已经长成什么样了，"她说，"那一片全都是新的叶子。"

我带琼去露台意式餐厅吃了午饭，我们第一次见面的午饭也是在这里吃的。我们坐在楼下装饰时髦的房间里，喝着金巴利调的酒。我那时完全抛弃了保持腰围的念头，吃了一大份意大利宽面条，又来了一份基辅鸡。这里的店主佛朗科上咖啡的时候给我们也带了点格拉巴酒，我们坐在一起聊着苏活区，比利·比格和卖衣架的哈利，还有鱼店的对眼男到底对交通监督员喊了点什么。我往后靠了靠，看着空掉的酒瓶和盛满的烟灰缸，想着我怎么才能当上米其林指南的荐评人。

"你不会喜欢的。"佛朗科说。

"他不会吗?"琼问道,"你都不了解他。"

我则坐在那里笑着,自己憋着不打出嗝来。已经下午四点半了,回办公室也忙不了多久,所以我就带着琼看了场《星期日泰晤士报》笔下有诗般观影体验的电影。但看完以后我收获的只有胃痛。

琼像个妈妈一样。她在苏活区买了一袋食材,看完电影以后我们便回到她格罗斯特路上的公寓里做饭。

琼的公寓透风透得厉害,活像一个装生菜的篮子。我们走进厨房,把烤箱开到最大,箱门打开。我负责打鸡蛋、煮洋蓟,琼则负责读《观察者》上的一篇烹饪文章。我刚刚暖和了一点,电话就响了。琼接起电话,但是找我的。

"我下午四点就一直找您。"夏洛特街的接线员没好气地说道。

"我上厕所呢。"我说。

"领土安全局①的波尔多办公室找您。我猜您这里没装干扰器吧,先生?"

"没有,"我说,"这是滕内森小姐的私人电话。"

"那我给您接波尔多的时候,我得在这里进行一下干扰,然后用明文给您接通。"

"好的。"我说,但很明显我的语气不够感激。

"这其实违反规定了,先生。您应该就近找一台有干扰器的电话;这是要求。我事先和弗里曼特尔的接线管说过,让他亲自处理这件事,我才敢冒险联系您的。"

"这样啊,那你能这么做真的是太好了。我说话时一定保证

---

① 见附录五。

言辞谨慎。"

"您用不着和我说反话,先生。我只是在做本职工作。"

我没有再多说。电话里传来了一阵杂音,夏洛特街现在把这条线连进了政府官方的跨频线路。在夏洛特街把干扰器加进线路之前,突然传来了一阵没有被干扰器处理的噪音,然后便是格勒纳德的声音:"……能处理这件事让我们倍感幸运。但这就得靠艾伯特的记忆力了。你能听得清我讲话吗?"

"没问题。"我说,"说吧。"

"如果他再进入法国,我们会逮捕他。"格勒纳德说。

"那肯定的,"我说,"但以什么罪名?"

"我和你这么说吧,咱们俩上次讲话之前,你的朋友只是一个藏在我们文件里的名字。他只是一个我们感兴趣的对象,但如果他再回来,他会被我们控以恐怖主义和谋杀的罪名。而且我敢说,如果我们再仔细寻找一下,我们还能找到一些战争罪的罪名。"

"能说得再具体些吗?"我问道。

"我会给你寄一张平时的那种单子的。"格勒纳德说。

"但他杀了谁?"我问道,"什么时候杀的?"

"一九四二年年末,他杀了一位维希政府的官员。"格勒纳德说。

"为什么?"

"因为他原来是FTP①的,"格勒纳德说,"这是政治暗杀。"

"你接着讲。"

"一九四三年二月在科尔马被维希政府民兵抓了。我们这里有原来战时的诉讼单,我到时给你传一张影印件。他声称自己是德国

---

① FTP,自由射手和法国游击队(Francs-Tireurs et Partisans):"二战"时期的法国抵抗组织,由共产党领导,独立于其他一切组织。

人,后来被送到德国审判,但审判的档案显然就不在我们手上了。艾伯特的记忆真了不起,他说瓦坎只是坐了会儿牢就脱身了。"

"艾伯特之前就在楼下的档案室办公。他对档案有自己的一套记忆。你懂我的意思吧。"格勒纳德笑着说道。

"我没太懂,"我说,"你的意思是,约翰尼·瓦坎是个共产党人,还杀了一名维希政府的官员。我真的不敢相信。"

"我没说瓦坎。"格勒纳德说,"瓦坎到底是什么情况我们都清楚。他是你们镇暴警察队的,是吧?我说的是布劳姆。"

"布劳姆?"我吃惊地问道。

"我们都很惊讶。我觉得布劳姆也是你们幻想出来的一个人物。我就是和艾伯特这么说的。"

"哦,真不是。"我说。

接线员插了进来,告诉我们线路现在十分拥挤,问我们有没有结束,我让他再等一会儿。我听见一阵嗡嗡声,然后便是格勒纳德的声音。"……抱怨他的女朋友不见了。哈。我们知道他是你们的人,但从来没说过。"他顿了一下,然后说道,"我们很清楚瓦坎在给你们办事。"

我哼了一声。格勒纳德又说道:"承认吧,老兄。说一次真话也好。你会觉得神清气爽的。"

"我们给他付工资。"我带着防备说道。

格勒纳德得意扬扬地笑了一声。"不错啊老兄。和当赏金猎人有区别,但对瓦坎来说,这个区别很有必要。"他又笑了。

"布劳姆现在人在哪里?"

"没影。"格勒纳德说,"你要不自己查查?做做例行调查吧,还能让你减减肥。"

"谢谢你,接线员。"我说,"你可以切断通话了。"

格勒纳德喊道:"艾伯特爱喝瀚格的天宝威士忌。"

"别和我讲你员工的事。"我说道。

"你可真是铁石心肠。"

"外面裹的都是脂肪。"我说。之后接线员便把我们的通话切断了。

琼扔给我一块干净的桌布,把晚饭端了上来。我和她讲了格勒纳德说的事。

"布劳姆是谁,打仗的时候干了什么事,这些到底有什么重要的?我们的任务不就是要把那个叫塞米察的家伙从东德带到伦敦吗?"

"你总是把事情想得太简单了。"我说,"如果真这么好办,那都可以找卡特·帕特森公司走铁路运输了。我们之所以要介入,是因为:第一,我们想要充分了解卡尔霍斯特的总体情况和斯托克的细节。第二,我得知道瓦坎到底有多可靠,如果真的出了大乱子,我们又能相信他到什么程度。第三,我们还不完全清楚盖伦的计划;它对波恩政府、国务院、美国军方的忠诚度怎么样……"

"还有对我们的忠诚度。"琼说。

"甚至是对我们。"我同意道,"然后还有塞米察:整件事情的核心。穿过茨玛大街以后,他就是路易斯·布劳姆了,而他身上的证据足以反驳任何怀疑他身份的人。所以我才想知道谁是布劳姆,为什么塞米察要费尽心思地成为他。"

"那你要从哪里开始查呢?"琼问道。

"从开始的地方开始,"就像皇后对漫游仙境的爱丽丝说的那样,"直到终点。然后停止。"保罗·路易斯·布劳姆在布拉格出生。

31

捷克防御：使用该走法时，我方的兵将与敌方的兵对位，棋局的平衡则由主教决定。

十月十七日，星期四

任何想给汉斯·安徒生的书拍摄插图的人都得先去布拉格。城市中的高楼像一个锋利尖顶描绘的童话；布拉格城堡与圣维特主教座堂俯视着十四世纪的查理大桥，桥身把三只鸵鸟酒吧拢在身下，桥前则是湛蓝的伏尔塔瓦河。布拉格的老城区是一座由蜿蜒、亮着煤气灯的小街组成的迷宫，那里地形高低起伏，以至于三心二意的司机一不小心就可能连车带人顺着陡峭的石阶跌将下去。现在是黄昏时分，整座城市看起来像一棵积满灰尘的圣诞树。我停好借来的斯柯达汽车，走回三只鸵鸟酒吧。门前的台阶已经被磨得有玻璃一样的光泽，里面则像是距离匹诺曹完工前三节课的样子。头顶的房梁上缠着红绿相间的藤蔓，装饰它的还有弥漫将近五百年的烟味。瓦制的炉子上摆着一个小收音机，里面有节奏地放着《陪我的宝贝走路回家》，收音机的声音力道十足，把花盆里的天竺葵都震得发颤。酒吧里的桌子和斯达汉诺夫的工作计划表一样拥挤，里面一群群兴奋的男人叫喊着要点梅子白兰地、巴洛维卡或皮尔森欧克啤酒,服务员则记录着他们喝酒的进度,用铅笔往每个人的啤酒杯垫上画着奇怪的记号。

哈维正坐在屋里的角落喝酒聊天。他是个典型的外交官,每天换三次衬衫,还会往身上抹爽身粉、喷男士香水。他在美国城市出生长大,身材不高、体形粗壮,手臂比一般人要长一些,为了掩饰自己倒退的发际线,他还把头发剪得很短。他的肤色最接近于橄榄色。对话时,他的神态跟随着每一个音节,并且还会随着谈话的氛围而变得严肃,或者闪出一丝微笑。正是他面部肌肉运动的方式,让他看起来怪好看的——谈不上英俊,但肯定是怪好看的。

"比慕尼黑的那档子事还不靠谱。"我走到他桌前时听他说道。他向我点点头,示意我坐下,但并没有介绍我。

听他讲话的那位也点了点头,把手上的图章戒指摘了下来,又熟练地戴了回去。

哈维说:"尽管如此,我还是选择参加。"他说话时带着一丝在美国国务院工作期间学来的波士顿口音。

另一个人则在轻声低语:"薪水现在涨得厉害,哈维。你以为这是个好事,其实不然。这会降低效率。我再宣传宣传吧。"他把头转向我。"再会。"他说。他又转回来和哈维讲了"再见",然后,像一团烟雾一般飘出了门。

"你怎么满嘴都是肯尼迪新边疆的那套东西,哈维?"我问道。

哈维顺着嗓子眼往里灌了一小杯梅子白兰地。"我们现在说话都这样,"哈维说,"这样英国人就听不懂了。"

"我们以前也没听懂过。"我说道。服务员端上来两杯高杯装的冰镇皮尔森啤酒,哈维便继续说:"你知道的,我原来以为我很了解这座城。我老爸总和我说起我们的祖国,甚至在登上去欧洲的船之前，我还把美国人当作外国佬呢。但我在这里待的时间越长，却越不了解这个地方了。"哈维把手掌无力地摊在桌上，像是在恳求别人。"我需要找个女仆——现在结账吗？"

"结账。"我说道。

"过去三周我一直想找个当地的姑娘收拾收拾家里。工作也不辛苦，但我能找吗？可不能呢，先生。他们和我讲，现在再也没人做家政服务了——'资本主义国家才有'，这是他们的原话。然后今天我和一个人就说，'我还以为共产主义国家的工作是要让劳动变得神圣，而不是变得卑劣呢'。"

"那你找到给你干活儿的姑娘了吗？"

"没。"

"你应该学学欧洲的外交观念。"我说，"政治辩论是为了解决问题，而不是要争个谁赢谁输。"

哈维一口气喝完他的那杯啤酒。酒吧外铃声和交通警察的哨声响个没完。"梅子白兰地吧，"哈维说，"我带你见他之前再来一杯梅子白兰地如何？"

"我就不必了，哈维，你也算了。我们出发吧，我快饿坏了。"哈维还是想喝，但我知道这是个危险的信号：他是一心想喝个烂醉。我们走过他停在纳坎佩街树下的道奇汽车，上了我的斯柯达，说服他让我来开车也就显得更加理所当然。我们驱车离开了烟尘满满的重建区，哈维则在座位上窝着，嘴里不时念叨着"往右""往左""向前直走"。

出布拉格的公路沿途都是樱桃树；春天时树上开的花像烟尘尾气一样弥漫整条路，到了夏天，路上经常能看见有司机站在车顶大嚼樱桃。现在则到了秋天，树枝上只有零星几片倔强的叶子，像被另一半抛弃的情人一样勉强挂着。周围的年轻姑娘和小孩总是穿着长裤,照顾着牛、羊或者几只鹅。高轮牛车在狭窄的道路上吃力地走着,路上有时还会驶过一辆大卡车,里面载着从田里下工回家、带着嘲弄向牛车挥手的姑娘们。她们穿的不是粗制滥造的衣服,而是耐磨的长裤、批量生产的衬衫;她们戴的不是手工的印花头巾,而是塑料方巾。

一辆很旧的车开在我们前面,车上挂着一个巨大的黄铜散热器,车体和兰道车十分类似。超过它以后,眼前则出现了一个斜印着红白条纹的杆子,上边的牌子标着在此变道。要走岔路了。

"我还以为我们的运气用不了多久呢,"哈维说,"相比于接下来的路,刚才的三英里可以说走得像华盛顿收费路段一样顺滑。"

我刚准备说话,车便踩上了路上第一个凹坑。我们的车胎碾着的石块,把路上的泥巴都和成了蛋糕坯。我们在树林之间活活刮出一条路来,从弥漫的白色尘雾中钻出了一个洞。最后回到主路上时,我们就像沉船上仅有的幸存者。

"你知道你现在在哪里吗?"

"完全不知道。"

"挺好,"他一边说一边缩回到座位上,"我可不想让整个英国的殖民地找到这个地方。"路开始变得平坦,而我们前方则出现了一小堆房子。

"他们是开什么来这里的——半履带装甲车吗?"

"你会喜欢的,"哈维说,"在这里拐弯,然后减速。"

我停下车,等着一辆被他们称作"公路列车"的双拖挂重型卡车先走,然后开进了侧边的入口。左手边山脉的山峰雾气缭绕,前方公路则绕过了一片森林。在角落边的房子旁竖着一个红金边框的椭圆反光镜，里面照着十字路口被扭曲后的样子。它上方是一台播报政府消息的扬声器，样子好像直接从主人之声的商标里扒下来的一样。在左手边棕色石制建筑的门前，还能通过摘去木质字母之后留下的褪色涂料看到共产党执政前的业主姓名。一楼挂着一块塑料牌。黄昏逐渐降临，正当我们端详它的时候，牌子上的灯亮了起来，上面写着国务宾馆四个字。

侧门那里一个穿着粉色运动衫的小男孩把巨大的木门拉开。我把车开进铺满小石子的院子里，引擎的声音惊得院子里的鹅踩着自己的扁平脚掌咯咯乱叫，叫声一直传到了院子另一头，那里的原木像蜂巢一样摆放规整。男孩指了指边上开着门的谷仓，我把车开了进去，然后叫醒哈维。仓库顶上吊着一架巨大的马拉雪橇，上面爬满蜘蛛网和灰尘。院子里的光线越来越暗，而我则能透过酒店的后窗看见被蓝色霓虹灯照亮的厨房和餐厅。

滚滚蒸汽从厨房门内涌出，它们踮着脚、悄无声息地跨过地面上的小圆石，像怕生的幽灵一般，每走一步就消失一些。厨房的石质地面因为水汽而闪着光，身材丰满、头上紧紧扎着手帕的女人们则像编队舞演员一样穿梭于噪音与蒸汽之间。

餐厅里传出一阵浓郁的啤酒香气。塑料桌布上枕着无数裹着皮质布料的手肘，吧台边上一位表情愉快、围裙上满是污渍的女人正小心地盛出标准份的匈牙利菜肉汤，每份一百克。餐厅里除了女服务员，都是男性。哈维领着我直接穿了进来，连一个趔趄也没打。楼上防腐剂的味道重得刺鼻。哈维敲了敲一楼的一扇门，挥挥手让我进来。

屋子很小，列宁的画像和当地足球队的照片并列出现在鲜花图案的墙纸上。玻璃门的碗橱里放着当地批量生产的玻璃容器，屋子里还摆着五把从餐厅里拿过来的、有点被坐坏而且看起来就不舒服的木质椅子,以及一张桌子。手绣的桌布上放着三套纯白瓷器,上面印着政府酒店的图样。桌上还有三个玻璃杯、两瓶没贴标签的当地红酒,瓶里的酒像石榴石放在煤油灯前一样发亮。

桌子的另一端那位长得像老鼠一样的神秘人物,就是哈维要带我见的人——幸运客扬。我们坐下没多久,一位姑娘便把烤鹅和填满馅、切好的饺子端了上来。哈维倒了两杯酒,自己喝完了瓶里剩下的。

哈维估计原先知道怎么片鹅肉,但他的协调能力却证明他根本没这个本事。我们都拿到了他撕出来的大块鹅肉,又烫又脆,汁水多得往外流油,又吃了一大盘烤制时撒了大量海盐和罂粟籽的面包卷。这里还有哈维喜欢的梅子白兰地,以及他不太感冒的小壶装土耳其咖啡。我们贪婪地吃着,一句话都没多讲。"为什么我就不能喝杯美式?"他问我道,等他提着煤油灯出去的当间,我和那个老头儿则谈起了英国的黄油价格、工会会员对于美国政治的作用,以及奥匈帝国的结局。哈维回来时,嘴里还在用捷克语喊着"里面有人,里面有人"。他伸出一根手指胡乱点了个方向,说道:"为什么在这个老天都不管的该死国家,每个人都要填一式三份的长方形小表格,但厕所里竟然连点破纸都没有?"

老头儿笑都没笑地说:"因为已经被人拿去写一式三份了。"

"同意,"哈维说道。他"砰"的一下狠狠拍了拍桌子,把盘子都震了起来。"说得没错。"解决了自己的问题之后,他便把头枕在手上,睡着了。

老头儿看了看他,说道:"如果老天真是为了人类才创造这个世界的话,我们就会有喝了能让脑子清醒、口齿清晰的酒,而不是一喝完就头上发昏、语无伦次。因为只有人喝了酒,他才会讲出最重要的事。"

"那老天创造世界到底是图什么呢,"我问,"如果不是为了人类的话?"

老头儿的语气更尖锐了:"为了那些炒房的和将军呗,谁都知道。"

我笑了笑,但那个老头儿的表情没有变化。

"那个谁,"我向哈维的方向转了转头,"有告诉您我想找您谈什么吗?"

幸运客扬从他的口袋里掏出一个扁扁的金属盒。它的表面已经被磨得十分光滑,像是海边的一块扁石头一样闪着光泽。他用拇指指甲抠了一下边缘,深紫的丝绸内衬便露了出来,盒子里放着一副带着蛇形螺旋镜框的眼镜。他戴上了眼镜。

老头儿两只手抓起煤油灯,把烛心往上提了一英寸,又把灯贴到我的脸旁。灯同时照亮了他的脸:他的皮肤有着黄麻袋子一般的纹理,粗糙的脸庞让脸上的一道小伤疤完全不明显。下半张脸上刚长出来几天的白胡楂在光线下闪着银色。他炯炯有神的眼睛在眼镜下面快速地移动,弯曲的镜框巧妙地架在鼻梁上,使他可以随时不通过眼镜而直接看东西。当他的头转向煤气灯时,圆形镜片随着光线先变成了银色的硬币,又变回了显露他黑色小眼睛的透明玻璃。他甩了甩头,把眼镜晃了下来,重新把眼镜放回金属盒的内衬中。

"我是负责调查战争罪的。"我说。

你只能用干瘪这个词来形容他。如果他站直了,身材可以很高大;而如果他能脱下身上那好几层黑色大衣,体形则可能显得瘦削;而在他正统犹太教的宽边黑帽下则可能是一个光头。

"战争罪?"他重复道,"你说的是什么战争?"

"一九四五年打完的第二次世界大战。"我说。

"已经打完了,是吧?"他说,"怎么没人告诉我呢。我还打着仗呢。"

我点了点头,他往膝盖上盖了一层大衣。

他说:"你看,这个仗我们都不得不打。每个犹太人在出生时都已经赢下一场与世界的恶战。对于一个犹太人来说,你看,单单活在世上"——他像是从上腭把话挤了出来——"单单活在世上就是胜利;针对法西斯主义的胜利。"他的目光慢慢从我的鞋移到了我的头上,但丝毫没有冒犯人的感觉。"所以他们现在还在派人写法律文件,来让律师们对战争罪夸夸其谈是吧。你要是个律师,有犯罪就像过节一样,是吧?"他干哑地笑着,小眼睛亮了起来,边说边用手拍着膝盖。

"我想要聊聊特雷布林卡集中营。"我说。

他闭上眼睛。"那你要么是没去过那里,"他顿了顿,"要么你是个德国人。"他又马上跟了一句:"这并不是说我对德国人有什么恶意……"

"我也没有。"我说,"但其实我很多最好的朋友都反犹。"

"疯子,"老头儿说道,"完完全全的疯子。"他"啪"地拍了下大腿,笑出了声。哈维鼾声大作。老头转过来看着哈维,他的一只耳朵里塞着一大团棉花,像是被恶魔附了身。

"特雷布林卡集中营。"我提醒他道。

"对,"他说,"他们在那里用的是一氧化碳,效率很低。"他笑起来像油地毡上裂了个口子的声音。"奥斯维辛的人处理得更好,他们懂得与时俱进。他们在奥斯维辛用齐克隆B杀了二百五十万人——要是用一氧化碳就办不到。永远也不可能。"

"我想问的是保罗·路易斯·布劳姆,"我说,"您认识他的。"

老头儿每句话都说得很谨慎,像律师一样选着自己要用的词。他声音很尖,但仍然透露着威严。"确实,没错,我认识布劳姆。"

"那么,"我问道,"您很了解他吗?"

"了解?"他想了想,"我几乎不太认识他,这是你在集中营了解人的唯一方式:你看着那些被带走杀掉的人,然后庆幸你是留下来活着的那个。这就是我们的罪责,你明白吧,整个欧洲都在被这种罪责折磨。这就是为什么这个世界那么让人生厌。曾经在监狱里工作的看守会记得他打过的人,或者自己选出来让别人打的人;那些看着我们离开城市的人会记得,他们没过五分钟之后就把我们忘了——而我们这些受害者则记得我们会因为自己的朋友死掉而高兴,因为那意味着我们活了。所以你看,我们都背负着罪责。"

"说说布劳姆的事。"

"哈,"老人喊了一声,"我说的这些让你感觉到不好意思了,因为你也有了相似的感觉。"

"如果全世界都有罪,"我说,"那谁会留下来进行审判呢?"

老头拍了拍膝盖,说道:"完完全全的疯子们。"

"您能告诉我布劳姆在监狱里过着什么样的生活吗?"我问道。

"可不止这些,"幸运客扬说,"我还能告诉你他是怎么死的。"

"讲讲这件事吧。"我说。

32

幸运客扬，一九四五年

那天是集中营的搬迁日。每个人都觉得俄国人离这里越来越近了，但大家都不知道确切消息。周末的时候，德国人用炸药炸毁了整夜工作的焚烧炉。有一半的棚屋要在周日烧掉，这也就意味着周六晚上每个棚屋里的人都是原来的两倍多。那天晚上没几个人睡得着觉。那时刚入夏，窗户都被木板封上了，这样哨兵站岗也就更省事一些。棚屋里热得无法想象。第二天早上出发之前，每个棚屋里都能抬出来两三个热得失去意识的人。

集中营的一边是铁路的侧线。所有生病的人黎明之后没多久就被带去了那里。有人问看守到底发生了什么，他说生病的人会坐火车去谢德尔采，但剩下的人必须步行。早上还没发吃的之前，生病的人就离开了——这是个不好的兆头。

下一群离开的则是小孩。他们在木板拆掉之前就被带走了，但所有人都在竖耳听着这一切。

剩下的囚犯在主营区列好队。这里弥漫着木头和床单被烧焦的刺鼻气味。大片的烟灰像蒲公英一样飘在半空中。守卫们都端着新式自动步枪，门外则是一大群士兵。他们穿着迷彩外衣，戴着钢盔，全身脏兮兮的，胡子也没有剃过。他们是前线部队，而不是党卫军。守卫们也在旁边站好了队，但这两拨士兵没有互相交谈。每个囚犯被分配了四个生土豆和一些硬肉干。有些囚犯得到的土豆多了几个，但这种待遇只有表现突出的人才有。他们边出门边吃着手上的食物。

每个人都清楚他们是往西边走，因为走路时他们身前的影子拉得很长，而且非常纤细。他们每走两个小时就停下来休息，之后又再走了两个小时。在第二次或者第三次停下来休息的时候，远方能听见重型炮火的声音。炮火的声音很模糊，而继续行进时的脚步声则完全压过了炮声。

到了中午，士兵和守卫们便点上火，从用人一路拉过来的板车里取出食物，开始做饭。他们互相谈笑着。一开始士兵们并没有和囚犯讲话，好像这些集中营囚犯的存在让他们感到很不自在——好像他们虽然在看守着这些人，但却不愿承认这些囚犯的存在。第一个和囚犯说话的是名中年拉脱维亚人，因为他听见两个囚犯在说他自己的语言。他们互相交换姓名与出生地，然后尴尬而沉默地往前走着，直到原来的一个守卫走到了他们身边。那位士兵往队伍的前面走了走。过了一会儿，他给他的同胞们拿了一小份烟草。他的同胞嚼了嚼，却觉得不舒服，因为他们的肠胃已经受不住这种东西了。

田地里只有女人。她们自己干着手头上的工作，几乎不怎么转身去看向前拖行的长队。村子里寥无人烟，但如果有囚犯能看得仔细些的话，能发现蕾丝窗帘或是门向外打开了一两英寸。

路边有很多十字架，而一些囚犯会因此在经过的时候挥着自己的拳头。有人啐了一口唾沫。布劳姆说，"不要亵渎上帝"，那个人回道，"我们存在于世界就是在亵渎上帝"。这个吐口水的人用尽全身的力气喊着祷词，一个守卫走过来打了他一顿。布劳姆对守卫喊着:"别打他,让他自己把力气耗完。"不可思议的是,守卫走开以后,那个吐口水的人也安静了下来。

没过一会儿,其他一些人也开始感觉疲惫,来到了队伍末尾。行进的队伍很长,队首的人几乎看不到队尾,所以他们也不清楚那些落后的人发生了什么,但一整天都能听见步枪的声音。有人说士兵们是在用枪打鸟和野兔来补充食物。

扬和布劳姆并排走着,然后布劳姆开口说了话。他们聊了聊集中营的日子和共同记忆中的囚犯。之后布劳姆谈起自己来集中营之前的生活。这并不寻常;囚犯们一般并不想讨论家乡或者自己的家庭。一开始,扬以为他肯定是被卡波①雇来套自己话的,但他看起来更想讲他自己的事,而不是了解囚犯身上发生了什么。

布劳姆的父亲是个法国人,后来到捷克斯洛伐克做红酒生意。他的母亲则来自布拉格最好的犹太家庭之一。"我是个信罗马天主教的犹太人。"布劳姆对扬说,"我十岁时才发现,并非世界上所有人都有一个犹太母亲和天主教父亲。"他们在家里主要用德语沟通,但他母亲也会说流利的法语。

布劳姆的母亲是一位颇有成就的业余音乐家,还会参加他们定期举办的音乐聚会。他的父亲则趁此机会把自己安静地灌醉,然后目光呆滞地坐在房间后面,没有一个客人敢转过身来看他。

布劳姆一九四〇年之前在布拉格德国大学读书,后来则因为有一半犹太血统而被德国人开除出校。即便那时,他也没有强烈的政治倾向,甚至在被开除之后都没有对纳粹心生恨意。在他的描述中,自己则是个"政治处男"。

---

①卡波,特指纳粹集中营中犹太身份的囚监,用于所谓"囚犯自治"。

他发现，自己几乎不可能找到工作——这并非由于纳粹的迫害，而是捷克人很害怕惹怒他们。但讽刺的是，他最后拿到的职位却是直接在纳粹手底下办事。法国投降之后，会法语的翻译成了急需工种。布劳姆则去了法国，为德国国防军当起了平民翻译。

而即使作为平民，布劳姆仍然觉得自己是属于主人那一阶层：对于这位第一次踏足父亲故乡的年轻人而言，这是个奇怪且令人恐惧的感觉。布劳姆成了驻扎卡恩的312秘密战地警察指挥部的翻译。该部队的职责便是调查当地平民针对德国军队的犯罪行为。

许多法国囚犯让布劳姆想起了他的父亲。而不知不觉地，他将自己的情感代入了他们的命运之中。有的时候他被命令去当处决犯人的目证，而碰上只有通过严刑拷打才能获取情报的时候，他这个翻译就要到场。

布劳姆开始对工作感到恐惧。有时他彻夜难眠，因为他知道只要坠入梦乡，醒来时便是第二天的早晨。消化不良导致他腹部疼痛——而腹部则是恐惧的焦点——而这一症状又恶化为了严重痉挛。有时他会在翻译时靠自己流利的法语塞进一句同情或建议的话。之后便传出来消息，说布劳姆是个有同情心的德国人。布劳姆在黑白之间游走了一段时间，他揭露了一些信息，而如果犯人们不给予他有限的信任，这些信息原先根本拿不到。

最终，布劳姆崩溃了。可能是当地法国人掌握了足够能要挟他的信息。可能他虽然在开始是个背信弃义的人，但其实心底仍然保有信仰。无论怎样，他与当地的反抗组织领导人有了接触。他定期向组织汇报：列车时刻、驳船集运地、囚犯和给养的动向。而当他的状况岌岌可危时，抵抗组织给他提供了假证件，让他在杜埃的一个犹太人家庭里避险。布劳姆则在那里成了礼节和思想上的犹太人。他对外假装成法国人，但最终仍然被抓了——他们所有人都没逃过被抓的命运——因为内部出了叛徒。

他从法国的民事监狱被转移至荷兰的国防军监狱，最终又去了德国埃森的民事监狱。面对一个一半法国一半犹太血统、从军队叛逃的人，没人知道要拿他怎么办，直到他告诉人们自己作为一个犹太人是有多么骄傲。他是那种能吸引传奇故事来讲述他的人，就像磁铁吸引铁屑一样。有故事称，布劳姆与戈林交情颇深，直到戈林开始觊觎他的太太（在其他的版本里，太太则变成了他的艺术藏品），并因此把他扔进监狱。也有故事把布劳姆与皮埃尔·赖伐尔搭上了联系，他成了在监狱中的人质，逼赖伐尔提供合作筹码。有些故事则称布劳姆是德国总参谋部的一员，但实际上在秘密为俄国工作。不管真相为何，布劳姆最终去了特雷布林卡。那里的集中营是灭绝营，但布劳姆成功找到了方法，没有让自己成为进营一周内就死掉的囚犯。扬也因此获得了自己的昵称。生存的艺术——老头儿说道——是犹太艺术的唯一形式。

尽是衣衫褴褛、散发恶臭的囚犯长队继续往西行进。有好几次，要不是靠布劳姆的声音和臂膀撑着，扬便会掉到队尾，用自己的生命破解枪打兔子的谣言。队伍趁着天黑之前停了下来。虽然生了火，但队里没有砍柴的斧子，食物也因此无法持续保温。

这里的囚犯好像永远也数不尽，而等到总数确定之后，食物终于发了下来。每个囚犯能拿到三颗生甜菜和一片黑面包，他们也被允许把面包在装热汤的铁桶里蘸一下。其中一个人把面包掉进了汤里。虽然他身形强壮也很有智慧，但还是哭得像个孩子。守卫们则在一边大笑着。囚犯们大拨大拨地挤在一起——有的人群能有一百号人,甚至更多——为了活下去而分享着各自身上的热量。

地平线上整夜都闪着炮火的光点。人们一整晚都在来回站起身来,甩着自己的身子以让稀薄的血液循环。黎明之际,守卫让所有人从地上起来。但有些人没能再站起来;寒冷摄走了他们身上最后一丝热量。点名开始了。活着的人匆忙从死人身边走开。布劳姆则是死掉的那一个。杀死他的并不是寒冷——他们说,布劳姆是被活活勒死的。没有囚犯对此感到惊奇,因为布劳姆实在树敌太多。但德国人却感到惊讶和愤怒。只有他们才能赋予别人死亡。他们开始问问题。他们想知道谁睡在布劳姆周围。幸运客扬虽然睡在他的旁边,却什么也没听到,什么也都没看到。他什么也没和别人说。一个党卫队医疗官检查了他的尸身,然后审问了五名嫌疑人,而扬则和数千个囚犯一起旁观。冷风呼啸,像一个发脾气的小孩一样拽着他们衣服下摆。犯人们被依次问话。有时旁观的人能听清说了什么,他们大张大合的嘴里传来的话几乎都被风刮走了。囚犯们冷漠地看着他们的嘴的运动;既听不见,也不理解或关心他们在吵什么、请求什么、为了活下去在哭号什么。

有些守卫对这场为正义而展开的冗长讯问不耐烦了。他们指了指囚犯的长队,又指了指地平线,但他们的要求也被淹没在寒风中。军官让两名嫌疑人归队,而让剩下的三个人跪下。他们跪下了。他掏出手枪,毫不迟疑地往第一个人的脖子上射了一枪。他向前一步,往第二个人的脖子上开枪。第三个人站了起来,开始对他叫喊着——他的手拢在一起,让声音更好地传出来。军官给他胸前来了一枪。

队伍又开始行进起来,而幸运客扬发现,他旁边的人浑身是血和骨头碎片。他原来走在队伍的最前面。三个士兵把被处决的人拖到路边,党卫军军官则愉快地把军大衣盖在造成这一切的布劳姆身上。囚犯们都高兴于终于有人做了决定,因为只要他们走起路来,血液又能在他们抽搐而冻坏的四肢里循环了。

33

双方主教可以在兵经过它们之后挡住兵的路线,因为这两枚棋子可以控制彼此之间所有的方格。

十月二十一日,星期一

我晃了晃抱着胳膊、摇头晃脑的哈维,他那张肉乎乎的脸朝我笑了一下。

"该走了。"我说。哈维又伸出手去够那瓶梅子白兰地。

"一起走,哈维。"我边说边把他的手从瓶颈那里掰开。老头儿对着手帕重重地擤了下鼻子,他的手帕上绣着精巧的十字线花纹。

夜晚的天空像天文馆里的一样清澈。哈维一出门便跳了一小段加沃特舞,嘴里唱出一段五音不全的即兴小曲:"你得升级局势,甚至要量化状况才能有先发制人的反制措施啊——"

凭着梅子白兰地的一己之力,这场偏离正轨的跨国之行变得没那么紧迫。等到车开上主路的硬路面后,我们便逐渐提高了速度。

"你听见他说的这些了吗，哈维？"

"你以为我是干什么的？"哈维说，"我他妈就是个打探情报的吗？"

"对啊。"我说道。哈维笑了，打了个嗝，一直睡到我又把他叫醒。

"前面有情况。"我说。

"出车祸了。"哈维回了一句，酒已经醒了。哈维喝醉和平常人打瞌睡没什么两样。前面一辆车打着车灯，一个红白相间、像圆形靶一样的光点左右挥动着，形成一条模糊的弧线。

我停下车。那个拿着指示灯的男人戴着一顶白色防撞头盔，穿着皮革马裤和一件棕色皮衣，皮衣上还搭着大号的红色硬肩章。他把指示灯塞进黑色过膝长筒靴，等我把窗户摇下来。他看了看我俩，然后用德语说："请问谁是车主？"

他检查了一下保险单，又看了看租车公司给我的文件，然后便一页页翻着我们的护照，又拽了拽护照的装订处。他身后停着一辆挎斗摩托车，路对面则停着一辆看起来像吉普、没开大灯的车。戴头盔的男人把我们的证件带到吉普车那里，我能听见他们像音乐一样悦耳的声音；问问题时，他说的捷克语带着颤音，声音像笛子一样，做决定的却是一根俄国巴松管。从吉普里爬出来两个人：一个穿着十分英式的捷克军官服，另一个则穿着俄军下士的制服。他们把证件放在吉普的棚顶，打着手电筒研究了一下，又钻回车里。然后——在车灯还是没开的情况下——用吉普最大的速度猛倒了二十英尺。下士紧接着把方向盘打到头，顺着公路呼啸而去，轻松碾过了路上的小坑。

"跟上它。"戴防撞头盔的人说道，指了指吉普车。

"你还是跟着它吧，老弟。"哈维说，"他们手上有我们的护照,在这个国家美国护照可比一罐十六盎司速溶咖啡值钱。"

吉普车下了主路,开上了一条防火带。我们也开下公路追了上去;粗糙的路面猛震着车的悬架。车顶上的冷杉叶尖几乎遮住了天上的星星,我们则像梳子里的小虫一样在幽闭狭长的小道上快速穿行。我顺着防火带间隙瞥了几眼起伏的乡村景色,在白色的月光下,整片土地都十分灰暗。吉普车慢了下来,前方的空地上一名穿着棕色连帽夹克的士兵正挥着火炬。那片空地很大,旁边的小农场舒适地坐落在角落边上。封建式的农场里是一座铺着石子的庭院,里面有六名士兵、几辆摩托车和四条像组了唱密集和声乐团的狗。我停到吉普车后面,自己下了车。从吉普车后座下来一个士兵,手上VZ58步枪弧形的弹夹从他环绕的手臂中凸了出来。我们听从他的指示,走进那扇小门。

我们被领进的大楼里有一台简易木桌,周围堆着干草,旁边还有三只母鸡慵懒地走着。楼里还有座楼梯,上去就可以走到军官站着的平台。我们走进门厅,他对我们用英语说了句"晚上好"。哈维转身对着我,又开始点他没抽完的烟。美国人很少会把剩下的一英寸烟再点上,所以我便盯着哈维的嘴。他用手捂着嘴,说了一句:"OBZ"①。我没有点头。

那位捷克军官指了指两把破旧不堪的灰色椅子。我和哈维坐了下来。哈维把火柴扔到地上,而军官则走过去小心地拿靴子踩了一下。他带着责备的目光看了哈维一眼,他可能在说"我希望这是你的脖子",也可能是"火就是这么点起来的"。捷克军官的脸像一幅被擦掉一半的铅笔画。他的皮肤和眼睛都是灰色的。他额头很高,耳朵、鼻子和下巴都比一般人要长,像一个放在太阳

---

① OBZ,军队中的秘密警察。

底下晒化的蜡洋娃娃。在他身后，楼梯上的俄国下士正在专注地打开一个瓶子。下士冲着我们咧嘴笑了。"英国人，"他说，"你说惊不惊喜啊，同路人。"

"你认识这个人？"哈维问道。

"斯托克上校。"我说，"红军柏林国安委的。"斯托克把自己身上棕色的士兵夏服衬衫连同下士徽章一起脱了下来。

其中一名捷克军官拿来了四个顶针大小的玻璃杯和装地板蜡的罐子一样大的素色铁罐。

"我们只给你最好的，英国人。"斯托克说。捷克军官挤出了一点笑容，僵硬得好像一个虐待狂把创可贴粘在了他脸上一样，只要笑容一放松他的耳朵就会被扯掉。斯托克把罐子撬开。"大白鲟鱼子酱。"他说着把罐子递给我，"他们一开始给我拿的是奥西特拉鲟的，但我说'这要给我们特别的外国客人，必须要大白鲟'。"罐子里装着一层遍布纹路的浅灰色鱼子酱，每颗都有小豌豆一样大。斯托克打开一小包华夫饼干，往每片上面放了一大勺酱。他往小杯子里倒着伏特加，直到酒从边缘外凸出来了一层。斯托克拿起杯子，"敬同路人。"

"同路车手吧。"我说。

捷克军官突然抽搐了一下，把脸上胶带贴出来的笑容扯掉了。他总有一天会把自己搞伤的。

"那就敬同路车手，"斯托克说，"四海之内皆兄弟。"我们把酒喝光。斯托克一边倒酒一边说，"在布拉格人们都说，虽然交警是共产党、司机是法西斯，本来相安无事，但谁让行人是无政府主义者呢。"

斯托克满脸兴奋的样子。他戳了戳哈维，说道："我和你讲个笑话。工厂里的工人说做点正事根本不可能。如果你来早了五分钟，你就是蓄意破坏；如果你来晚了五分钟，你就是背叛社会主义；但如果你准时上工，人们就问你：'你那块表从哪儿搞来的？'"斯托克笑着酒一饮而尽。那名捷克人将信将疑地看着他，给我们轮着递了一圈他的孟菲斯香烟。

"我再讲一个，资本主义是人剥削人，对吧？那么社会主义正好相反。"

每个人都笑了，并且喝完了杯中的酒。哈维有点儿喝尽兴了，问斯托克道："你从哪里听来的笑话——《读者文摘》吗？"

斯托克咧了咧嘴。"不不不不——来自人民。那个讲资本主义和社会主义的——今天早上有个人就因为讲这个笑话被我们抓了。"斯托克用自己低沉的男中音笑着，笑出了眼泪。

哈维轻声问我："他在开玩笑吗？"

"谁知道呢。"我回答道。

捷克军官在油灯下面走着，对比旁边像桶一样粗的斯托克，他就像个《波西米亚人》里的群演。他戴了一副皮质软手套，他把它们拽到手上，抹平了手指那里的折痕，边走边前后甩着手套的腕口。

"吃饭，喝酒。"斯托克吼道。捷克人便开始像机器人一样吞着鱼子酱。斯托克说的话就是他的法律。

我们也对着鱼子酱大嚼起来，不断用勺子往华夫饼干上抹鱼子酱。

"敬亨利·福特。"哈维举起酒杯。

斯托克却面表怀疑。"如果亨利·福特生在苏联的话，我倒是能敬他一杯。"

哈维又把杯子举了起来。"亨利·福特，慈善家。"捷克军官问斯托克那个词什么意思，斯托克给他翻译了一遍。哈维打了个嗝,笑了。这个举动惹火了斯托克。

斯托克说:"你们美国人很大方,但我们俄国人可不是。这是你们心里想说的话。行吧,我们确实不给别的国家送礼行贿。我们也不给他们核武器。我们只给他们很少的钱和几把枪而已。我们给其他国家的是鼓励。鼓励和思想。不管多少把枪都不能与思想抗衡。这是你们在中国、老挝、古巴学到的教训。"斯托克点了点头以示强调。

"在中国,"哈维说,"你们不是也学到了。"

气氛稍微紧张了一下。我用了一句俄国的老敬酒词,"敬我的妻子、女朋友和未来要见的姑娘。我给这三位都带了礼物。"

斯托克高兴地拍了拍大腿。我们都把酒喝了。

然后我们敬了史普尼克卫星、伏特加的发明者、开车能看见的绕道标志、莎士比亚、霍华德·约翰逊的冰淇淋(二十八种不同口味),还有那座"著名的英国教堂,圣潘克拉斯"。一圈过后,斯托克拿起杯子,敬"捷克斯洛伐克"。

"敬捷克斯洛伐克。"我说,"那里有最好的啤酒和最好的动画电影,堕胎合法,不歧视同性恋,离婚也只需要十英镑。"

"我从来不知道你是认真的还是开玩笑。"斯托克说。

"我也不知道。"我说。我和他俩都把酒喝完了。斯托克又倒了一杯,说道:"法西斯都去死吧。"

哈维轻声地又说了一遍"法西斯"。他往四周看了看。"这个词的意思产生了许多误解。大家理所当然地以为这个词代表世界上每一个不干好事的恶霸、罪犯、骗子、强奸犯、做速食快餐的人组成的群体,它对面的则是剩下的温柔、诚实、乐于助人、饱受苦难、怀才不遇的人。"哈维微微晃了晃身子,夸张地戳着自己的胸口。"法西斯是这里面的东西。它在世界上每一个人的这里。"斯托克和捷克军官则一脸惊讶地看着哈维。

哈维举起他的伏特加,将大家的注意力集中在他身上,用低沉而有尊严的声音说道:"这杯酒,祝我们杀死每一处的法西斯,华盛顿、伦敦……"他晃着头示意着每一个城市。"布拉格和莫斯科。"他指了指我们每个人的胸口,又重复了一遍城市。中间哈维还认错了人,把我指给了布拉格、把捷克军官指给了伦敦,后来他找不到华盛顿的胸口,直到记起来那是属于自己的。

"没错。"斯托克闷闷道。对于卡夫卡与好兵帅克的故乡而言,哈维的这一出算是应景。虽然后面大家还敬了很多东西,但斯托克则显得不那么自信了。

"这场对局于我们不利。"哈维等回到车上才对我说道。

两辆大卡车"呼啦啦"地从身边经过,开向了国有工厂。车身侧面用油漆刷的巨大车牌号因为扬尘而几乎看不清了。我等到尘土和黑色的尾烟从大灯的光线中消失,启程向布拉格开去。

"你觉得他知道了吗?"哈维一直问我这个问题,"他说同路人是不是就是这个意思?"

"不用担心。"我说。他太想讲出来了。

"你说得没错。"哈维说道,然后又在回程的路上小睡了一会儿。

我把车停在酒店外面的时候,周围还有不少人。四处街边咖啡厅的藤椅都坐着身穿厚大衣的人,弄得好像这里不是布拉格,而是巴黎。小店里的胖男人在给过路人兜售热狗,这些饥饿的行人都带着晶体管收音机或者旧的公文包,有的人则两个都有。红色与绿色的大霓虹灯牌射出光线、穿过树木,在路过的有轨电车侧面打上奇怪而抽象的图案。

"咖啡。"哈维说道。我点了点头,因为我知道,如果他不把我已经知道，但听到时又愿意装作很惊讶的东西说出来，他非得憋出病来不可。

酒店的休息厅摆满了棕色的蜘蛛抱蛋和绿色的银叶蕨。地毯上的洞透出地板的模样，一个长得像土地神的员工则正翻着积灰的大账目表。休息厅的中间放着十二个彩格布图案的配套行李箱，在房间有两名穿亮黄色运动衫的小孩，一位拿着大皮包、穿着灰色毛纺裙的女人和一个戴着大眼镜、穿着高尔夫夹克的看起来很虚弱的男人。

"冷死了，冷死了，都要冻坏了。那个，贾妮——德语怎么说冷啊？"他看我们进来了，便问我们道。"那个，你们能不能告诉那个人我们得给孩子洗澡，需要热水？卫生间里出热水的水龙头根本用不了。你们能告诉他……"

因为一眼就被认作美国人，哈维看起来稍微有点被烦到了。他对着柜台后面的人用德语说道："他需要热水。"服务员回了一句："那个傻子把行李搬上楼以后，自然就能出热水了。"

那个游客又说："你和他讲，要是回到我们那里，卫生部门会把这里关掉的——整个酒店都脏死了。"

哈维对服务员说："那位先生的母亲就是在布拉格出生的——他觉得自己像回了家一样。"又对着美国人说道："管理人员对恒温器的效率问题深表抱歉，但如果你现在回到房间的话，热水一会儿就来了。"

"再告诉他，别吆喝别人给他搬行李。"服务员说，"他现在可不在蓄奴国。"

游客说道："我们家的暖气炉也有这个问题。"

哈维接着说道："恐怕行李搬运工的妈妈生病了。如果您能灵活处理一下，避免问题升级，那就太好了。"

"没问题。"游客说着,便和他的妻子开始解释前因后果,我则在琢磨怎么操作这台旧电梯的开关。游客的妻子对哈维说:"城里的商店什么时候关啊?"

哈维说:"我也是新来的。"电梯已经开始往上爬了。

"他们要把我开除了。"等终于回到我的房间里之后,哈维如是说。

我打开了那瓶在飞机上买的黑牌威士忌,哈维则挺直身子往床上一倒,把床下的金属架子压得哐哐响,接着又唱了一段他的歌,"你得让局势升级,甚至要量化状况",但他现在酒已经醒了。

"有准信儿了?"

"差不多吧。"哈维说,"上次我去见使馆警卫官的时候,他给了我一张《外交部退休与残障体系》的表。他们还让我去做签证那边的事,旁边还有个八级[①]的天天看我干了什么。"

"那金德里什卡呢?"

哈维站起身来走到水池旁边,从我打开的箱子里挑了一块香皂。他闻了闻,说:"柠檬味的。"

"是的。"我说。他又闻了闻,然后拿它开始洗起手来。"她想要找些路子留下来。"哈维说,"但她会听我的话。如果国务院没有任何可能给她签证,就没必要劝她来美国了。"

"但你就在签证部门啊。"我说。

"他们等的就是这个,"哈维说。他继续像弗洛伊德做精神分析一样精细地洗起手来。"……妈的,他们说得对。不是我抱怨啊。我是搞政治的,我要是爱上一个捷克斯洛伐克姑娘算什么

---

①外交部八级专员(FSO 8),外交部的官员一共有一至八级,八级为最低级。

事，但是……"他在镜子里对我做了个鬼脸。

"可能我应该娶她。"我说,"这样她就有英国身份了。然后你就没什么问题了。"哈维没心思开玩笑。"是咯。"他一边说着一边洗手,一直洗到手消失在肥皂沫包裹成的拳击手套里。"所以你看,"他安静地讲道,"这就是为什么今晚的两位喜剧人搞得我那么紧张。那时候我肯定不知道该怎么做,也就是说,万一金德里什卡的组织是……"

"哈维,"我插话道,"别耷拉个脸。就把你的工作当成你的情妇:不管她出生在天南海北,都别和你太太讲。"哈维笑了笑。我继续说道:"别再想着用洗手洗掉烦恼了,过来喝杯酒吧。"我真想不出布拉格那里能否找出有哈维一半好的己方联络人。

他尴尬地搓了搓手,把水甩干,笑着拿起了酒。我能顺着走廊听见那位美国游客在说话。"吉米尼,简,房间里连个该死的窗帘都没有。不知道那两个人住在几零几呢。"我们听到他顺着走廊往我们的方向走了过来。他停下脚步,喊了一句:"这里有没有美国老乡啊?"

我们听他顺着走廊喊着,然后转过身来对哈维说:"我去哪里见另一个特雷布林卡集中营的人?"

"幸运客扬的兄弟,"哈维说,"他们讨厌彼此。"他走到床边,透过破旧的蕾丝窗帘望着瓦茨拉夫广场。"但如果你想看看你那位的死讯有什么书面记录,他的兄弟早上十点半会去平卡斯犹太会堂。那个地方在贫民窟旁边的斯塔雷梅斯托。那一片有好几个会堂,但他会去平卡斯。"

"我会去的。"我说着给哈维又倒了一杯酒。"我希望我能知道斯托克在想什么。"哈维说。

34

阿列克谢耶维奇·奥列格·斯托克上校

十月二十一日，星期一

"我不负责思考，"斯托克说，"我会招年轻人来替我思考；他们的想法还没有被知识搞乱。"他把靴子脱了下来，在火炉前舒展了一下脚趾。斯托克小时候能用脚趾夹起东西来，但他很久都没再展示过这项能力。现在大家对人是否有能耐的判断可不只是脚趾灵活了。

"我今天吃小牛肉。"那个叫瓦茨拉夫的捷克军官说道。

"我也来一份一样的。"斯托克说。他不是个讲究人。吃口热饭，喝杯冷饮，有张床睡觉——有条件的话再加张床单——就够他过了。

"小牛肉配草莓。"瓦茨拉夫说。斯托克点了点头。

"包锡纸烤的。"瓦茨拉夫又说。

"我求求上帝了，行了吧老兄。我又不是尼古拉二世。热一下端上来就够了。"斯托克真希望那句"上帝"没出口——他估计又会让人误解了。瓦茨拉夫出门去了厨房，斯托克则点了根烟。他很享受莫合烟的味道。他和西方人说话时总是特意点一根好烟，但其实他心里最喜欢的还是最粗糙的俄国烟草。

瓦茨拉夫端着两盘肉回来了。肉是他自己做的；他希望斯托克能知道这一点。这里根本没法找到仆人，因为他们都在工厂里工作呢。上一个仆人竟然最后回农场了，你能想象吗？

"我敢肯定，"斯托克说，"这里是国内唯一能吃顿像样东西的地方了。"

"这可不好说。"瓦茨拉夫说，但他的表情轻松了不少，露出了微笑。

"只要我的靴子不在脚上，你想要都没问题。"斯托克说，"我对我的人都这么说。靴子一脱，闭门谈事，你可以把这看成一种特权。"

瓦茨拉夫也把鞋脱了。他不确定斯托克上校同志想不想让他这么做，但不管怎么说，他的鞋也有点潮了。他把鞋底朝上放在炉子旁边。他不想让鞋子走形，即便捷克斯洛伐克本身就是个产鞋大国——哥特瓦尔德夫工厂前身便是 Bata 鞋业，能生产几千双鞋——但就算产量再大，这也不是浪费的借口。他撕了几条《人民民主报》，把纸塞进鞋里。

"别用这个。"斯托克吼道。

瓦茨拉夫低头看着被撕成条的报纸。他把沃尔特·乌布利希撕成了两张不对称的碎片。

"我用《真理报》。"斯托克用低沉的声音说道，"它最适合靴子，还能神不知鬼不觉地把湿气吸出来。"瓦茨拉夫笑了——他知道斯托克在拿自己开玩笑。

斯托克吃着小牛肉，一口喝完了整杯啤酒。

"您可真不会浪费时间。"瓦茨拉夫说。

"我有一次还打翻了一杯呢。"斯托克说着，大声地笑了起来。

瓦茨拉夫扭了一下白色大陶瓷炉上复杂的阀门,火发出"呲呲"的声音,"噼噼啪啪"地燃了起来。

"你应该来一趟柏林。"斯托克说,"我和你讲,那里真的舒适。这些德国人可知道怎么照顾自己。有时候我都奇怪我们怎么就能打败他们了。"

"纳粹吗?"

"哦,我们可没打败他们。"斯托克说,"我说的是德国人。"

德国人。列宁在梦想俄国与德国无产阶级联姻的时候到底错在哪里了?而一些不那么重要的联姻也犯了同样的错误——幻象被现实之锤一击而碎。向德国的无产阶级伸出友谊之手时,一切都很正常,但后来那些穿着国防军制服的军人却转头烧掉了你的村庄。从那时开始,事情便出了差错。斯托克自顾自点了点头。

"我讨厌德国人。"瓦茨拉夫说,"我以前还在革命卫队待过①。"

斯托克抬了抬眉毛,看起来像是对此一无所知的样子。"我们知道该怎么对待德国人,"瓦茨拉夫继续说道,"幸运的人拿着手提包,坐着牛车到了国境的另一边。他们有三百万人,而且很高兴自己能离开这里。这就是对待德国人的方式。"

"我们也是这么做的。"斯托克说。这也是我们做错的地方,他自己想道。列宁从来没有同意强制搬迁工厂和人口。斯托克看着瓦茨拉夫浅色的眼睛。他是个斯大林主义者,斯托克思考着。他们捷克人都是这样。把德国人一把推到边境那边完全就是斯大

---

①革命卫队(RG, Revolucni Garda),成立于战争末期,该惩罚组织以复仇为名而杀害德国人。该组织成员大部分在捷克斯洛伐克的苏台德德占区行动。其中,安全警察组织(STB, Statni Bezpecpost)围绕革命卫队而得以成立。瓦茨拉夫则是安全警察的军事化组织(OBZ, Obranne Zpravodajstvi)的成员。

林主义的体现。

"不管他们举的是哪面旗帜，德国人就是欧洲的野兽。"

"德国人比这个要复杂一些。我这里就有一堆例子。"斯托克拽了拽自己肉乎乎的下巴。"我现在需要面对一个问题，需要了解德国人的性格。而且瓦茨拉夫，和你说实话，我不知道我适不适合干这件事。"

"冲击冬宫的人都不适合？"瓦茨拉夫问道。

"啊，"斯托克笑了，"我可是冲击了好几次呢。但这不算数，我的孩子。我们不能一辈子都在冲击冬宫。我们每天都要冲击新的宫殿。我们判断的根据，是基于上周的工作，而不是基于哪天晚上我喝多了，以至于自己都不知道拿着耙子冲击步枪兵有多危险。我们不再需要冲击别的冬宫了，瓦茨拉夫，我和那位年轻的小傻子今晚也是这么讲的：思想能入侵最固若金汤的堡垒。"斯托克自己点了点头，用手指摸了摸下巴上的肉，好像要把它们扯下来。

"思想会飘到别的地方的。"斯托克说道。"既可以过去也可以过来。"他补了一句。他想起可怜的贝科夫斯基少校小时候受过的苦。而他现在正穿着皮衣和尖头鞋，坐在他的屋子里字斟句酌地听着老式美国爵士乐。有人说他过去给好莱坞的影星写过信。应该有他的档案，斯托克想道。但他自从一九二六年就认识贝科夫斯基了：真相会让他伤心过度的。等回到柏林以后再重新问问这件事吧。这种伤感矫情的琐事完全背叛了他所相信的东西。但不管怎么说……

"每个社会都暗含着毁灭它们的种子。"瓦茨拉夫说。

"可说呢。"斯托克说。瓦茨拉夫这人脑子不太灵光，斯托克想，连马克思的话都能引错。旁边的收音机正在播着歌曲，《我的祖国在倾听，祖国母亲知道》，斯托克轻轻地哼了几段。

"您经常去西边吗？"

"经常去。"

"我也去过西边。"瓦茨拉夫说。斯托克喝了一口柠檬茶，点了点头。"你住在贝斯沃特——伦敦的一个区——这是你打仗时住的地方吧。"斯托克说道，从喉咙深处发出一阵笑声，"别脸红啊，小子。"

瓦茨拉夫因为自己竟然有点尴尬而生气了。"我是奉莫斯科的指令去参加自由斯洛伐克部队的。"

"确实如此。"斯托克说，他还没收住自己的笑。他对瓦茨拉夫可了解得一清二楚。

"我去过一次西边，挺享受的。"瓦茨拉夫说。他就像个赌气的小孩子，斯托克想道。"那不是理所当然吗，小伙子。"

"但最深刻的不公平在于，是物质打消了所有愉悦。那里怎么可能有正义呢？"

"我们就是警察，瓦茨拉夫。警察和正义不能搞混。搞混警察和法律就已经够糟了。"瓦茨拉夫点了点头，但没有笑出来。

瓦茨拉夫说道："但作为公民，我们必须思考这些事。不公平在国家的眼里就是资本主义的原罪，是它们衰亡的动因。"

"原罪？"斯托克问了一句。瓦茨拉夫的脸和年轻牧师的一样苍白，斯托克想着。虽然他还在因为尴尬而扭来扭去，瓦茨拉夫仍然继续说着："这也是我们社会主义民主强大的原因：我们保卫着所有人的人性、博爱、正义、繁荣。主导西方制度那种可恶的贸易模式最终只会导致穷兵黩武，而其中的真理与正义只能屈服于腐败。"

他就像我手下的小伙子们，斯托克想，脑子里都是别人给的答案。斯托克把脚往瓷面炉子的方向又靠了靠，看着他潮湿的袜子上蒸出的水汽。

"因为腐败而不相信正义，就像因为出轨而不相信婚姻一样。"斯托克说，"一个体制里谁在负责，那个体制就是什么样子。如果负责的是天使，法西斯主义也能被人接受。而马克思主义则假设管理国家的是人——会被腐败腐蚀的人。"

"您是受命来问我问题的吗？"瓦茨拉夫问道，"来考验我的吗？"

"如果我滥用了自己的职权、浪费了你的好客之情，"斯托克吼道，"我情愿我的右手枯干①。"

瓦茨拉夫点了点头。然后用一本正经的声音问道："上校同志，那今晚见面的目的是什么？"

"没有目的，"斯托克没等他话音落下便回答道，"只是让他们知道我们在监视着他们。"

"您从来都没想逮捕他们。"

他这个捷克人喜欢大规模包围作战，会派一支武装部队跟踪一名嫌疑人，然后再奇怪那个人怎么消失了。"他不是个黑市商人，"斯托克说，"他是英国政府的人。我们要做的就是轻柔地试探，瓦茨拉夫，就像做脑科手术一样。凿穿颅骨用锤子和凿子就行了，但之后你就得用巧劲了。"斯托克说巧劲的时候，好像这个词本身就很脆弱一样。

"是的。"瓦茨拉夫说。"是的"，斯托克也这么想道，他一辈子也理解不了的。他好奇如果英国人有一位这种素质的副手，他要如何应对。

---

① 出自《圣经（诗篇137:5）》。

四下沉默好一阵。斯托克自己给自己倒了点梅子白兰地。

"他看起来不太……"瓦茨拉夫想找个形容词,"……不太专业。"

"干我们这行,"斯托克笑着说道,"这是最专业的表现。实际上,如果英国人就是来告诉我们他们在试探消息,我也不会吃惊。"

"试探什么?"

"你怎么就不开窍呢,小子。就是单纯试探:情况怎么样,我们的工作方式、思维方式。我们部分人的方式。"他纠正了一下自己。

"我懂了。"瓦茨拉夫说。

"拿杯喝的吧。"斯托克说,"你现在就像个失业的殡葬师。"

瓦茨拉夫说道:"我有几张西边的留声机唱片可以听听。"

"我的天。"斯托克想道。他想像贝科夫斯基手下的小混混一样当个爵士乐迷。那两个小混混都能用完美的美式口音唱着《艾奇逊、托皮卡和圣塔菲铁路》和《黑暗镇的扑克俱乐部》。这个想法糟糕透了。

"思想是会传播的,"斯托克说,"我们所有人除了听着,没有别的办法。"

"是的。"瓦茨拉夫说。他没有去拿唱片,斯托克舒了一口气。

斯托克用脚趾抓了抓被火暖热的金属拨火棒,瓦茨拉夫两眼空空地盯着他。

"那个美国人想娶的姑娘,有没有在给你们工作?"

"没有。"瓦茨拉夫说。

"现在可别和我说谎,你个小无赖。"斯托克大声说道。

"没有。"瓦茨拉夫轻声说道。他们相视一笑。

"你不去看细节,"斯托克说,"也可以喜欢上一个人。"他的思绪飘到了老将军博格那里。也就是那位半截入土的普鲁士将军,谁能想到可以和他交朋友呢?一开始斯托克去拜访他只是为了追他的大女儿。斯托克又拽了拽自己的下巴。而看看他现在,已经是一位更年轻姑娘的教父了。如果这事传出去,可得出不小动静呢。这种教父——是一种更传统的身份,这样就不用让他的姑娘参加共产党在举办的成人礼了。

斯托克想到那位可怜的姑娘自己收集、动手打扫的所有那些书和文件,还有好几屋子的档案;那可能是唯一他能称得上家的地方。他大部分的时间都待在办公室里,身边没有任何能和资产阶级享乐沾一点边的东西。至于那艘他的手下为了惊艳来访的军官而在克珀尼克改装的大邮轮,天哪!光是走进舱门就让他不禁打起寒战来。不了,博格的住处已经是最接近家的地方了。

一开始斯托克很难跟得上老头儿和他女儿的想法。在这个部队,军队"沿着顿河向南行进","以多面进攻展开反击"。打仗的时候他只是个上尉,而且只打了停战前的最后七周。老博格和他说话时总以为斯托克能给斯大林传话一样。斯托克想起来,在几个月前他询问过一名美国游客。当问及自己假期去过哪里时,游客回答道:"在我冲好胶卷之前我也不知道。"

斯托克那时笑了。他知道这么说非常真实。在老博格向他解释之前,他从来不知道自己做了什么。但老头儿活不久的,斯托克想。他不知道等老头儿死了之后海迪可怎么办。海迪,斯托克想着。如果那老头儿死了,我都不知道我该怎么办。斯托克好奇,如果听到他要娶海迪,老头儿会作何评价。但这主意太蠢了,斯托克自己拒绝了这种想法。他的脚趾本来在拨火棒上抓着,但却因为潮湿的袜子打了个滑。

"德国人是吧。"瓦茨拉夫说。

"你说什么?"斯托克问道。

"您刚才和我说您和一位德国人的事。"

"有吗?"斯托克说。他是该赶紧治治自己老是做白日梦的毛病了。

"哦,对的。"斯托克说,"事情是这样的。如果他是个德国犹太人,他算是什么身份?"

"我不太清楚。"瓦茨拉夫说。

"其实挺简单的。"斯托克大声说道,"他主要是犹太人,还是德国人,这取决于他在特定情况下干了什么事。这就是为什么我们要存档案,亲爱的瓦茨拉夫,这是为了给预判提供材料。我的设想是,如果一个人长时间行为可疑、肆无忌惮,他就会形成相应的行为模式,无论他现在的生活多么光鲜亮丽,不管是在修道院静修、在大学教书,或者从事任何另类资产阶级知识分子做的工作,都是一个道理。"

"所以您已经做好下一步的打算了?"瓦茨拉夫问。

"在这种比较难办的时候,我总是做同样的事。"斯托克说,"我计划的根本前提,是认为所有人都不值得信任。"

瓦茨拉夫很欣赏这个解决方式,这里面回荡着历史的经验。"那今天晚上那个英国人呢?"瓦茨拉夫说,"他算是新出现的麻烦吗?"

"英国人?"斯托克说,"不不不。"他又给自己倒了杯喝的。他已经喝了太多了,他自己也清楚,但是再多喝一杯也没什么区别。"'英国人'和你我一样,都是专业人士。专业人士从不会惹麻烦。"

35

中世纪时,棋手的目标是吃掉对方的所有棋子,而非只是将对方的军。

十月二十二日,星期二

泰雷津。贝乌热茨。奥斯维辛。格利维采。马伊达内克。索比堡。贝尔根-贝尔森。伊兹比察。弗洛森比格。格罗斯-罗森。奥拉宁堡。特雷布林卡。罗兹。卢布林。达豪。布痕瓦尔德。诺因加默。拉文斯布吕。萨克森豪森。诺德豪森。朵拉。毛特豪森。斯特拉绍夫。兰茨贝格。普瓦舒夫。奥尔德鲁夫。斯海尔托亨博斯。韦斯特博克。[①]

平卡斯犹太会堂是一幢十五世纪修建的灰色小石屋。屋内是文艺复兴时的哥特式风格,里面除了精致的刻字之外没有一件家具。

小犹太会堂里的墙看起来是灰色的,但这是因为它是由微小的字迹集聚而成。这些字是集中营的名字与遇难者的姓名,它

---

① 上述均为"二战"中集中营所在地。

们像受害者一样相互拥挤，但每个字却又极其清晰。灰色的墙无尽地延伸着，而一行行姓名则像纽伦堡纳粹集会的队伍一样静寂无声。

我来见的那个人用手点了点肩膀高度的一面石墙。他带着伤疤的指尖指着一块石头，上面刻着布劳姆的名字。他的手指在冷光中移动，那个名字也跟着他的手而来回隐现。

"世界上最好的书，"老枪尤瑟夫说，"塔木德告诫我们，最好的书就是世界本身。"他的手做了个奇特的动作，翻了一下。他像个舞台魔术师一样看着它，骄傲于自己只要张开手掌便能让手指从拳中显现。他看着那面墙，好像这是他亲自凿出来的一样。又用手点了点，像在告诉别人这是多么坚实的证明。

"我知道你要说什么。"老枪尤瑟夫说。他的声音大得有点突兀。

"要说什么？"

"你现在第一——一——……—次理解了。"我能看见他说话口吃时颤动的舌尖。"他们都这么说，相信我，听起来很傻。"

"他们都说这句？"

"有个人说'直到我去圣彼得大教堂，我才理解了路德，而我来这里是为了理解希特勒'。"

"理解（understand），"我说，"这个词还挺复杂，'理解'。"

"没错。"老枪尤瑟夫说。他身子突然动了一下，像是被一片阳光打在身上的鲑鱼。

"要去理解什么？你写一个数字六，往后面加六个零，然后管它叫犹太死亡人数。往七后面加六个零，就是俄国平民死亡人数。你再把第一个数字换成三，这就是俄国囚犯死亡人数。换成五，就是波兰死亡人数。理解了吗？为什么？因为这就是简单的数学计算。只要说一个最接近的整百万数字就好了。"我没说话。"所以你是来问布劳姆的事的?"他最终说道。他把宽檐黑帽摘了下来,端详着上面的帽带,好像里面装了秘密信息一样。

"布劳姆。"我说道,"没错,保罗·路易斯·布劳姆。"

"哦,是的,"男人说,"保罗·路易斯·布劳姆。"他小心地给他的名字加了重音。"这是当官的人才会说的话吧。"然后他便神秘地笑了笑,侧身一躲、踮着脚走开了,好像觉得我要打他一样。"布劳姆。"他重复这个名字的时候揉了揉自己的下巴,沉思着。"所以你昨天去见了幸运客扬是吧。"

"是哈维把我带到那里的。"

"没错,没错,没错,"他还在揉自己的下巴,"我的弟兄年纪大了……"他没有再揉下巴,想了一会儿,然后用食指画着圈,"……我们老了以后都会这样。"

"他看起来头脑挺清楚的。"我说。

"我无意冒冒冒……犯。"男人说道,又往后躲了一下。我意识到,他做一些身体动作的时候其实是为了掩盖他的口吃。

"您认识布劳姆?"

"所有人都认识他,"他说,"人们喜欢这样。大家都知道他,但没人喜欢他。"

"这是什么意思?"我问,"人们都喜欢什么?"

"非常有钱的人,"男人说,"你不知道他非非非……非常有钱?"

"有钱没钱又有什么区别?"我问道。

老人向我靠了靠身子。"不高兴的穷人与不高兴的富人,二者之间的区别在于,后者是可以变高兴的。"他突然咯咯地笑了。他在冰凉的地板上拖着脚走着,再说起话时,他的声音则在拱形的屋子里回荡着。"当时盖世太保需要在布拉格这里设一个总总总总……总部,他们把地址选在了佩切克宫——那原来是个银行——他们把金库和保险库变成了酷刑室。对于法西斯的酷刑而言,这个建筑还挺有象征意义的,是吧?资本主义财富的金库。"他摇着手指又往后躲了一下。

我意识到,这就是他叫"老枪尤瑟夫"的原因——他说话口吃(stutter)①。"但为什么布劳姆在集中营不受欢迎?"我问道,试着让谈话回到我的正题。

"他倒是很受德德德德德德……德国人欢迎。哦,那程度简直了。他们喜欢布劳姆,几乎和喜欢他的钱一样爱他。几乎和喜欢他的钱一样爱他。"他又重复了一遍,"这些德国人,你知道,他们有了钱就会帮你办事。"

"办什么事?"

"什么事都行。"老枪说道,"我先说医疗官吧。他拿钱以后可以卖给你各种各样可爱的玩意儿。如果钱给得够,他还可以治治治治……治你的病。"

我点了点头。

"治你的病。"老人说道,"你知道这是什么意思吗?"

"我知道。他们能让无辜的囚犯受罪,或者放掉有罪的犯人。"

"有罪的人,"他说道,"你的用词可真怪。"

"那谁杀了布劳姆?"我问道,想着让他别再用自己那套修辞了。

"全世界的冷漠。"他说。

---

① Stutter-gun,汤普逊冲锋枪,开火时会发出急促的嗒嗒声。

"具体是谁?"我又问。

"内维尔·张伯伦。"他回答道。

"听着,"我说,"是谁把他勒死的?"我又提了一句"布劳姆",以免他又跑题到哲学和悖论上。

"啊,"男人叹道,"勒死的?"他戴上帽子,像是法官要宣读死刑一般。"他是这么死的?"

"是的。"

"是一个守卫。"男人说。

"一名军官?"我问道。

尤瑟夫摘下帽子,用手帕擦着上面的皮革帽带。

"是那位医疗官吗?"我追着问道。

"我的弟兄没和你说吗?"他说,"他知道的。"

"还是您和我讲吧。"我说。男人又把帽子戴了回去。"一名叫瓦坎的士兵——就是个孩子——不是好人也不是坏人。"

他走出门,走到明亮的阳光下。他身前的草木在白色的墓碑间发芽萌生,看起来好像巨大的芥末水芹三明治。我跟着他也走了出来。

"您认识这个叫瓦坎的士兵吗?"

他突然转过身来。"就像我认识你一样认识他。你觉得特雷布林卡是何种所在——保守派俱乐部吗?"他自己走开了。明亮的阳光下,他发黄的皮肤像打了一层蜡。

"试着回忆一下吧,"我说,"这很重要。"

"哦,这就不一样了。"男人说道。他揉了揉下巴。"如果很重要,那我就有必要(have)回忆起来。"他仔细地咀嚼这个词的每一个音节,用舌尖把组装好的词语传出来,丝毫不想损伤一个元音或是丢掉一个字母h。"我把它和五十万人被扔进毒气室这件小事搞混了。"他抬头看了看我,嘲弄地笑了笑,向街上走去。

"这个叫布劳姆的犯人,"我说,"他做了什么?"

"做了什么?"男人说道,"我又做了什么?要想去集中营的话,只要是个犹太人就够了。"他推开墓地的栅栏,上面生锈的铰链发出凄厉的摩擦声。

"他参与了屠杀吗?"我问道。

"我们不都参与了吗?"男人说。

"共产党?"我问,"别人认为他是共产党吗?"

男人在门口转过身来。"共产党,"他重复道,"你可能听说过,集中营里会有人承认自己杀过人,还有很多人说自己是间谍。有时候甚至有人会承认自己当过——时间很短的——犹太人。但共产党这称号可没人认领。大家连提都不敢提。"他穿过门,上了大街,慢慢朝着老会堂走去。

我走到他的旁边。"您也许是让一名罪犯就地正法的最后机会了……"我请求道,"……一个叛国者。"

他抓住"叛国者"这个词问道:"用这个词是什么意思?这也是属于你们那边的特殊称谓吗?那如果一个人违抗了德国士兵的命令,把自己的面包配给撕一块,扔给关孩子的地方,那怎么办呢?他算什么?"

我没有回答。

"那如果他只是为了钱才给面包呢?"

"那如果是一个给德国人卖命的犹太人呢?"我反问道。

"那和给美国人卖命的法国人也差不多。"老人高傲地说道,"你看看看看……看上面那块表。"

我望向旧新犹太会堂的后方,一块刻着希伯来语数字的古钟在阳光下闪着金色。

"这里原来是贫民窟。"尤瑟夫忽然摆了一下手,说道,"我小时候每天都会看看这座钟。而十八岁时我才知道,它和世界上其他的钟都不一样。"

街角边上一辆巨大的、满是玻璃窗的旅游大巴正缓慢行驶,车身像不干胶胸针一样反射着阳光。车里的喇叭传来一阵响亮的声音:"……丰富的雕塑装饰预示着哥特盛世的到来。这是欧洲现存最古老的犹太会堂。"

"这座钟是反着走的。"尤瑟夫说,"逆时针方向。"

脖子上拴着相机带的游客一脸严肃地从车上走了下来。"它走时是准确的,但是每过二十四小时,它就会往前倒退整整一天。"他拍了拍我的胳膊。"如果我们成天记着瓦坎、布劳姆、莫尔那些人,这样的事就会发生在我们身上,而不是迈入另一个世界,一个这些人根本不会存在的世界。"

"是的。"我说。

老枪尤瑟夫好奇地看着我,想知道我能不能理解他的意思。他说:"我们必须用行动来实践我们的决策和信仰,因为我所受的教育就要求如此。在我见到我的上帝那一天,他不会问我,'为什么你们不是摩西',而是会说,'为什么你不是老枪尤瑟夫'?"

老枪尤瑟夫穿过那群刚下车的游客,像一个齿轮坏掉的机械玩具一样走开了。那位酒店里的美国游客对他的太太说:"快点儿,贾妮,拿点儿胶卷出来。这也太经典了:一位老人站在钟表下面呢。"

36

回撤：以任意顺序让棋子回到初始位置。

十月二十五日，星期五

气象局的人应该查查，为什么每次我飞回伦敦机场时，伦敦都在下雨。也许我该问问梅纳尔太太。飞机缓慢驶向停机坪时，巨大的灰色机翼和上面的雨水一起反射着阳光，引擎的气流则把地上的水洼挤扁、吹成各种奇怪的形状。安全带"咔"的一声解开，我心里绷着的弦也突然松了下来。前排有几位穿驼毛大衣、讲求效率的人已经开始在他们假期的遗骸里寻找塑料雨伞、水杯和相机了。

空姐甩下一身的疲惫与对乘客的漫不经心，突然开始饱含活力地收拾起自己的东西。引擎"砰砰"响了几下之后，叶片终于迟滞地停了下来。外面潮湿的柏油路面上，闪闪发亮的装货车聚在它们的攻城梯旁。城市的大门骤然大开。门廊里还能听见战争引擎靠近时最后的余音——贪婪的目光一定正觊觎着布哈拉。身穿蓝金制服的人从他们的权位上出现，即便劫掠已经开始，他们还在用手捆着自己的文件和财物。

"旅途还愉快吗？"琼问道。

"还行，"我说，"大部分时间在看一本历史书——试着让自己忘掉飞机餐的味道。"

"那还有点难度。"琼在停车场找了辆捷豹。我探身坐进车里的皮质座椅，司机则小心翼翼地驾车钻进了伦敦路的车流。

"工作挺努力？"

"我几乎每天都去做头发。"

"挺好看的。"

"是吗？"琼扭了扭头，用手摸了摸发髻。"新来的一个人做的，原来他只是个助理……"

"别和我讲这种秘密了。"我说，"这样我就不会感觉到奇妙了。"

"你得确认几件事。我写了几封信，还没加日期，所以你能提前看看我写得对不对。你身上只有一个预约，要和格勒纳德约顿午饭，但我还没替你同意。"

"他想来干什么？"

"外交部的奥布莱恩组织了一场会议。我告诉他你那时候不一定能回来。我告诉奇科，让他务必过去。"

"真能干。但为什么格勒纳德要在意这些事？他们开会的唯一原因就是让奥布莱恩能有机会写那堆长篇累牍的报告，以及邀请他东英格兰的邻居来当客座讲者，再付他们二十五几尼一次的报酬。"

"格勒纳德来开会，是因为他能利用公费来伦敦转转。你也再清楚不过，他一来，就能蹲在这成天刮穿堂风的火车站看火车了。"

"好吧，反正这也没伤害到谁。"

"如果让我来接待他，就伤害到我了。去年十一月我就因为要待在火车站尾坡那里，得了十天流感。我的收获就是懂得了哪里能找到活底式炉灰盘、蒸汽蓄热器以及为什么现在还有人用它们,并且学会了怎样仅凭声音就能辨认出一辆三缸式机车。"

"我觉得你心里肯定还挺骄傲的吧。"

"要不是因为他是个为人和蔼的老家伙,我绝对严正拒绝再来一次。"

"所以你这是主动想再去一次了?"

"你敢。"

"这都是因为他心里有负罪感,你知道吧。"我说。

"什么?对火车吗?"

"是啊,"我说,"战时他参加了抵抗军,破坏了不少火车。而现在火车要被时代淘汰了,他就觉得自己有义务来保护它们,让火车留存下来。"

"你要和他吃午饭吗?"

"吃啊。你要想来也没问题。他可喜欢你呢。"

"那我订个座位好了——索朗之家?"

"别了,订国王十字车站饭店吧——他更喜欢那里。"

"你先杀了我算了。"琼说。

我都快认不出我的办公室了。墙上换了新墙纸,颜色比我记忆中还要淡一些。原来墙纸上还有空心的地方,用手敲敲会发出打鼓的声音。现在我也没有机会听鼓响了,但琼觉得这是个好事。

调度部门里留声机的音乐倒是没变,芒恩与费尔顿乐队在《波尔卡的雷雨电》中穿行,音乐声在二楼都能听得很清楚。我拨开对讲系统的开关。值班的调度员应答道:"先生您好。"

"《天使将守护你》。"我说完便关掉了开关。

"还换了新窗户呢,"琼说,"没见你提。"

"我发现了,"我说,"虎尾兰可有福享了。"

"我一直在给它的叶子上油,"琼说,"麻烦得要死,但是店里的人说这样做很值得。"

"他说得没错。确实看起来很好。"我检查了一下桌上的东西。

《天使将守护你》的肃穆独唱从对讲系统里传了出来。"一切都棒极了。"我说。

"柏林文件中心①给我回复了——没有任何发现。"我冷哼了一声。"但我倒是找到了一两件东西。"琼说,"你要不要来看看。"

"好。"我说,"等我一分钟。"

琼走到她的桌子旁。她站在窗边时,雨天时笼罩伦敦的薄光给她的脸上制造了一个光环。我看着她手的动作,看着她搬起一大堆待处理的文件。她动手搬东西时看起来既不匆忙,也没有不耐烦:活像一位娴熟的护士或者荷官。她穿着那种缝着口子、口袋,留着太多接缝的T恤裙。她把头发紧紧扎到耳后,紧致的脸上没有任何皱纹,像是最顶尖的流线型设计品。她感觉到我在看她,也转过头看着我。我冲她笑了一下,但她却没有回我微笑,自己转身抽出桌子里的一个小抽屉。她那不近人情的态度让她显得特别迷人。"你今天看起来真的性感过头了,琼。"我说。

"谢谢。"她说。琼继续收拾着堆成小山的档案卡片,我则读着国防部的备忘录。如果没有琼那种勤恳的工作态度,所有情报工作、警务工作还有任何研究工作,都根本办不成。琼可以从干

---

①柏林文件中心,该档案库保存了纳粹党党员的档案文件,档案抢救于"二战"末期的一座造纸厂。

草堆里找出一块徽章，还能在仔细检查之后读出上面刻的主祷文。正是她这种多于常人一倍的努力最终改变了一切。

"行啦，"我说，"你也签了保密法案。你也知道，不给我透露信息可是重罪。我们来看看到底是什么。"

"少安毋躁，"琼说，"别那么高高在上。"

"我可是能找一天把你送去外交部的。"我说，"到那里你就知道什么是真正的高高在上了。他们说话时和英国战争电影里的军官一样。"琼浏览着桌上的文件。这是一张大办公桌，那种需要我和采购处的人好好理论一番才能搞到的桌子。这里面安了无数的抽屉和小夹层，只有琼才知道每个东西的位置。她找出一份软皮文件，封面上的布劳姆是她用铅笔写的。

"没有他的代号。"她说。

我按了一下桌上的对讲盒。另一边应答的是爱丽丝："在呢。"

"爱丽丝，"我说，"你能不能给我一个去年给留古巴大使馆人员的代号？"

"要这个干什么？"爱丽丝说完又后知后觉地补了句"先生"。

"给哈勒姆找出来的那些布劳姆文件加个名字。"

"所以这个代号不是给人用的？"

"不给人用。"我说，"我们认为真的存在一个叫布劳姆的人。如果我们要向外交部或者内务部申请他的任何文件，提前备好一个公开档案更有利于咱们提出需求。"

"骷髅头天蛾。"爱丽丝说，"我把档案启用的日期设成去年今天了。"

"谢了，爱丽丝。"

如果你用部门之间的阴谋论那套和爱丽丝理论，你绝对能说服她。我把代号和文件日期告诉了琼。

"骷髅头天蛾，"琼说，"这个名字也太长了。我每次都要在档案里打全名吗？"

"是的。"我说，"我从她那里抢来一个代号之后，就算我不去让她改代号名，我俩之间麻烦也够多了。"

琼抬了下一边的眉毛。"你很害怕她吧。"

"我可不害怕爱丽丝。"我说，"我只是工作时不希望有额外的摩擦。"

琼打开一个棕色文件夹，里面放着几张薄薄的打字文件，上面的标题写着领土安全局。标题下面则是单倍行距的文字，许多圆形字母的开口里面都积满了灰。我慢慢读着，痛苦地辨认着上面的字。这是一份谋杀案的法庭预审文字稿①。日期为一九四三年二月，审讯地点为科尔马。

"只是普通谋杀案。"我对琼说，"这个布劳姆之前还是犯人吗？"

我又看了一遍笔录。上面写着：他处于失业边缘。琼递给我一份德国军队档案的影印件。影印纸已经变成棕色了，上面全是斑点。纸上印着一张入监证明，上面的囚犯是从卡马尔的一处非军事监狱转过来的，上面德军军官的签字像一团生锈的铁丝网。"布劳姆的照片呢？"我问道。

"如果你读得仔细点儿，你就能发现你手上拿的是入监证明和一份材料汇编。而且你看，"琼说，"法国的文件管它叫布劳姆

---

① 在大陆法系的审判中，法官在第一阶段会检查被告的工作、健康状况、个人总体上的动机与行为，以在庭前对被告有一定的了解。而在英格兰，情况则完全相反。任何可能影响陪审团对原告印象的前科与相关事件均被严禁知晓。虽然英国司法体系依靠"公平竞争"为基础，但大陆法系在此处则显得更为人道。

先生，但德国的上面他却是上等豁免兵布劳姆。这些档案一定回溯到了他从卡恩叛逃的日期，而且他也许有一个同级的军衔。"

"我发现了。"我说，"查查卡恩那里的军事法庭记录。按正常程序走，他应该会回到原来的部队……"

"这个我们都懂，亲爱的。但是他的部队已经不存在了，我也找不到它们的所在。我找到的信息显示：312秘密战地警察指挥部消失了。战争部的罗斯则告诉我德国人不会把他们的逃兵送回原部队的。"

"他每天就会装万事通——这个罗斯。"我说。

"他倒是很贴心，还挺乐于助人。"

"你没有给他查我们档案的权限吧。"我说。我自己把桌上的东西又理了一遍。"可以，可以。"我说道，"用原来的频道帮我谢谢格勒纳德，不过我明天就能亲自和他道谢了。"

"格勒纳德和这事没关系。"

"这些不是格勒纳德给的？"

"不是，"琼说，"是我挖出来的。"

"什么叫你挖出来的？"我说，"你大半夜顺着窗户爬进领土安全局了？你是这个意思吗？"

"笨蛋。"琼说，"我给国际刑警提交了一张绿色通缉令。"

"什么？"

"好啦，别生气了，亲爱的。它被我混在一堆旧文件里了，而且还是以政治保安处的名义发的。"

"格勒纳德会知道的。"我说，"所有递交国际刑警的请求都会直接交由领土安全局处理。"

琼说："如果你在那儿坐待几天——"她指了指自己的桌子：上面堆满各种文件、档案汇总、报纸剪藏、没分好类的文件卡片、还没回复的信件和打孔卡——"你就会知道,格勒纳德和任何安全局的人都不会拿一张国际刑警的绿色通缉令当回事。就算他们发现了,也不会查到我们头上,找也得找政治保安处。而且就算他们检出指纹,找到了真正的来源,又能怎么办呢?我们在夏洛特街干的不就是这种事吗?不就是要和格勒纳德对着干吗?"

"你可安生点儿吧。"我说,"咱们部门不能做政治决策。这个可是下议院的工作。"

"这种话从你嘴里说出来,"琼说,"也是够好笑的。"

"为什么我说就好笑了?"

"因为每天凌晨那些下议院的人浑身冷汗、尖叫着醒来的时候,他们梦见的就是你。"

"琼,你听好。"

"开玩笑啦。别因为我开个玩笑就要义正词严地管教我。"

我没理她,继续说着,"你害怕的东西,这里所有人也害怕。所以你才在这里工作。我们只要发现,有人完全不担心这种或者其他相似的圈套对民主议会制构成威胁——我们就会把他炒了。一个靠刺探消息为生的部门,它唯一的运行方式就是不吸纳那些免于刺探的精英们。"

"另外,咱们部门和其他政府部门一模一样;我们没有经费就无法存在。有这样一种危险,那些给钱的人会觉得他们只要给钱,自己的消息就能免于刺探。这也就是为什么,只要有人想取我性命,道利什便会保护我。我和道利什有一套完美的系统。谁都知道我是个目中无人、我行我素的小流氓,连道利什也不能完全管得住我,而道利什就希望大家会这么想。终有一天这种幻想破灭,那时候道利什就会牺牲我。但在这之前,道利什和我越不是一路人，我们的关系就越近。因为这样能够保护他，也能保护我，而且不管你信不信，还能保护议会。"

琼说："同学们，下周我们要学的是'五岁以下的儿童如何从政'。现在我们继续来听维克多·西尔韦斯特。"

"维克多·西尔韦斯特。"我说，"我的天，你有没有和BBC说好，让他播一下《总会找到你》？"

琼说道："幸亏我没靠你的记忆办事。你这样就间接造成国际事件了。要播的是《有个小旅馆》，昨天早上已经在BBC海外点歌栏目播了。"

"好的。"我说。

"说到音乐，我给你带了个小礼物。"她从自己的柚木桌里打开一个大文件柜，拿出一个棕色信封。里面装着一张十二英寸的黑胶唱片，勋伯格的《管乐变奏曲》。

我看着唱片，不知道为什么琼要送我这个。我唯一一次听这个曲子还是上周去音乐会的时候，和那个谁一起……哦。

琼像是看德古拉伯爵的仆人一样低头看着我。"你那天晚上和大名鼎鼎的斯蒂尔小姐干正事的时候，我可在皇家节日音乐厅呢。"

"那又怎么样，"我说，"还有几千位与音乐结缘的人也在那儿呢。"

"这里重要的那个词是'结缘'。"琼说。

"你去一趟调度部门，"我说，"把他们的留声机借来。"

"我希望你每听一遍，心里就愧疚一分。"琼说。

"如果我把留声机玩坏了，那我真的会愧疚的。"我说。

调度部门的留声机是他们每周攒五先令买下来的。机器很不错。虽然实话实说,和我的高保真音箱还有差距,但作为批量生产的东西而言已经很好了。低音乐器的声音很清晰,而且音量大到我放第二遍时,道利什就开始跺脚以示抗议了。

"勋伯格的《管乐变奏曲》。"我说。

"就算是财政部的合唱团我都不管。我可不会在我的办公室放这个。"道利什回道。

"也没在您的办公室放啊,"我说,"是在我自己的办公室。"

"和在我的办公室也没什么区别。我都听不到我自己说话了。"

"一个音符都不落。"

道利什在扶手椅那里对我比画着他的烟杆。"这首音乐连一个不规则的段落都没有。"爱丽丝对道利什说道。我找了个黑色的皮革扶手椅坐下。桌上摆着一大摞报纸,我认真地挑拣了一下——最后抽出来一份《国际先驱论坛报》。

道利什对爱丽丝说了一句"自由党"。

爱丽丝耸了耸肩,把定位卡放进IBM里面,机器右面的斜坡上已经堆了一大摞卡片。她打开排序器,一阵呼呼声传了出来,像是一张纸卡在自行车轮里的声音。卡片在标着"失败"的架子上一张张摞成一堆,只剩四张顺着机器跑了出来。

"四张。"爱丽丝像一位荷官一样说道。

"放一张保守党的定位卡。"道利什说。

"还是不要了。"爱丽丝说,"那样出来的卡片太多了,没有必要这么试。"

道利什往桌子上放了一张白纸,仔细检查了一下,然后从兜里掏出一个小物件,看起来像是西班牙宗教法庭会给它一份临时专利的东西。他用这玩意儿磨了磨烟嘴,从上面刮下来不少熟烟草丝，烟草堆成了一大撮。"那就换个方法。"他用手戳了戳这堆废料。"把那些提供接待和娱乐的飞机公司找出来。"

"不是飞机公司，"爱丽丝说，"这是导弹——我们需要找工程公司。"

"那就去找在上一个财年里，在国内税务局的中期分析上收入超过一万英镑的。然后我们再去看新公司。它总会出现在某个地方的，只要我们愿意试。一会儿再往机器里放吧，爱丽丝，它的噪音也太大了。"

爱丽丝走到他的桌旁，把烟灰小心地叠进一个干净的信封里，然后丢进了垃圾桶。她整了整笔架，自己便出去了。道利什说道："《管乐变奏曲》是吧？不错不错。"

"您认识哈维·纽比金吗——国务院的，在布拉格待了好几年那个？"

道利什小声念叨了好几遍"纽比金"，把单词里每个我能想到的音节都加了重音，还添了几个我想不到的音节。他掏出一个锃亮的塑料烟袋，开始往他的烟斗里鼓捣金色的新鲜烟叶。"麻烦！"道利什轻声说道，就像是又有人问他是否还记得某个名字一样。"跟一个姑娘有麻烦，在……"他抬头看了看，音量和手上烟斗的雾气一起升起来，大声地说了一句"布拉格"。

"我讲的就是这个。"我说，"布拉格。我刚刚就是这么和您说的。"

"和我说了什么？"道利什含糊地问道。

"纽比金——国务院在布拉格的那位。"

"争这个也没什么必要。"道利什说，"怎么了，我觉得我们花个一两分钟就能从档案里找到这条信息。所以也没必要跟小孩子一样比记忆力吧。"

"我觉得咱们应该把他招进来。"我说。

"别,"道利什说,"我不同意。"

"为什么?"

"他来国务院之前可在美国国防部干了四年。我们要和他签合同,美国那边一定会发疯的。"我意识到道利什其实知道哈维被解雇这回事,而且不管纽比金(Newbegin)这个名字多么不清不楚①,他还是仔细看了一遍他的档案。"我觉得还是值得试一试,"我说,"他的水平确实一流。"

"他怎么开价?"道利什谨慎地问道。

"他是外交部三级。要我说他一年得拿一万四千美元。然后还得加上驻外、住房、饮酒的津贴……"

"我的天哪,够了够了。"道利什说,"这些我都清楚。这种钱就不要想了。"

"但我们可以给他一样东西,而且不花我们一分钱。"我说,"送他未来的太太一张英国护照——就是那位捷克姑娘。"

"你的意思是把纽比金归化过来,然后他的老婆也就能靠结婚变成英国人了。"

"不是,我不是这个意思。"我说,"让纽比金留好他的美国护照,把英国护照给那个捷克姑娘。这样我们对他的掌控也就能多一分。"

"你其实自己都想好了,是吧?"道利什说。

"是的。"我说。

"你觉得捷克的情报部门会不放那个姑娘走吗?"

"我们只能先这么假设了。"我说道。道利什点了点头。"国

---

① Newbegin 与新的开始(New begin)谐音。

务院,"我冷嘲热讽地说,"他们逼着我……"

"他们有自己的工作风格。"道利什说。

"想找出事情真相,却不想惹事上身?"我问。

道利什笑了。

"他们还有这种人才真是浪费。哈维的俄语说得和本地人一样好。"

"这我不奇怪。他爸妈都是俄国人。"道利什说。

"你真的无法想象,他本以为要是能娶一个捷克姑娘,国务院会给他发奖金。但实际上,国务院指挥命令所有人起立念宣誓词。"

"人家还是个年轻的国家。"道利什说,"你就别来回念叨了——你拿《国际先驱论坛报》干什么?"

"做梯子用。"

"你可安生会儿吧。人家还要拿到楼下放进档案呢,你别把报纸给撕了——你是真的没一点正形吗?如果我们要找一份那天的新闻怎么办——哎,你做得可真长。"

"它可以从这里直接连到窗户那边。"

"别。"道利什说。

"您把这里扶好,轻轻拽一下报纸。"

"厉害啊。"道利什说,"你一定要告诉我怎么搞的。我的孩子们肯定觉得好玩极了。"

"您需要——继续,继续,还有空间呢——其实您得拿美国的报纸来做。"

"看看,真不错。"道利什说,"打开办公室的门,我们来看看它能顺着走廊走多远。把我桌子上那份周日版《纽约时报》拿来,那份更厚。"

37

承担任务的棋子（committed piece）有具体职责，它往往也是对手攻击的重点对象。

十月二十六日，星期六

幸好琼订了索朗之家的位子，因为那里现在已经坐满了人。装点桌面的有西红柿沙拉、鹅肝酱和几碗水果。格勒纳德在字迹凌乱的法语菜单中左右穿梭，不时拿着桌上的餐巾拍自己的脸。

"……在斯特劳德利机车的位置有工具箱，"他说道，"英国整条铁路线上估计都没有五六辆这样的火车了，但我们估计已经让琼小姐无聊了。"

"没有，"琼也同样贴心地说道，"从你嘴里说出来就有趣了。"

格勒纳德吃完鳗鱼之前又拿餐巾蘸了蘸嘴，"那姑娘还说自己是美国公民呢。"他说。琼装作没听见的样子。

"我告诉你，她真可能是呢。"我说。

"说是你偷走了她的护照，然后要给美国领事馆打电话。"

"大闹一番，是吧？"我说。我给面包蘸了些酱——我在法国的资产阶级饭店里可以随意这么做。

"她想让我把你拦停到一处公路检查站那里，然后搜你的身。"

"纯粹浪费时间。"我说。

"我也是这么和她讲的，"格勒纳德高兴地讲道，"我说他如果没有真偷你的护照，那我们什么都找不到。但就算他有，他也不会揣着护照四处走。"

"她听了这些就满意了？"我问道。我把最后一点酒倒进自己杯里："有些人喜欢拿鱼配香喷喷的猪肘，"我对格勒纳德说，"可我喜欢吃得干一点。"

"这瓶普伊-富赛的白葡萄酒和鳎鱼很搭。"格勒纳德说，"高兴了吗？她都快气疯了。她用脚踹艾伯特的时候还把高跟鞋鞋跟踢折了。"

"你真应该让她冲着暖气来一下。"我说，"她现在人呢？"

"她和我们说她想去纽约，我们给了她一张泛美航空的机票，又附了封信，说如果纽约机场不让她入境，我们愿意把她接回来。然后就没她的消息了。"

"顺便说一句……"格勒纳德说着掏遍了他西服的所有口袋。这件西服口袋很多。最终找出一个装着各种票、剪报、零钱和信件的钱包；他从里面又拿出一张照片来。"看看这个，"他说，"从你朋友瓦坎的口袋里拿来的，忘了还给他了。"

照片上有八个人。其中一个人穿着党卫军少校的制服，戴着金属边框眼镜、双手叉腰，大拇指塞在闪亮的皮带里。他在笑着，剩下七个人则穿着宽横条纹、像睡衣一样的集中营囚服。他们没在笑。八个人身后有两辆运牲畜的车和不少铁路线。

"莫尔，"格勒纳德说着指了指党卫军军官，"在圣塞瓦斯蒂安有好多乡间别墅。听人说他是个老好人。"

"真的吗?"我说。

"其中一个人看起来很像你的朋友瓦坎,你不觉得吗?"格勒纳德问。

"这种模糊的老照片不是看谁像谁吗,"我说,"站在边上的那个看起来还有点像你呢。"格勒纳德和我都笑了,但我们都知道我俩谁也没骗到谁。

"那行吧,我很高兴一切都顺利解决了。"我说,"我刚想起来,我下午有点事要做。你俩要不要先去看火车,我到时候来找你们喝下午茶?"

"琼小姐可不想盯着一大堆火车看。"格勒纳德说出了无可辩驳的真相。

"胡说八道。"琼说,"我想来看呢,但我得先去办公室拿个保暖的外套。"我冲她笑了笑,因为格勒纳德在盯着她看,她只能冲我笑了回来。

我午饭后直接去了莱斯特广场地铁站。台阶上坐着一群小孩,脸上都是油漆,手里晃着铝罐。"给盖伊·福克斯施舍点儿吧,先生。"他们一遍遍地对着路过的人重复着。我掏钱从他们手里换来一枚三便士硬币,给办公室打了个电话。夏洛特街的电话先是像往常一样传来一阵维护中的声音,然后便自动打进了系统转接号码。我把这周的代号讲给值班的接线员:"我想了解一下最新的板球比分。"接线员回道:"您订阅了这项服务吗?"我又回:"我已经当了两年乡村俱乐部的会员了——请接道利什先生。"

接线员对待这些密钥时一点儿都不小心,我还听到他对道利什说"他的电话没有加密,先生,不要忘了",然后道利什说:"喂,这么早就吃完午饭?现在才两点四十五。"

"现在卡普莱斯餐厅里每张桌上都有电话。"我说道。道利什沉默了一会儿,不清楚我是真的人在卡普莱斯,还是只是在揶揄他。"什么事?"他终于开口了。

"萨曼莎·斯蒂尔原来公寓里的电器瓦斯管理。"

"为什么?"

"直觉。"

"行吧。既然内务部也在管这档子事,应该没有什么后果。那就去吧,我和哈勒姆说一声。"

"好的。"我说,"谢了。"

"看情况再说吧。"道利什说。他从来都没有为什么事激动过。

萨姆的白色阿尔派停在外面。我转身走进大门,从潮湿的棕色树叶间噼噼啪啪地探出一条路来。哥特式的门廊里刚好嵌着一块小镶板——上面写着1—5号公寓。四号电铃按钮旁边用打字机的字体写着S.斯蒂尔。金属牌底下则标着如找门房,请走侧门。我按了下四号公寓的门铃,等了一会儿,又看了看里面的窗帘。没有任何动静。我走到房子侧边,一只猫正睡在一摞脏玻璃奶瓶上。我按了下门房的门铃。开门的是一位穿着费尔岛毛衣的男人。他满面红光,嘴上叼着一根方头雪茄。

"我刚才出门去了。"他说。他又滑稽地嘬着烟往里吸了几口。我拿出自己的火柴,走到有门挡风的地方把火打着。红脸男人伸出手,有点用力地稳住我的手腕,然后把他的大红脸往火柴处凑了凑。他吸着开口那头的火苗,咬着雪茄把烟雾吐了出来。

"有什么事吗？"

"四号公寓。"我说，"想拿一下钥匙。"

"你吗？"他说着笑了笑，用手扶住门框，一只脚别到另一只的旁边，脚趾点在地上。"那你——到底是哪位？"他说话时还在看着自己的脚趾。

"电力紧急服务。"我拿出一张打印好的红色小通知单，上面写着："据一九五四年颁布的《电器瓦斯法案》，在此通知下方署名的公职人员有权依法进入任何曾经或现在接通瓦斯或电力的房屋，以操作、维修或终止设施运行。"我能听见屋子里的某个角落有牛在低沉地哞哞叫着。

他拿来看了一遍。"您拿反了。"我说。

"我就是爱开玩笑，哈哈。"他把通知叠起来，手上的指甲又长又脏，把文件还给了我。"我没钥匙。"他说。

"那没关系。"我说。我顺着中空的门用手指来回扫了几遍。"在德国佬造的这扇麻烦玩意儿上打个洞应该不是什么难事。您只用再多填一份维修单就行了。您在这里签个字，表明您知道入口处被强行打开了。"

"我什么也不会签的。"他说。他把脚撤了回来，抬起肩膀，肩部收到了门内，门慢慢动了起来。

"那您想不想让我进来给您的电视小屋断个电？"我说着便挤进门厅，用胳膊抵住门的重量。"让我来……"

"还是别了。"费尔岛毛衣男说，"你还是别仗势欺人了。我这就去拿四号的钥匙。"他转身走进自己奥吉厄斯牛棚一般的幽深房间里。想靠翻新装潢来给这套房子提价的投机商没在地下室下什么功夫。房间的一角结满了蜘蛛网，里面放着一台古旧的座机电话、一面沾满灰尘的柜子和一个空着的红木盒子，盒上画着条纹的小旗子标着一号卧室、二号卧室、餐厅、书房、前门。右边的房间里亮着鸡尾酒柜的灯光,地板还是光秃秃的薄木板,屋里其他家具只有一张盖着塑料布的扶手椅,其中一个扶手上放着一盒黑魔巧克力。屋内还有一台二十一寸电视,里面正传来"它是什罗普郡的风景点之一",与之相伴的则是英式纪录片的音乐和一张飞扶壁的照片。

　　费尔岛毛衣男从过道里走了过来,手里晃着钥匙。"进去别乱翻,"他说,"都缴足费用了。"他用手戳了戳我的后背。我顺着侧边的路和铺着地毯的台阶,向四号公寓走去。他按了一下门铃,把自己的门反锁了两圈。我径直走进厨房,但也没有直朝着那里走过去,要不然显得跟之前来过一样。我看了一眼巨大而新潮的炉子,长长叹了口气。"八九不离十,"我说,"我们可碰着大麻烦了。"我对毛衣男说道:"您最好拿个大扳手来,或者我想也可以借一个给您。然后您也最好穿上工作服,要不然会搞得一身脏。它们表面上看起来完美无瑕——"我朝他的方向紧紧靠了过去。"但下面可有东西在爬呢。"这句话很有效果,所以我又讲了一遍——"有东西爬啊。"他今天下午算是吃不下黑魔巧克力了。我和他讲,门房有义务一起来帮忙,但他可不敢待在这里。他得去楼下办一些拖延不得的事。

　　我继续开始做我的工作。我仔细检查了每个房间。我没有把家具全拆个遍,但我把所有的东西都抬起来看了看,然后又放回了原处。那些科研设备不见了。这里不久之前来过一个女人——床单和毛巾上仍然有香水的味道。厨房里有一个铁罐,里面的锈还不是很多。客厅里的几株花没有很蔫,水箱里的水也不够热。我看了看门后的信箱,里面有一封没打开的电邮,里面写着:周一确认一下,你身上钱是否足够。约翰。虽然下个周一就是我们接塞米察的日子，但这一切还完全不能证明什么。电报上的周一可能是任何日期，而且柏林里的约翰也是成百上千。

我走到屋后的窗子，往下看了看。下面是一座经典的伦敦花园：混凝土小路旁的植物郁郁葱葱，垃圾桶被一面亮丽的藤架挡住。毛衣男正拿着一条绳子固定那个架子，但他站在小沙堆上盯着后窗看的时间可比系绳子的时间长。我离开窗边，开始摆弄旁边的电话；当我又看向花园时，他已经离开了。我在屋子里唯一一张舒服的扶手椅上坐了下来。外面一辆冰淇淋车正播放着二十世纪的编钟声。是不是自从上次我见到萨曼莎·斯蒂尔以来，就没人在这里住过？还有什么？那位满脸泛红的费尔岛毛衣男不想让我进来。我到的时候，他没有盯着房子前面——而是盯着房后。只要有事，他就会关上电视出来查看，然后又突然回到房间里了。

我有点傻眼。这不是明摆着吗？我又走回电话旁，顺着电线找到接线盒。我在踢脚板下面发现了一处钻开的小洞，我站起来时，一条里面装满湿沙子的摩利牌尼龙袜（11码或者12码）朝我头的一侧打了过来。我之所以知道打过来的是什么，是因为我清醒过来时破掉的丝袜和沙子就散在身下。

我先看到一个擦得锃亮的鞋头，它正来回戳着我的胸口，一点也不管下脚轻重。借着眼角余光，我认出那是一位戴着头盔的警官，还有两名穿雨衣的男人。锃亮的鞋头说话了："他醒过来了——他们说他是谁？"

我听不清其他人说了什么，但是鞋头说："哦，他是不是——我来给他打个电话。"我又把眼睛闭上了。说话的是凯特利，苏格兰场的军事联络官，就是整天让手下人喊"是，长官"和"遵命，长官"的那位。因为我没有来喝下午茶，琼给道利什打了个电话。道利什则叫了苏格兰场的人,让他们把我捞走。

我还在揉着被打痛的头,两名政治保安处的人闯入门房的屋子。电视上的问答节目主持人还在问:"现在,我们的奖品是一台能让洗衣服变成一种享受的高效率洗衣机。写字桌是什么东西?"

鸡尾酒柜的蓝光足够让我在黑魔巧克力盒中找到一块硬馅巧克力。后面两间屋子上的墙纸画着摩托车和防撞头盔,里面的深色家具上装着亮色的塑料把手,屋里还有弄脏的内衣、三包便宜的方头雪茄、两瓶瀚格天宝威士忌、一个黏糊糊的玻璃杯、一包开了包装的卡夫奶酪片、半磅人造黄油和一袋表面蜡纸上印着奇妙面包的白面包。小小的厨房几乎空无一物,只有一个珐琅盆里装着脏内衣,以及两大包家庭装的汰渍洗衣粉。水池里放着三夸脱的棕啤酒瓶,瓶子周围是一堆茶叶。沥水架上摆着一摞书,有几本是关于酶的。

碗橱里的架子上还有一个干净的珐琅盆。年龄更大、鞋头闪亮的保安处警官慢慢俯下身来。"闻闻这个。"他说,"天哪。"我闻了闻还带着温度的泡沫,里面传来一阵酵母浓郁的甜味。

"家酿啤酒的醇香,"年轻的警官说,"原来我们可是会因为这个抓人呢——无证酿酒。"

鞋头说:"这家伙这儿只有啤酒和脏内裤。"年轻的军官接着讲了个关于消化道的笑话。

我推开他们两个,走到卫生间。里面白色的地板在粉色的霓虹灯下闪着亮光。浴缸对面横摆着一扇门,做成了置物台,旁边则是一把破旧的餐椅。

"调皮,"鞋头站在我背后说道,"真够调皮的。"我看着里面的陈列,好像是一整套设施。屋子里有一个美国军方剩下的棕色电话听筒、一个小电容器和一根连着一对鳄鱼夹的电线。两条家用电话线顺着后面的花园牵了进来,线的另一端可能是那个听筒,或者是一个用来放大说话音量或录音的根德牌小磁带。在简易的桌子上还有一台伍尔沃斯的小阅读灯,一个大写字本和四根插在空奶油瓶里的圆珠笔。这些加起来便是一套自制的电话窃听系统。

"我有点好奇那个上锁的房间里装着什么了。"年轻的保安处警官说。他摘下自己的宽檐圆帽,放在一把椅子上。"我需要一份电话账单、服务协议以及一切你们能想到的资料——这个房间和四号的都要。"我说道。

"碰上这种情况,我们整栋楼都会做一份。"警官说。

"那好。"

"我们的警车里有绷带,"他说,"你最好包扎一下。"

"你说什么,戴夫?"年轻的警官问。

"我说我不喜欢他的头现在的样子。"戴夫说。

"我也不喜欢。"年轻的警官说。他们一副好奇的样子打量了我几分钟。最后,年轻警官走到门口,眼睛盯着钢制挂锁,冷静的样子像是在做刑侦工作。在与眼睛齐高的地方,刚刷好的黑色墙面上安装着一个玻璃小球。戴夫发现他现在的方式行不通,便对年轻警官说道:"好吧,这样不是办法。"年轻警官则从雨衣口袋里掏出一把大螺丝刀。

他只花了两分钟,便把搭扣从硬纸板一样劣质的门上撬了下来。"那些把这种地方租出去的房东,"年轻警官一边拍着门一边说,"他们才该被关起来。"他抬起脚用靴子狠狠地踹了一下门,活活在嵌板上踢出一个洞来。年长的警官走进去打开了灯。然后,他对着自己轻轻吹了声口哨。

这是个半地下室。里面的光被建筑师与上帝克扣得只剩下了一点，光线透过一面墙顶端的四条并排的小窗照进来。地板用的是便宜的油地毡，它们被仔细剪成黑白相间的大方块，但并没有贴在地板上。在房间里较长的方向上，摆着一张矮长椅、两架安格普可调节台灯和一台留声机。长椅上披着一面旗子，红色的旗面上有一个白圈，上面则是一个黑色纳粹十字。纳粹十字的中心放着具有象征意义的希特勒石膏像——旁边是几本书，其中还有《我的奋斗》签名本。除了这些，这里还放着一些仪式用的匕首、一盒奖牌与勋章。长椅上还能找到几张旅行小册子和一张通告，通告上写着："下萨克森州的哈莫尔恩将举行党卫队集会。由前党卫队成员福祉协会组织。希望参会成员在下周前提供自己的姓名。时间为周五晚六点半至周一早七点半。酒店舒适，提供三餐以及一次去夜总会和参加集会的名额。飞机往返，全额费用三十英镑。"

留声机后面放着几张美国公司制作的唱片，里面录制了希特勒的演讲和纳粹乐团伴奏的高保真版本。这样他们就算付不起三十英镑去集会，也可以听听。墙上挂着镶好边框的纳粹领导人画像，包括穿着自制制服的美国元首。墙的周围摆着军队剩下来的军用椅，画架上摆着一块整洁而巨大的黑板。壁炉架上支着一张包装纸，上面写着：告诉威尔金森太太，周四将有大活动，请多订一品脱牛奶。

"真不错。"政治保安处的人说，"你能想到会有这么一出吗？"

我听到旁边的电视机里发出了愉快的声音："不对，恐怕正确答案是一张有鸽笼式文件架、用来保存文件的写字桌。但谢谢您，来自伍尔弗汉普顿的达格代尔太太，感谢您能远道而来并且热情参与……"

我说:"我听到他在打我的时候说了一句,'拿着这个,犹太佬'。"政治保安处的人点点头。电视里响起一阵欢送的喇叭声,旁边电管风琴的和弦声调则低了下来。

38

如果棋手用了两步才完成用一步就能做的事,那他可能就"失去先手"了。

十月二十七日,星期日

"那座石膏像可漂亮呢。"琼说。
"你们好好检查了一遍公寓吗?"我问道。
"里面的警察多到可以叠罗汉了。"
"那辆白色的阿尔派呢?"
"给他们个机会吧,警察要在不影响游行的同时照顾很多事。"
"你没说这很紧急吗?"
"周日阵亡将士纪念日的排练也很紧急。"
"但如果他们了发现什么的话,就用电传打印机发过来。"我说,"可能有重要信息。"
琼笑了笑。
"我是认真的。"我说。
"我知道。"琼说着又笑了。现在连做点儿最简单的事都这么难了。

"凯特利说你不想发D级通知[1]。"

"凯特利,"我说,"他可喜欢发呢,是吧?有时候会适得其反的——本来没人在意,结果可能反而吸引了注意力。"

"可能会引起一阵轰动——纳粹这些七七八八的事——这种东西很能增加报纸的销量。"

"有时候你说话跟新闻发言人一样。"我说,"只要我不插手,他们就能在头版上印纳粹十字。从长远来看甚至还能帮上忙。"

"你是说有助于抓到那个给你一袜的人?"

"'给你一袜'这词还挺贴切。"我说。

"政治保安处给他用上保密法案第六款[2]了。"

"不错,这样就能拿到从他到所有租客的信息了。"

"这人是谁?"琼问道。

"不知道。"我说,"但他肯定不在乎谁来租他的房子。"

"你还知道他的什么信息吗?"她循循善诱地问道。

"阿拉伯联合共和国的特工,手上有把弹簧刀。"

"你怎么能知道这些?"

"他往奶酪三明治上抹奶油时手上总得用点儿工具吧。"我说。

"我问的是阿拉伯联合共和国。"琼说。

"我猜的,"我坦言道,"但萨曼莎·斯蒂尔,不管她私下和瓦坎有什么勾结,她肯定隶属以色列情报部门。楼下那位还选了个最恰当的位置来窃听她的电话,所以我猜他应该是个虔诚的反犹分子,也可能是埃及情报部门的。"

"这个推理也太简单了。"琼说。

"你说得确实没错,"我同意道,"但我只有这么点信息。"

---

[1] D级通知,政府向报纸等单位发出的指示。
[2] 见附录六。

"那些新纳粹的东西呢?"

"我虽然不是内行,"我说,"但他们溜走的时候总得把他们的宝贝带走吧。"

"你这个点很妙,"琼说,"可能你说得还真没错。"她破天荒地给了我一个仰慕的眼神。

39

在缅甸和日本,棋盘上最大的棋子是皇后(后);而在中国和韩国,最大的棋子则是国王(将)。

十一月二日,星期六

潘科在东柏林的地位相当于伦敦的汉普斯特德,既舒适宜居又带着中产阶级气息——这里的狗都穿着小外套,小孩们玩的时候也不会四处喊叫。我爬上宽宽的石阶,便能看到二三八号楼灰色的墙面上拳头大小的弹坑,而德式炖猪肘与炸洋葱的味道也如影随形。

二十号公寓在楼的顶层,门前的一块小铜板上用哥特体写着博格,他是前德国国防军的一位将军。

开门的是一位年轻姑娘,身上的短褶围裙像是三十年代的女佣会穿的那种样式。她领我进了房间。里面的装潢虽然华丽,但家具却少得可怜。一个把头发紧紧扎成团子、看起来很凶狠的女人从椭圆的平纹相框里朝外怒视着,像一只要跃过铁圈的老虎。这张大照片下面则坐着一级上将埃里克·博格,"博格"装甲部队的指挥官。

博格将军身材高挑、体形瘦削,背靠在他的古董扶手椅上,看起来像一只精巧的竹节虫。他的脸白得出奇,满是皱纹,放在一起看像一个大棉线球,里面缠得松的地方便是给眼睛和嘴留的位置。他右手下方放着一沓纸和一根有年代感的自来水笔,左手则端着一只倒满柠檬茶的高脚杯。他正悄无声息地呷着透明的茶水。

博格的脚边摆着一个大沙盘,上面精密地再现了比利时中部的地形。沙盘上不同颜色的小木条和亮色图钉整齐地列好队伍。我走到沙盘旁,研究了一下。"下午四点十五。"我说。

"不错。"博格说。那位姑娘在旁边看着我们俩。

"英国炮兵开始发射双倍弹药的炮弹之前。"

"你听见了吗,海迪?"博格说。他拿拐杖细的一端碰了碰代表乌古蒙堡垒的长方形。"内伊的骑兵正向着英国军队冲锋,这五千骑兵之间没有任何情报沟通。他们只会一边喊着'皇帝万岁',一边祈祷自己大难不死。但他们一到炮口面前,就傻眼了,不是吗?"

将军抬起头盯着我。我说:"没有大钉子,就没法钉住炮管,没有战马和马具就没法把炮拉走。"

"他们就是傻,"博格说,"用锤子和钉子就行了。"

我耸了耸肩:"他们倒是可以把清理大炮用的海绵杆毁了。"

博格的脸亮了起来。"你听到了吗,海迪?"他点了点头,"装填杆,是啊,这倒是个方法。"

"我是从一个炮兵那里知道的。"我解释道。

"这是了解它最好的方式。"博格说,"大炮是战役的关键。读读《战争与和平》,托尔斯泰可懂呢。"

"拿破仑其实也应该知道。他也曾经当过炮兵。"

"拿破仑。"博格说着用拐杖抵着罗索姆农场,把拐杖的一头都压弯了，直到最后把那个红色的小方块掀了起来，后者掀起一小片沙子，飞到了房间的另一边。"纯粹是个呆子。"博格吼道。那个代表皇帝的小方块则滚到了餐具柜的下面。

"他是个呆子倒是挺让我开心的，"我说，"要不然滑铁卢站就会在巴黎了。"

"你在意这个干什么？"博格问。

"我家就在滑铁卢站后面。"

博格拿拐杖敲了下我的脚踝。我赶紧缩了回去，以防下一击又被敲中。他冷笑了一下。这是普鲁士人友谊的象征。旁边的姑娘拿来一张波兰中部地图、一本讲中世纪战甲的书和一册一九五六年的德国士兵年鉴，把三个摞在一起当座位，让我坐了下来。

"你们法国人可真幽默。"

"是啊。"我说。阁楼四周的墙面像帐篷一样从中间垂下来，墙上面积巨大的窗户则像雨棚一样安在上面。窗台上摆着一排盆栽绿植，它们在人工热源的烘烤下闪着光泽。玻璃上凝结的水珠向下流着，和窗后晦暗的屋檐组成了一幅印象派绘画。

"海迪。"将军的声音既高昂又洪亮。

他女儿给我拿了一杯浓咖啡。她看着我尝了一口，然后问我会不会太烫。

"不会的。"我说。我能感觉到有一滴汗从额头上滚了下来，扮作一滴眼泪掠过了我的脸颊。

她笑了。"爸爸很怕冷。"

"这是难免的事。"我说。自己又擦了擦眼镜上的雾气。

"你说什么？"将军大声问道。

"说您怕冷。"我说。

"我确实怕冷。"将军说。

"您说什么?"我问道。

"他说我老啦。"他耐心地回答应。姑娘拍了拍他的肩膀。"他怎么会觉得您老呢。"她又转过头来对我说,"爸爸耳朵不好,要读唇语,您说话的时候得正对着他。"

"那他肯定是个傻子。"将军说。

我透过布满水珠的窗子向外看去;对面的大楼上挂着一条横幅,上面写着"和平须挂戎装"。

博格将军说:"时光流逝就像和两辆火车擦肩而过。你年轻时,旁边的火车几乎和你同速。这时候时间抓在你手里;等你年岁大一点,火车便慢慢加速,然后你便速度越来越快、一点点超过它;最后旁边的火车就没了踪影,眼前便又是绿色的乡间原野。"

"是的。"我说。将军很认真地盯着我:"我在尝试,"他的语速很慢,"我在尝试能不能认出你来。你和我一起打过仗吗?"

"打过。"我说,"只不过我在另一个阵营。"

"说得好。"他说着赞许地看了看我。

"我今天来是想来查询一下您收藏的军队日志。"我说。

将军的脸亮了起来。"你是写军事史的吧。我就知道。我们这里档案存量很大——你对骑兵制服感兴趣吗?我现在就在研究这个。我还正在写一篇和这个有关的文章呢。"

"只想查一件小事。"我说,"有一支国防部队,曾经负责将犯人从集中营里面运走,我想知道这支部队里有谁。"

"海迪可以帮你找。"将军说,"这个找起来很方便。我们这里的部队记录有一屋子呢。呃……海迪?"

"好的,爸爸。"她说。"我连进去做打扫都很费劲。"她对我说道。我把细节帮她写到了一张纸上。

"您肯定能帮我找出来的。"我说。她则一路小跑着去找文件了。

将军品了品手上的茶，讲起十九世纪的骑兵制服。

"是斯托克上校建议你来找我的？"将军问。

"没错。他说您这里的军队记录是整个德国保存得最好的。"

将军点了点头。"斯托克，这人可了不起。"他说道，"他给了我一些特别有意思的红军资料，有意思极了。真好啊。你知道的，这可不多见。"我不清楚他到底在说这些红军的历史好，还是说斯托克好。

"您在这里住了很久吗？"一阵沉默以后，我终于问了一句。

"就在这幢楼里出生的。"将军说，"我以后也会死在这里。我父亲还健在时，家里什么都有。现在我们就只是住在屋顶的小公寓里，是吧？剩下的房间都得归政府管——但现在还是有人找不到房子住，我也不能什么都占了，也没什么可抱怨的。"

"您想去西边住吗？"我问道。

"想过啊，"他说，"我母亲非常想去科隆。她有这念头的时候还是一九三一年，但我们后来没有过去。"

"我是说仗打完以后。为什么您要选在东柏林住？"

"要不然我的老朋友就见不到我了。"他说。

我努了努嘴，又重新组织了一下问题，但将军轻轻的讪笑声让我明白，他的回答已经结束了。

"您有替波恩政府工作过吗？"我问。

"给那群流氓浑蛋？当然没有。"他敲着椅子扶手，像是法官在敲法槌。"打完仗的那十年，任何正派的德国人都会觉得我就是个纳粹分子，连咖啡都不愿意和我喝。"他说"正派的德国人"的时候口气很重，生生给这个词打了引号。"唯二和我聊天的只有美军战史部门的两位上校。我们一起从布格河打到了伏尔加河。你知道吗……"他倾身过来，悄悄地说，"我们聊一次天，我犯的错误就越少。我和你讲，战史部的人再多来几次，我没准儿就拿下斯大林格勒了。"他干巴巴地笑着，笑声带着些颤抖。"整整十年，我都是德国的政客眼里过于纳粹的人。"他喝了一口茶，"现在我对他们而言又不够纳粹了。"他又笑了，还是一点也没有被逗乐，像是这个笑话他已经讲过许多遍一样。海迪回来了，手里拿着一捆棕色的大信封。

"您认识斯托克上校吗？"她问我。

"我家姑娘的魂儿有点被他勾走了。"将军说着自己笑了，他现在笑得十分由衷，再多笑一些，他估计就要被自己震成一堆碎片了。

"她眼光也没有那么差。"我说。我不知道说这句话是不是太冒犯了。

"没错。"将军说。

"您是阿列克谢耶维奇的同事吗？"姑娘问道。

"我是他生意上的对家。"我说。

她笑了，然后把那些装着布劳姆生平细节的大信封放在了我的面前。

40

不需要吃掉国王,也不用把它从棋盘上移走。只需要把国王困在一个无法逃脱的位置上便足够了。

十一月三日,星期日

我逐渐开始把柏林当成家。春天酒店的房间既暖和又舒适。我每天早睡晚起,早上的时光像细沙一样从指缝中流过。天空看起来有些沉闷,空气一反寻常地温热。我到地铁站对面买了份《时代》杂志和《每日快报》,又去克兰茨勒咖啡厅找了个地方坐了下来。我能在那里一览选帝侯大街全貌,视野可以一直延伸到纪念教堂。女服务员给我上了摩卡壶的咖啡、一个水煮蛋、橘皮酱和面包加黄油,我甚至还记得德语里 Karlsbader Hörnchen 就是羊角面包的意思。

选帝侯大街上车流涌动。载满游客的出租车沿街穿行,拉着拖挂式房车的厢式车正启程开始它们的长途旅行,而双层公交则在城中进行着短途旅行。

奇怪的是,柏林是世界上最悠闲的大都市,所有人面带微笑、说一些有关士兵和天气、肠胃和士兵的尴尬德国笑话;这是因为柏林是唯一一座仍被外国军队武装控制的城市,如果他们都不能开外国士兵的玩笑,其他人就更没法这么做了。在我前面,四位英国姑娘正一起凑着她们假期拿到的钱,看看手上的预算够不够让她们找个饭店吃午饭。如果钱不够,她们就去选帝侯大街上找个小店买几根德国香肠,再拿去公园吃。她们前面则站着两位护士,身上灰色的修道服让她们看起来像《西线无战事》里的临时演员。我旁边的一个一脸病态的男人正算他的咖啡、甜甜圈和施泰因哈格金酒的价格,他喝东西的表情就像马上要在西伯利亚醒来一样。

这桌一直都只有我一个人,等到我看完《时代》杂志的科学版、喝到第四壶咖啡才有人过来。那个男人问我能不能一起坐,他穿着一件干净的白衬衫,外面的西装则是羊毛和马海毛质地的定制款,上面的高翻领是那种海峡对面裁缝眼里的英式领。他清了清嗓子,整理了一下领带。

"如果我坐在外面那几桌的话,一会儿下起雨来我估计就得被淋了。"他带着歉意说道。我点了点头,但他好像非常想讲话的样子。

"庄稼倒是需要下雨。"他说,"你如果住在城里,估计很难理解雨在乡下有多受欢迎。"他笑了笑,喝了口自己的咖啡。

"如果你住在这座城里,连去到乡下都很难吧。"我说。

他笑了。"这里有点儿……"他顿了一下,"挤得人喘不过气来,是吧?"

"从来没有不窒息的时候。"我说。远处传来一阵雷声,声音很微弱,像一只老鼠走过鼓面一样。前面的一位英国姑娘说:"要是下雨,咱们就没法野餐了。"那个面色苍白的男人正撑着领带上沾的甜甜圈糖霜,两个德国护士则在桌下偷偷脱了鞋。

"每年这时它们都会从波罗的海过来。"我的同伴说。其中一个英国女孩说道:"我们可以就坐在迷你汽车里吃。"

"现在冷锋来了,"我的伙伴说,"低气压带移动速度很快,移动过来就会下雨——就是那片积雨云。云一走,天气也就好了。"雷声又响了起来。他心领神会地点了点头,他是唯一知道这个秘密的凡人。他没有抬眼去找,而是举起自己修长的手招呼服务员,手上的指甲看起来精心修剪过。服务员用铅笔飞速签好他的账单,然后放在一个杯垫上递给他,又用另一只手收走了桌上的糖。

"这雷声,"他说,"响得很恐怖吧?"我点了点头。他又笑着说道:"我母亲之前跟我讲,这是上帝在给世界送煤块。"如鼓点一般的雷声又响了起来。我喝了一口咖啡,看着他在账单背面写了什么东西。他把账单背扣在我的杯垫上。铅笔字迹在这张质量一般的纸上显出浅灰色:"接下来的一切我来处理。去动物园,见国王。"最后的"国王"二字下面用横线画了三遍。这条信息只存在了几秒钟,因为我立刻把咖啡倒了上去。黑咖啡在碟子里散开,把粗糙的纸纤维浸成一堆棕色的糨糊。我转了转杯底,把这团东西搅碎了。

"不得不承认,听起来就是很像煤块。"男人说。

"确实。"我说。雷声又响了起来,这次距离近了一些。他抬起手来,像是要让这种声音唤起我的记忆一样。我起身离开时,他朝我微微点了点头,然后往后一退,撞上了身后的桌子。如果他没有试着去扶桌上的东西,就什么事也不会发生。但他的手碰到了那个壶身很高的咖啡。滚烫的咖啡直接洒在桌子上,旁边有人疼得叫出了声。我能听见他在用德国中产阶级的标准句式一字一句地给人道歉,还有那位吃甜甜圈的男人说话一顿一顿的、每个元音都很饱满的柏林口音。一辆十九路公交车停在红绿灯前,我上车时回头看了一眼，他们俩还在处理咖啡的事。讲天气的男人像一个制造精良的木偶一样边说话边鞠着躬，喜欢甜甜圈的那位则站在一边，尴尬地把冒着蒸汽的裤子放得离自己白嫩的双腿远一些。英国的姑娘们咯咯笑着，其中一位护士则弯腰在桌子底下寻觅自己的鞋子。

我前方现在是碎石山（Monte Klamott①），这座蒂尔加滕的小山丘是用原来的高射炮台和水泥掩体堆起来的，这些东西太坚硬了，根本无法完全清除。山顶上方的乌云像不锈钢平底锅的盖子一样聚积起来。我快步下车，到动物园门前交了两马克。潮湿的空气里裹着麝香的味道，园里的动物则不安地活动着。我看见园里的野牛用蹄子踢着地面，右边的一块地上则站着号叫的大象。太阳透过云层间隙时猛闪了几下，在淡棕色的地上照出树影。有些游客为了避雨正朝着围栏走去。让人难以置信的是，这里竟然是城市中心，而只有当现代水泥建筑在亮蓝的池塘中折出倒影时，我们才能相信这一事实。现在这雨算是下定了，风从树梢上爬了下来，在石子路上打着圈追着最后一片棕黄的脆叶。在距离不远的地方，一只野牛低沉地叫着，将它的威慑感传向四周。

我看见瓦坎了，他穿着一件深绿色风衣，身体紧绷，靠在齐腰高的扶手上。周围一个人也没有。"没问题吧？"瓦坎说着往我背后看了一下，以防有人藏在灌木丛里。

"放松，"我说，"没问题。"一片像早餐麦片一样脆的棕色大片树叶顺着风转到了瓦坎的头发上。他生气地把叶子扫走，看起来是我捉弄的一样。

---

① Klamott，指陈年垃圾。

"你搞定跟踪你的人了？"我感觉到温热的雨滴落了下来。

"他现在满腿都是煎饼和滚烫的咖啡。"我说。

瓦坎点了点头，他用手指在嘴唇边画着圈，好像在想要不要留个胡子。我们向一处标着"河马园"的池子走去。空气里的湿气让地上冒出一股刺鼻的鲜草味，现在的草还没有被完全打湿，所以无法吸附细小的雨滴。

"麻烦真的太多了。"瓦坎说。我们在湛蓝而平静的水面前停住脚步。"他们上周抓走了四个盖伦的人。"

"谁抓走的？"我问。一颗巨大的雨滴落在水面上，撞出一片涟漪，然后消失了。

瓦坎耸了耸肩。"我不清楚。STASI或者斯托克的人吧，抓他们反正是东德的人。他们说这全是因为你。"

"这只是他们那边的说法，对吧？"水面上涨，又爆裂开来，里面浮出一座印着灰色斑点的小丘。

"他们说，你和斯托克讲得太多了。"瓦坎说。小丘突然一分为二，河马张开了它巨大的喉咙。

"那些聪明的小伙子。"我说，"他们太想赢得掌声了，所以表演结束之后加演时就要来一出剖腹取心，之后又转过头来找观众要赔偿。"远处传来一阵地铁驶过的声音，河马则自己沉了下去。

"其中失踪的两个人是负责跟踪你的。"瓦坎说。

"那你想让我怎么办呢？"我说，"我也没要求他们跟踪我啊。"

我注意到，约翰尼的衣服真的非常整洁：挺括的白色衬衣、锃亮的牛津鞋上沾着一层小路上的灰色扬尘。即便我现在仔细看，其中一只鞋的鞋头上还能显出一块闪亮的黑色皮革，形成一个完美的圆圈。这块完美的几何形状随着脚步慢慢下弯、变成椭圆，直到一滴雨水在鞋面画出一条黑线，顺着沾满灰尘的鞋的沿条落到地上，变成一个灰色的水球。

瓦坎向前倾了倾身子，眼睛瞪得巨大。我意识到，这可能是瓦坎第一次有点害怕我。"你没有把他们送给斯托克吧？"瓦坎问，"你不会做出这种事吧？没有吧？"

"我会吗？"我说，"我要是能想到这法子就好了。"

瓦坎紧张地笑了笑，把香烟拧进自己干燥的嘴里，以免烟嘴被黏住。他拿出一个金质打火机，把头缩进风衣里，像一只准备睡觉的金丝雀。他点上烟，然后把头使劲往后扬了扬，像瘾君子一样吸着空气。"我猜，你是觉得盖伦的人直接舍弃也不足惜。"

"可不是吗。"我说，"他们拿钱就是来干这个的：他们足够了解这座城市，所以可以迎着风险行事，最后全身而退。"他点头表示同意。我继续说道："我们的人工作内容则完全不一样，我们就是要像黄油融进热吐司一样融入环境，然后不论发生什么都不能轻举妄动——尤其是这些幼稚的小鬼肆意妄为的时候。盖伦这帮人除了绑架苏联总理，想不出什么别的远大计划了。而我们的目标则是让总理为我们服务。"

瓦坎紧张地笑了一声，但我明白他懂我的意思了。他问道："所以你知道有人跟踪你了？"附近传来动物的尖叫声。我把雨衣衣领上的扣子系好，一大滴雨直落在瓦坎的烟上，发出水火相融的嘶嘶声。

"听着，约翰尼。"我说，"我干这行最大的优势之一就是人长得傻傻的——但这对我还不够，我也在装傻——我会玩手段、耍阴招、乱猜疑，还没什么好脾气。我会检查自己床底下有什么，还会敲敲台灯看里面是不是空的。一旦你觉得你很清楚你的朋友是什么样的人,那时你就不再适合干这份工作了。"雨声现在听起来像一段阴郁的归营号,远处的雷声也柔和了起来,像是被什么裹住了声音。

"他们被卖了。"约翰尼说,"盖伦的人。"雨滴落在水面上一圈圈地画着更复杂的图案。

"被买了,被卖了,"我说,"又有什么区别呢?"河马打了个哈欠,又浮了上来。它喷着鼻息、眨着眼、轻快地翻着身子,我们脚下也溅起了几层小波浪。

"他们是活生生的人。"约翰尼说,"这就是区别。他们不是几包洗衣粉,他们是人——他们有老婆、姐姐、孩子,身上还背着债,心里揣着自己的忐忑。然后突然之间,他们就见不到自己的家人了。这就是区别。"树脚下的几小片土地仍然蒙着灰尘、一片灰色,但在其他角落,雨则像铁匠锤金箔一样将地面染成了鲜亮的深棕。那边的动物又叫了一声,而在同样的地方,传来了一声沉重、几乎人声一般的叫声,可能带着欢乐,也可能是悲伤,或者这声叫喊只是想让声音被别人听到罢了。

"让个人的情绪压过理智可不好,约翰尼。"我轻声说道,"我知道你是什么感觉……"

"他真的是个好人。"约翰尼说。雨点狠狠砸向地面,在小石子的缝隙之间汇成了无数溪流。树干上粗糙的树皮已经被打湿了,约翰尼的脸上也尽是水痕。

"约翰尼,如果你连自己是哪边人都不清楚,"我说,"这两边之间竖起来的铁丝网可就要穿透你的胸膛了。"约翰尼点了点头,雨水顺着他的脸滚落而下。

41

强势区域：棋子所在位置十分靠前、没有被攻击的危险，并且完全在棋手的掌控范围内。

十一月四日，星期一

德国的商业银行在办事方式上比它们的伦敦同行要更加保守，但它们仍然能带来很多利润。选帝侯大街旁边开着一家小银行，它几乎不可能倒闭——它背靠英格兰银行，而且是三个英国情报组织的情报交换中心。很明显，这三家都使用自己的代号。我给出的信息上只写着不要卖出固定利率年金，但这句话在道利什眼里便是：

依照您的指示，盖伦部已经被苏联在东德的情报部门完全渗透。苏联所逮捕的特工身上将带有我们上个月给他们的"战术目标"清单。我们有充分理由预期，俄国人并不会意识到这份信息是我们故意留下的。

我同时从银行给哈勒姆的办公室打了一通电话。哈勒姆则就在办公室等着我来电。

"就因为你，我的午饭都耽误了。"哈勒姆说。

"那真是不好意思了。"我说。他的声音非常清晰。按照我们的计划，我只需要说出"行动迫近"这个代号，内政部就会知道我计划在四小时内进行交换。他回复全员待命的代号是"全体同意"。但他却回了一句"糟糕，老兄，糟糕"。

"你说'糟糕'是什么意思？"我问道。"糟糕"是代表整个行动取消的备用代号。

"塞米察被认定为不受欢迎的人①了。"哈勒姆说，"我没有讨论这件事的许可。"

"你他妈的当然有讨论的许可，"我说，"一切都办妥当了。"

"文件给到谁了？"哈勒姆说。

"我给瓦坎了。"我说。我没有完全说实话，因为现在它们就在我的口袋里呢。

"那好吧，这就没办法了。就把文件给他保管吧。让他拿去想干什么就干什么。我们这边已经撤回所有的许可和协议。我吃完午饭就立马写一份文件，下午早些时候传给你们的人。我们内政部的意见是取消这次计划。但据我们所知，另外一边的政府（他指的当然是苏联政府）不太清楚这场交易。所以这不属于官方行为，我们也不想和它有任何关系。我的个人意见是直接取消就好，不要给对方什么通知。"

"然后让瓦坎收拾剩下的烂摊子。"我说。

"你是政府雇员，瓦坎没有直接雇佣关系。他归你上司管，不归你管。"哈勒姆说话听起来像一段董事学会的公告一样。

我俩沉默许久。然后哈勒姆说："喂，柏林，连接没断吧？"

---

① 所在国对外国外交官有时所施加的一种身份，目的是取消他们免于被逮捕或其他正常诉讼的外交豁免权保护。

"没断。"我说。

"是否明白,柏林?"

"明白,哈勒姆。"

"你这个语气说话也没用。是官方决定,最上层的意见,和我也没关系。"

"是的,没什么用。"

"我们也会阻止持有这些文件的人入境,所以你和瓦坎都用不了了。这是内政部的意见。"

"你给我——吧,哈勒姆。"我说。

"别说脏话。"

"我的母语就是脏话。"

"不好意思让这种事影响到你了。但别忘了。糟糕。糟糕。我现在录着音呢。"

"你他妈去——糟糕吧,哈勒姆。"我说道,"下午吃完午饭自己听你的录音去吧。"

42

兑子：当一方棋手牺牲己方一子，而让对方弃掉的棋子价值低于自己牺牲的棋子时，那么该棋手便"兑输了"。

十一月四日，星期一

首先映入眼帘的是一块标着禁止进入的牌子，它被插在弗雷德里希大街的一角，再往前看就能看到整片景象。大街中心有一个白色的小棚屋，棚顶上写着美军检查站五个大字。顶棚的旗杆上飘着星条旗，棚周围永远有几辆橄榄色与白色相间的陶努斯牌汽车和吉普车。几名穿着灰色长大衣、戴非洲军团帽子的西德警察站在外围，棚里则站着几个脸颊泛红的年轻美国大兵，他们穿着上浆的卡其衬衫，正填着手上的大号表格，有时候还会讲讲电话。里面贴着不少公告，但字号最大的那张上写着您正在离开美方管辖范围，下面则是法语和俄语的翻译。填完文件以后，那些一本正经、上了年纪的女记者便一齐挤上那节很短、几步就到顶的楼梯，很像为了看公开绞刑去抢总统包厢。

那片墙本来是用煤渣砌起来的，质量很差，如果其中一位女记者从楼梯上跌下来，估计能把这东西从这里撞到波茨坦广场去。西边的西德警察贴墙站着，时不时拽着长长的铰链升起路障放行车辆。而东边则放着三处混凝土路障，挡住了路面四分之三的宽度。因为用路障挤出来的宽度不太齐整，所以如果车要想从中开过去，就不得不用最慢的车速，还要在变向时来回把方向盘打死走"之"字形。灵车把棺材卸下来之后就得这么走。

六名穿着制服的人被匆忙派去当抬棺人。这些人民警察、边境警察、普通警察和士兵在棺材的重压下跟跟跄跄地走着，他们另一只手抓着自己的帽子，靠挥动胳膊以保持身体平衡。最前排的一名警察突然一脚踩空，差点跌倒在地，但一位老士官已经在用原来军队的术语开始报时。他们来到第二个路障边，把棺材放到像担架一样的棺材架上。刚才差点摔倒的警察擦了擦自己帽子的内檐，然后整了整帽徽，这样他就看不到外界了。

看样子东德选人的时候，每个部门都挑了一个代表出来。棺材在他们或蓝，或绿，或灰的制服上印了一个肩章。他们站在那里，掸着各自衣服上的灰尘。路障的另一边，也就是我脚下的美国范围内则站着三十个人，身上统一穿着轻质卡其色雨衣。每个人的脚下都放着一个形状奇怪的皮包。这些包要么装着巴松管，要么是低音单簧管、法国圆号、长号、小提琴和短号。定音鼓则用松软的黑色天鹅绒袋子包着。这些男人中间站着两个姑娘，也穿着同样的雨衣，但下身却穿着白色的羊毛长袜。他们就站在我的正下方，所以视角不如我好。"这是一支仪仗队吧？"有人说道。

"看起来是要办一场葬礼。"

"你看，阵仗真不小呢。"

两名演奏者打开自己的皮包看了看，然后又把包合上了。其中一个人拍了拍低音提琴的顶板，说道："天哪，我来到这个周围都是共产党的地方时，可没想到自己要带着提琴来。"

长笛手拿出乐器。"这玩意儿放在你手里，就和M-60一样能杀人。"他笑了笑,吹了个连复段。大家的注意力都集中在棺材上,四下无声,而他吹的长笛是几百码以内唯一能听见声音的乐器。长笛的泛音还没完全散去,只听见一个美国宪兵喊道:"你是想站到马路边上让我拿水枪滋你吗?赶紧放回去,要不然他们就发觉这是望远镜了。"

"跟你说了吧,别拿这个指着人。"演奏弦乐的人说了一句,想要缓解一下气氛。长笛手回道:"但我一直关着保险栓啊。"

"吹起来咯。"有个人补了一句。

他们把棺材放回非流线型的黑色长款灵车里,斯托克站在车边的脚踏板上,这车看起来就像阿尔·卡彭①的座架。斯托克穿着他的下士制服,这样他们就不会让那些记者警觉了,他们天天盯着查理检查站和弗雷德里希大街检查站中间的边界地带。

棺材上挂了两个花圈:冷杉叶被弯成了救生圈的形状,上面缠着各种花朵和装饰用的丝缎,缎子上还印着老友终别和当天的日期。司机把车开得很慢,不时向斯托克亢奋地点着头。灵车又停了下来,驾驶员掏出地图,把图纸摊在方向盘上。在这片无人之境上,两个灵车里的人正看着地图、讨论着要走的方向。

斯托克激动地对司机说着,那名司机估计是一名红军的交通兵,像是疯了一样点着头。车旁的玻璃窗上装饰着棕榈树叶精美的图样,而顺着车窗一眼就能看到那口为了能让塞米察伸开手肘,而特意设计得很大的棺材。

灵车又缓缓开动。车前走着一名边防警察,像抽到同花大顺一样挥着手里的文件。两名东德士兵靠着花坛互相讲着话,他们开完灵车的玩笑,整理了自己的夹克之后便离开了,再讲话没准

---

①阿尔·卡彭,美国黑帮分子。

儿就要挨骂了。上方一架美军直升机正沿墙飞着。它看见灵车之后便开始盘旋，监视着周围的活动。车越过了东德边境。两名大兵中的一位从玻璃亭中走出来，向坐车过来的上尉敬了个礼。上尉开的是辆白色陶努斯，车顶上安了个聚光灯，车身喷着军队警察的字样。

大兵挥了挥手，示意灵车往前，西边的路障也升了起来。上尉往楼下的商店里探了探身，对我喊了句"走吧，兄弟"。我转身准备离开窗前，但最后还是看了一眼斯托克。他笑着把自己的拳头举在半空——第三世界工人之间的敬礼。我也笑了，还了他相同的动作。"出发吧。"我听见上尉又喊了一遍。我走下吱呀作响的旧楼梯，跃上那辆陶努斯。现在灵车已经开到了运河附近。上尉踩了脚油门，拉上车的警笛。"嘀呜——嘀呜——"阴郁而刺耳的声音逼着路上的车辆都靠边停了下来。

"咱们不是在圣帕特里克节游行，"我有点生气了，"能不能把这破玩意儿关了？没人告诉你这是机密任务吗？"

"我知道。"他说。

"那你开着狂欢花车接我算怎么回事？"

他关上警笛，喇叭呜咽着安静了下来。"这还差不多。"我说。

"你的葬礼你说了算，兄弟。"上尉说道。他安静地开着车，在蒂尔加滕公园那里超过了灵车。这时完全没有人注意灵车的行迹。

约翰尼正在维特瑙的一处地点等着我。"维特瑙"，我心想，这个词在柏林人脑子里总是和疯人院分不开。汽车在一条破败的公路旁停了下来。

这里原来应该是一家商店或者小仓库，但现在已经变成车库。前面的木质双开门足够让卡车通过——灵车也没问题。屋尾摆着一张笨重的工作台，上面放着加工金属用的虎头钳，还有几个上一位租户留下的生锈的工具和废品。我推开一边的门，阳光射出的一柱窄光照到了约翰尼·瓦坎身上——光像是在给石面地板铺地毯一样，直直洒到了他倚靠的工作台那里。头顶上有一个光秃秃的灯泡，在阳光下时显得羸弱不堪，在黑暗中反而重要了起来。我把长方形的大号门闩拉上，发现它们顺畅地进入了润滑过的锁槽。我的脚下尽是油污，空气里则像修车行一样弥漫着碳化的润滑油和汽油洒在地上挥发之后的味道。

光直直打在瓦坎头顶，遮在他眼眶上的黑影看起来像海盗的眼罩，鼻子下面的阴影则变成了胡子。他嘴上叼了根烟，光线照着烟身闪闪发亮。

约翰尼仔细打量着我，把没点的烟拿了下来。

"伦敦没问题？"

"没问题——说得很清楚。"

"他们说什么了？"

他们说了"一致通过"，就是代号。你还想让他们说什么？

"我就问问。"

我眯着眼看了看他，特意让他看出来我的表情。"你是不是有些我不知道的消息，约翰尼？"

"没有。真的。我就只是问问。你拿到名字是布劳姆的文件了吗？"

"拿到了。"

"拼写没错吧？"

"你能不能消停会儿？"我说，"我拿到了。"

约翰尼点了点头，用手拨了下头发。他拿出自己昂贵的打火机小心地把烟点上，开始自顾自地复述整个计划，确保自己牢记。

"他们要先去太平间,然后把他放进一辆客货两用车。装车至少要再花四十分钟。"这个计划我们已经讨论十几遍了。我点了点头。我俩安静地抽着烟,直到最后,约翰尼把烟头扔在地上,小心踩灭。他脚边都是被踩扁的烟头,这些小长方块铺成了一条白色的彩带。我听见上方直升机在低飞时螺旋桨的转动声,它在监视着灵车从查理检查站到西柏林太平间的动向。

等到我的眼睛能看清暗处的东西之后,我便能看出房间里堆的废品是什么了。这里放着一个拆空的汽车引擎,外面挂着磨坏的垫片。气缸盖被人匆忙上好了螺栓,但是位置并不对,所以盖子像喝醉了一样搭在引擎上。它后面是一堆光秃秃的轮胎和一些撞出凹痕的油桶。瓦坎看了太多遍表,最后直接把衬衫袖口塞到表的金边下面,这样看着就更方便了。他重重叹了口气,而且每隔一会儿就要去引擎那里用他的定制皮鞋给上面的零件轻轻来上几脚。

"是有葬礼的。"他说。

我诧异地看了看他。"所以转移到太平间才有延迟吧,因为有一个真正的葬礼。"我看了看表。"时间没晚,"我说,"就算再等五分钟车还没到,按照计划他们也是准点到达。"

我们俩在灯泡打出的暗光下站了一会儿,约翰尼突然说道:"我过去曾经在临街的监狱里待过。"

我给他递了一根高卢香烟,自己帮他把火点上。等着我们都点好、吸进第一口,准备正式开抽之前,我问道:"这是什么时候的事?"

"一九四三年春天。"瓦坎说。

"什么罪名?"

约翰尼笑了笑,把烟朝着影子抖了抖。"我可是个共产党、信罗马天主教的犹太人,还是个逃兵。"

"没别的了?"我说。

瓦坎苦笑了一下。"我跟你说,"他说,"真的太惨了。一九四三年连战斗英雄都吃不饱饭——囚犯嘛……"他吸了一口烟,车库里现在全是法国烟草辛辣的香味。他又吸了一口,好像眼前一切只是一场复杂的幻梦,而自己其实还关在几码之外的监狱。

他搓了搓左手的拇指和食指,然后把手夹在腋下,就像敲钉子敲到左手时要夹在下面止痛一样——把它们关在黑暗而温暖的地方,它们就能永远待在那里,再不会被暴露于阳光之下。

"那是个特别划定的地方,"瓦坎突然说道,"特别划给仇恨的地方。"他的声音很坚定,但听起来像是从另一个时空传来的,甚至像通过什么介质传导来的声音,像是用着瓦坎的喉咙和声带,却不是他自己发出来的声音。"那时候干这种事很容易。我第一次被逮捕时被打得可惨呢。"他甩了甩手,好像要把它甩到墙角去一样,在拉丁美洲这个手势代表纯然的愉悦。他又把手抬给我看,无名指和小指上缝着移植过来的皮肤。"挨这些打对我而言倒也没那么糟糕;法国人抓住了我,他们极力想向自己的德国主人证明,自己是主人的好学生。这些法国人是我见过最邪恶的人——他们就是施虐狂,我说真的,可以被诊断出具体病症的那种。他们打我是为了满足独属于自己的那份快感,而我挨打的时候就等于和他们发生了关系——你懂我的意思吗?"

"我懂。"

"肮脏透顶。"瓦坎说道。他咬了咬嘴唇,终于咬到了一根烟丝,自己狠狠地啐了一口。我等着他,看他还有没有话要继续说；我等了一分多钟，差点儿觉得他就不准备再张口了。但他却继续说道："但理解这个并不复杂。我能懂法国人对德国人的恨。"他又安静了，我猜他正在自己的脑子里进行那场对话。"法国的囚犯过得更惨，因为他们……"他又停了下来，他的目光望向了另一个时空。"但我第一次被一个德国人虐待时——并不是说被推到一边或者从椅子上被踹下来，我的意思是受了一整套刑、到处挨打——感觉就是……我不知道，打破了我的平衡吧。这就是为什么共产党人总是最后一个才崩溃，因为他们有'独属自己'的小群体，他们的仇恨有清晰的对象。"

我回道："绝大多数歧视都是朝向能够被轻易辨认出来的群体的。所以如果一个地方的人有时间培养自己的辨别能力，那么那个地方的少数群体会遭受歧视也就不足为奇了。墨西哥人不会在纽约遇到麻烦，但在美墨边境就不一样了。巴基斯坦人在阿拉巴马的伯明翰能当贵客，但要放在英国的伯明翰，就只有冷眼相迎了。"

"正是如此。"约翰尼说，"嗯，打完仗以后，共产党得到了恢复的绝佳机会。他们一直知道反动的力量（说的就是那些共产党外的人）很猖狂，所以什么也不会让他们感到吃惊。犹太人和排犹主义已经相互对抗好几个世纪了。而那些被他们自己人迫害的人才面临着无法排解的谜题。也就是那些被其他法国人折磨的法国人，被意大利法西斯抓起来的意大利党派分子。这就是我们要被迫与之共存的东西。"

"比起其他民族，我和德国人有更多相似之处。我和他们住在一起，我能理解他们。但我永远也没办法同样理解你，就算拿链子把你我拴到一起一辈子也不行。但我走到满是德国人的房间时，我还是会想：这里有曾经虐待过我的人吗？这里有曾经杀过我朋友的人吗？这里有在我尖叫时站在门外，觉得我除了破碎的身体之外毫无真实之物的人吗？这里有那种人的女儿吗，有他的妻子和母亲吗？而推理的力量则让我确信，答案经常是'是的'，除非我知道真实的情况。"他又啐了一口，像是在发泄什么。

约翰尼突然又说道："他们可能会耍点手段。"

"有可能。"我同意道。

"你带了手枪或者刀吗？"

"我觉得他们倒不太可能耍那种手段。"我说。

"那你有手枪、刀或者其他武器吗？"

"我倒是有个趁手武器，"我说，"两百美元，都破成一块一块的了。"

"美国人啊，"约翰尼说着走到旧引擎旁边，"你不该告诉美国人的。"

"那我们怎么通过查理检查站？"

"我不知道。"他赌气道，用脚扫了一下地上攒的一堆烟头，把它们踢到屋子的另一角。

他又转向我，伸手玩弄着工作台上的废品，把它们摆成了一盘奇形怪状的象棋。他用手碰了碰生锈的火花塞，又拿着气门弹簧在手心里挤了挤。工作台边上放着一块打磨过的椭圆状厚木板，上面像火柴插在钉板上一样插着十二个口径不一的钻头。约翰尼朝着这些钻头扔着弹簧，算是给自己找点乐子。索林根的施密特，上面的字像卷轴一样环绕四周，世界上最好的钻头生产商。

那位开着黑色卡车的红军司机来了。他对着老木门敲了几下，但门之间的接合处已经弯曲得太过严重，我们早就能看到他把车开过来、倒到门口了。约翰尼很快行动起来。门顺滑地朝内打开，汽车则"咔嚓咔嚓"地退到了工作台前面。我们三个把那口大棺材从车尾顺了出来。约翰尼和我分别站在棺材两边，俄国人则在车前用手撑着仪表盘，用靴子往外蹬着。虽然看起来挺丢面子的，但确实搬得又快又顺利。棺材一上工作台，俄国人便走回驾驶座，把两个大花圈拿了过来——我当时看到车顶上挂着的那两个。花圈上插着好几大束百合与菊花，上面一块亮红色的飘带上则用哥特体印着老友终别。"把这些拿走。"约翰尼对着那个俄国年轻人说。俄国人说他没法这么做，他俩又小吵了一架。

俄国人说他想把花圈留在太平间，但太平间的人不要。他也不能把它们带过查理检查站，因为这样就太可疑了。约翰尼操着一口流利的俄语和他争辩着，但这也没让他占什么便宜：那个小伙子就是不愿把花圈带走。约翰尼骂得越凶，俄国人越是耸肩耸个不停。约翰尼最终转身走开，俄国人则跳进驾驶座，把门给摔上了。我推开大门，那个小伙子则一脚油门、打死方向盘，开车冲上了街，向着边境驶去。

等我转过身来的时候，约翰尼已经爬上工具台。他攥着一把生锈的大螺丝刀，正埋头刮着螺丝上面的那层木质填料。他急得要死，发了疯一般地刮着，以至于他自己疯狂地干了五分钟之后，才突然意识到我根本没过来帮他忙。

"把我箱子里的东西拿出来。"他说。

他一共带了两个小行李箱。一个是改装的助产工具箱，里面塞下了一罐氧气瓶；另一个箱子里则放着一瓶格兰威特麦芽威士忌，可以保暖好几个小时的砂质热水袋、一件厚毛衣、碳酸铵溶液、嗅盐、一个装着一根注射器和四安瓿瓶贝美格的盒子、四小瓶氨茶碱和一个小黑瓶,我猜那个里面装的是尼可刹米——种刺激体内循环的药物。里面还有一个支气管镜、一副皮奥利型木制短听诊器、一支检查瞳孔用的迷你手电筒和一根记号笔。

"真的好齐全。"我说,"你可没少准备吧?"

"是啊。"瓦坎回道。他还没有脱掉大衣,但已汗如雨下。他努力干活的时候头会偶尔撞到顶上的灯泡,灯泡左右一晃,下面的影子便像疯了一样舞蹈起来。他脸上的汗水随光闪烁着,与我记忆中那天他脸上的雨水一样发出相同的光亮。

"最后一个了。"他说。

"就像《罗密欧与朱丽叶》的最后一场戏。"我说。瓦坎背对着我回了句"没错",便开始对着棺材盖和棺体之间的接缝凿了起来,我怀疑他根本就没听到我说了什么。

"帮我一下。"他说道。他开始用力推那块沉甸甸的盖子。这里面肯定注了铅,因为板子真的太重了,我一开始还以为有螺丝没卸下来——不过之后它就慢慢动了起来。

"小心。"瓦坎喊道。盖子竖着落到了工作台上,就差几英寸便直接砸在我们的脚趾上。碰撞发出一声巨响,把工作台都震得晃了一下。起初,棺材盖的阴影模糊了视线,但被拿下来以后,就算是瓦坎也没法抱什么希望了。

这口大棺材里塞着成百上千张、一沓又一沓的传单——斯托克给我们开的最后一个玩笑。我从台子上爬了下来。

"看来你也不需要什么热水袋了。"我对瓦坎说。看见里面的情况之后,他的嘴角瞬间条件反射般地向上弯了一下,但也只保持了一秒钟。"他们不可能这样,"他说,"他们不敢。他们答应好的——你们政府得做点什么。"我好像又笑了起来,因为瓦坎现在已经完全丧失理智。

他伸开手指,把整只手摆在面前,好像在研究一副看不见的牌。"你和斯托克,"他对我说,嘴里好像填了不少口水,"你们给我下了套。"

"他可没问过我。"我回答道。瓦坎仍然站在比我高三英尺的工作台上。

"但你怎么一点也不惊讶。"他喊道。

"我根本就不惊讶。"我说,"那位红军小伙子都没有多留一会儿,向我们要个签字,也就更别说要那四千英镑了。我从来就没相信过有关这次交易的一丝一毫,但他的行为让我确信我的判断没错。约翰尼,是时候认清现实了:这里没有圣诞老人。没人会把手上的东西白白送人。斯托克图什么呢?"

"那他为什么这么大费周折?"约翰尼说。他又俯下身去扫开几张棺材里的传单,好像觉得如果挖得再深点就能找到塞米察一样。

"他下套抓到了四个盖伦部的人,不是吗?"

"五个。"约翰尼说,"还有一个今天早上没来报到。"

"那不就对了。"我说,"你也赚了点外快、花了点政府的钱,伦敦那边要是看到你的报告,还会觉得你干得很不错呢。"

"还有你呢,你这个狡猾的浑蛋。你拿到什么了?"

"我自有我的办法,华生。"我说道。"我一直忙活着柏林那边的事,而你却丢了五个人手。你和那位姑娘还觉得自己赚了一把呢,是吧?那么你犯的最大的错误,就是想拿我当棋子。你的那些文件。"我说着拿起棺材里掉出来的传单,把它们撒到地上,"就只剩这些了,虽然上面的名字不是布劳姆,但倒也不会有拼错的单词了。"

"你个——"瓦坎说着,想借高处的位置朝着我的头踢一脚。

我往后退了几步。

"我来告诉你现在你有什么麻烦吧,约翰尼。"我站在一处安全的地方说,"你已经成为坑蒙拐骗的专家。你太会假扮别人,自己都认不清自己了。你脑子里的黑话太多,所以都分不清自己该站哪队。每次你越过空间的边界时,你也会溜过时间的边界。可能你喜欢这么办事——那行,你就当深林隐者好了,但别想让我给你收拾后事。要是你真的如此聪明,你就会选择和我一起行动。斯托克的人不会再和你有半点关系了,你害了盖伦……"

"那也是通过你害的,"瓦坎喊道,"是你把盖伦搞坏了。"

"你害了盖伦,"我继续说道,"如果你再惹到我,那世界上就没有任何地方能够容你一份工作了。你就死了,约翰尼。死了都不知道自己死了,死了都付不起自己的棺材钱。长点脑子吧!"

四下一片死寂,唯一打破气氛的只有约翰尼用脚踢阀门的声音。

"我永远会把别人给我的东西还回去,"约翰尼凶狠地说,"特别是别人给我的好建议。"他把手伸进夹克衫,我看见他的手指在衣服里动了一下,握住了他那把该死的毛瑟手枪。"这个计划我足足准备了十五年,每一种意外我都想到了,塞米察不出现的情况也不例外。很不幸,你阻不阻止我都不会影响我接下来的计划,因为这回他们的铁丝网要穿过你的胸膛了。"他把枪套摁开,表明他要动真格的了。现在我们都清楚,他手上的枪已经装好弹药、扣好扳机了。

"那姑娘和我有个协议,"瓦坎继续说道,"我俩利益互补,互不冲突。她那边现在是无法达成目标了,真的很遗憾。所以我要及时止损。我需要你四天之内不要到处乱说。但要把你关起来的话，我一天得花八十磅，所以你也能看出来我已经准备好花钱解决问题了——因为我雇人杀掉你也得花一百磅。"

"约翰尼，听着，"我用一种"大家毕竟都是好兄弟"的口吻说，"要不也算我一个。我可以把你穿着囚服和莫尔拍的照片拿回来。"

"别撒谎了，你个浑蛋。"约翰尼说。

"你是需要那些文件吗？"我问道。

约翰尼轻声说道："如果不在你身上我就杀了你。你懂我什么意思吧？"

他四天能干什么呢？凭我对瓦坎的了解，我可以试着猜猜。"你四天之内就可以拿到钱然后消失吗？"我问道。

"我跟你讲过了，这个计划我准备了十五年。我很早以前就申请提款了。我还有三个律师、一个证人，都准备好了——我……"他笑了一下，"……说太多了。"他没再说话了。我开始明白事情的原委，但我不想让这件事成为我活着的时候知道的最后一件。

"莫尔就是证人，"我说，"你在昂代见了他一面，然后告诉他萨曼莎是辛贝特①派来追究他战争罪的。你还告诉他如果几天之后他能照你说的做，你就能让萨曼莎既往不咎。莫尔亲眼见过布劳姆被杀，他是很重要的……"

"把你的破嘴闭上。"瓦坎说，"如你所言，我就是深林隐者。"他沿着工作台踱来踱去，灯光把他的脸照得发亮。他踱得很慢，在各种钻头、大头锤、生锈的火花塞和各种装着小零件的小盒间找下脚的地方。他脚上闪亮的皮鞋移动着、犹疑着，然后

---

① 辛贝特（Shinbet），以色列国家安全局。

落了下来,像不明飞行物在荒原上找寻藏身之处一般。

每过一会儿,他便会放松一下指头,然后再把手放回枪柄上。我见过瓦坎在靶场打这把枪;我知道他能把弹夹里的八发子弹打进一个直径六英寸的小圈,而且花的时间甚至比我拉开一道门闩的用时还短。他好像已经在工作台边溜达了将近一个小时了,但也可能这一切只过了四十五秒钟。这就是相对论吧,我想。

"把文件拿来。"瓦坎说。

那个马尼拉纸做的大信封就在我雨衣的口袋里。雨衣背面涂着皇家徽章的图案,旁边的一角还用标准的罗马体印着内政部的字样。信封正面贴着一个白色标签,上面呼吁:为了帮助战争取得胜利,大家要尽量重复使用信封。我走到工作台前,把信封递给瓦坎。他弯下腰,用左手捏住了信封的一角。

"小心点儿。"他发自内心地担心道,"我不想出任何岔子。更不想在你身上打孔。"我点了点头。"我挺喜欢你的。"他补了一句。

"有了这句话,一切可真是柳暗花明啊。"我说。

信封上有一个硬卡纸做的小圆片,你可以把线缠在上面来封口。如果你不清楚我的意思,那就相信我,这玩意儿得两只手才能打开,因为这一点很重要。瓦坎的右手既扣在扳机上,又同时捏着信封,然后用左手把上面的绳子绕开。在这个时候,掌握好时机非常重要,因为解开绳子以后,你能用到两只手时,就只有把手伸进信封取文件的一瞬间了。另外还有一个风险,我在他旁边站得越久,瓦坎便越有可能要求我退到安全距离之外。

现在瓦坎的膝盖和我的头齐平。我仔细算了一下距离。人膝盖下面的腓骨有一个小槽，那里的外侧腓神经紧贴着骨头。如果遭受重击，就会让小腿瘫痪——我们上学在操场玩的时候管它叫"死人腿"。

"它们要掉出来了，"我突然焦急地喊道，"小心那些文件。"约翰尼赶紧捂住信封的底边，我则猛地把信封——和那把枪——推到我头顶上方。我一拳打向他的膝盖。我打中了，但部位不是很准确。手枪弹夹前侧锋利的边缘直接击中了我头的侧方，我脑中顿时响起了大合唱团集体合唱的声音。我已经开始往后趔趄。我往外挥着拳头，但几乎已经看不见瓦坎的腿了，只能听到鲜红色的痛感在我的脑中唱歌，它的回声则填满了我空旷的头腔。

我感觉到他倒下了，像一棵被砍断的红杉一样，而撒出来的文件则转着圈落在他身旁。他整个人直直倒在了工作台上，上面的各种垃圾稀里哗啦撒了一地。一张保险更新凭条像梧桐种子一样落在了一罐开着盖的润滑油上。"伤到我后背了。"他焦急地说道——但他的训练让他取得了成功，那把毛瑟手枪仍然紧握在他手中。他拿着手枪，用枪口画着圈，像是店员拿着笔要写东西时的准备动作。我等着枪声响起。

"伤到我后背了。"他又说了一遍。我慢慢朝他挪去，但他枪口的准星又开始做着同样的动作，我于是停了下来。他的腿交叉着，像一座中世纪骑士墓前摆着的石雕。在我面前，在他办事毫不顾忌的年轻面具下，露出了一副垂老的真身。他扭着颤抖的身体，动作比我原来所见的都要慢。他慢慢把脚探出工作台，想够到涂满润滑油的地面。他的声音好像在低声怒吼："人只要奋斗便会犯错。"

我望着他，心里感受到一种看到毒虫时被催眠般的恐惧，但现在并没有玻璃把我和瓦坎隔开。他的脚承受着身体的重量，但脸却承受着所有痛苦。他扶着工作台向我靠近。我往后退了一些。他动作扭曲地迈着步子，他的脚已经没了知觉、肌肉不受控制、脸部不停抽搐，但手上的毛瑟枪仍然拿得很稳。他的脚缓缓踩进了那一大罐润滑油里。瓦坎朝下看了一眼。现在突袭他的时机到了。"我的外套全毁了。"他说。他的腿上溅满润滑油，脚上的牛津鞋则在罐子里发出嘎吱嘎吱的声音。他一只手撑着工作台、一只脚踩在罐子里、用毛瑟枪指着我的脑门。"我的外套……"他说着，自己轻轻地笑了，嘴巴大张，活像一个傻子、一个酒鬼。但他的笑声逐渐变成了喉咙里的咯咯声，像是肥皂泡沫被冲下厨房水池的声音。

光秃秃的灯泡正对着我的眼睛，所以我花了几秒钟才发现，瓦坎的嘴里正在往外涌血。血是淡粉色的、带着许多泡沫。他的身体晃了几下，然后径直摔在了地面上。装润滑油的罐子"咣"地一下从他脚上滚了下来，一直滚向车库的另一边，每撞上一件老零件便会发出一阵声响，最后掉进了一个填满润滑油的坑。约翰尼脸朝下，趴在被汽油润得发亮的地面上。他全身抽搐着，身体从中间拱了起来，好像有人在往他身上撒盐一样。他的手狠狠地拍着混凝土地面，声音大得像三声枪响。突然，他整个人松了下来，不再动了。他背部上方正好黏着那张光滑锃亮、标着索林根的施密特，世界上最好的钻头生产商的椭圆木板。上面所有的钻头都钻透了他的尸体。

这太符合他的人物形象了。这个小浮士德，想借由自己的努力获得救赎。这位拥有两位严苛的主人、狂飙突进的艺术家，嘴上说着要与歌德一同赴死，却一转头担心起自己的西装去了。我不清楚萨曼莎到底是格丽卿还是海伦，但我的角色倒是再明白不过了。

我把斯托克的传单堆在门边,把风衣扎紧了一些。我把约翰尼满身是血的尸身放进那尊缝着丝缎的棺材。死亡让他的身材缩了水,我几乎都认不出这个脚踝上有一道四英寸伤口的人。我从医疗箱里取了一根油性笔,把他脸上的血污擦净后往他的额头上写了一行字,I.G. Na AM。我又看了看表,在他晒黑的皮肤上又加上了一个18.15。别人打开棺材时,任何能够让他们疑惑不解的信息都将对我有利。

我刚扭上其中的四颗螺丝,就听到了外面卡车的声音。这里好像还有血的味道,虽然这可能只是我自己在胡思乱想,但我还是往地上洒了点汽油以确保万无一失,然后把我沾满血的大衣藏了起来。

我打开大门。天已经黑了,外面下起了雪。他们把车开了进来。我帮司机把卡车的车厢后门打开来。车厢里站着一个人,手里拿着一把老式MK二型斯登冲锋枪:这个人身上的皮衣看起来磨损得厉害,并且在恰到好处的部位凸了起来。

"成熟点儿,萨姆。"我说,"如果就我们三个人的话,光是把这玩意儿装进卡车就已经够麻烦了。把枪放下。"

她还是举着枪。"约翰尼呢?"她问道。

"把枪放下,萨曼莎。如果你像我一样见过这破枪出过多少意外,你就不会这么举着了。他们在海法①没教你这些吗?"

她笑了笑,把拉机柄收了回来,卡回卡槽上,最后把枪口放了下来。"约翰尼知道你在吗?"

"当然了。"我说,"约翰尼是今天的主角,但是你肯定不能拿回你想要的东西了。"

---

①海法,以色列西北部主要港口城市。

"可能确实不会吧。"她说着把脸凑得离我很近,"但我爸爸曾经在这个该死的国家任人宰割,所以我总要试试。"她顿了一下,"我们已经知道如果你不试试是什么下场了——六百万人拖着步子,在一片静寂中赴死,没有任何的混乱与反抗——所以,现在我们犹太人要试试了。可能我跑不了太远,但这个小伙子……"她用涂着红指甲油的指尖指了下司机,"就在我身后,他身后则站着更多人。"

"好吧。"我说。她是对的。有时候概率如何根本无所谓。"非常多的人。"她重复道。我点了点头。

这身军用皮衣很适合她,和她拿着机关枪时的威武雄风很搭调。她用手肘顶着车厢,指尖在脸颊上画着小圈,好像身上的皮衣是最新款的时装,而机关枪则是拍摄时用的道具一样。

"你应该提前跟我说你也入伙了的。"

"用你那部电话和你讲吗?"我说。

"我在报纸上读到了。"她说,"我们办事有些不小心。"

"这就是你说的不小心?"

"我猜楼下那个男的也闯进过我的公寓。"

"毫无疑问。"我说。

"海法觉得是你们干的。"

我耸了耸肩,拇指和食指叠在一起搓了搓,这种指代钱的手势全世界通用。"换算成德国货币是多少钱?"我问道。

"这些全是德国马克。"

"这没问题。"我说,"我们得给太平间的人付周转费。"她仍然有些怀疑。

"我们给他注射了一克异戊巴比妥。"我指了指瓦坎的医疗箱和那口棺材。"他睡得很安静。我们没上氧气,但约翰尼说要让你把棺材和解毒剂一起带走。我在他额头上标了计量和时间,这样就算你转接的时候忘说这档子事了,也没有什么别的问题。"

她点了点头,把枪放到一边,去试着推那口棺材了。我跟了一句:"他要睡整整八小时。"

"挺重的。"她说。

"还有一件小事,"我说,"装车之前,我想先拿到钱。"我把手伸了出来,就像斯托克对我做的动作一样。她走到驾驶室,从一个皮质手袋里拿出一捆崭新的一百马克钞票。她说:"你应该知道,我要是直接崩了你再带走塞米察也没问题。"司机从卡车的后面绕了过来,手里拿着枪。他并没有拿枪指着我,只是拿着枪而已。

"现在你懂为什么约翰尼不在这儿了吧。"我说。

她紧绷的脸放松了下来。"确实,"她说,"估计他也能料到这一出。约翰尼·瓦坎,他可是'天使先生'。"她把钱递给我,看起来一脸舍不得的样子。

"这就是强买强卖,小鬼。"她说,"他可值不了这么多钱。"

"罗马士兵也对犹大这么说过。"我说。我把钱放进雨衣的口袋,然后和他们一起去抬那口棺材。

我曾经有一瞬间觉得可能棺材太大、放不进车内,但最后它还是慢慢地蹭了进去。等到棺材推得足够靠里,能让尾门关上以后(我们足足试了三次),我们三个则站在那里,肺里吸满了挥发的汽油,累得根本说不出话。我拿出约翰尼的格兰威特威士忌,往他悉心备好的小塑料杯里倒了几杯。我全身抖动着,威士忌的瓶口一颤一颤地磕着杯沿,发出轻微的碰撞声。我能看见萨姆和那名司机正在盯着我。"干杯。"我说着,把这杯熏着汽油味的麦芽糖酒送进了喉咙。

萨姆说:"你告诉法国警察,我是给德国佬办事的。"

"对啊,"我说,"我的幽默感真的很让人不爽。"

"你明知道我上面是以色列的情报部门。"

"原来这是你的上级啊?"我装得一脸无知的样子。

"呃。"她哼了一句,抿着手里的威士忌。司机则在旁边看着我们。

"这在你眼里就是场游戏,"她说,"但对于我们则事关生死。那些埃及人手下有一大批德国科学家,他们实验室印说明手册的时候都要同时印德语和阿拉伯语版本。把这个人搞过来以后,我们就可以和他们势均力敌了。"

"靠酶。"

"咱们俩就别再打哑谜了。"她说道,"没错,我们是可以让塞米察在以色列研究杀虫剂,但他能做的远不止于此,你心里也清楚。"

我没再多说。她把皮衣的扣子又往上扣了几颗,让领子能紧紧裹着脸。"塞米察研究的这些杀虫剂可是神经毒气!已经有很多园艺工人因为这玩意儿精神失常了。这种东西能侵入神经系统,他们还说这是据人类所知最致命的物质。这是真的,对吧?"

她很想知道真相。"一点不假。"我说。

她语速更快了,看起来心里坦然了很多,因为她终于知道她的任务确实如她所确信,既重要又千真万确。"埃及人总有一天会卷土重来。"她说,"总有那么一天的。而他们来的时候,身上带着的就是德国科学家给他们研发的武器。我们在加德纳[1]的同事需要反击的利器。"她放下杯子时,塑料在桌子上发出了一声脆响。"这也就是为什么你我的所想所为能给他们带来机遇。这可能是犹太民族的末日——没什么比这更重要的了。"

"早知道你这么想做这件事,我就直接让你去阿德隆酒店接他了。"

她开玩笑地往我胳膊上打了一拳。"你真以为我们办不到吗?如果要选一件最清楚的事,那莫过于被围墙分隔的城市。我还小的时候,耶路撒冷就被墙隔断了。我们则因此学会了翻墙、绕墙、穿墙、钻墙,无所不用其极。"

我打开卡车红色的后门,把那两个闪闪发亮的深色花圈抬了过来。其中的一个上面写着老友终别,花圈已经钩在棺材的把手上了。"我们不想要这些。"萨姆说。

"拿着吧。"我说,"可说不准你什么时候就需要一个来自老友的花圈呢。我们都说不准。"

萨姆笑了,我则摔上了车门,推开了那扇门闩润滑完美的车库大门,对着慢慢开走的卡车郑重地挥了挥手。萨姆穿着皮衣,脸上带着微笑。她身后闪着光泽的大箱子里则装着约翰尼·瓦坎的尸身。有那么一瞬间,我甚至想让这个自视甚高的孩子起死回生。有这种儿女情长的想法也不是什么坏事吧,反正我很清楚,多年训练已经能让我远离过度感伤。

"祝您活到一百二十岁(Bis hundertundzwanzig[2])。"我轻声说道。汽车朝着前方疾驰而去,萨姆得转过头来才能看到后方的我。"祝你好运,"她喊道,"我亲爱的小鬼。"硬币一样大的雪

---
[1]德纳,以色列的一个集体农场。
[2]犹太人祝愿长寿的祝酒词。(摩西活到了一百二十岁。)

花落在深褐色的挡风玻璃上，顺着温热的表面滑了下来。司机打开大灯，长长的黄色灯柱前雪花簌簌地落着。我关上门，把引擎的声音隔在屋外，决定再给自己来一杯威士忌——天并不算太冷，但我又打了个寒战。

43

汉娜·斯塔尔,别名萨曼莎·斯蒂尔

十一月四日,星期一

这么早就下雪了,萨曼莎·斯蒂尔思索着。今年冬天会是怎么样呢?不管什么样,能回到她在海法的公寓便好。在那里,卧室窗外的伞松给岸边的蓝海装上了相框,涂着白石灰的墙面把太过耀眼的光线反射回去。即便到十二月,那里的阳光也十分刺眼。

车正穿过柏林的赖尼肯多夫区,她看着大片雪花落在满是污垢的街道上。刚才的威士忌暖了她的身子,现在她完全可以睡一觉。她用手揉了揉自己的脸颊,又拍了拍眼眶。无事一身轻,这档子事里的陷阱和圈套多得数不过来。现在,她感觉自己像是被人撕坏、揉碎、消费了一遍——还是近乎肉体上的消费。她用手指顺着头发梳了梳,她的头发柔软而年轻,像丝绸一样柔顺。她把头发散到颈边,像是在聆听爱在低语。她又把头发托了起来,闭上眼睛,像是在洗温水澡一样,她用手指在发间滑动。如果能再染成金色就好了。她觉得自己的身体慢慢放松了下来。

她想先见约翰尼·瓦坎一面,然后再上飞机——并非有什么未解的情愫,他就是那种喜欢孑然一身的人,这根本就吸引不了她。瓦坎就是一个大骗子。除了成天说柏林是自己的故乡之外,他根本算不上德国人。他是苏台德的德国人——你听他生气的时候怎么说话就能听出来。她不喜欢瓦坎,但却不由自主地敬仰他。他很专业,从任何角度看都是如此。光是看他工作的样子便是种享受。

那个英国人则完全相反。有那么几次她真的可以"以身相许",她差点儿就这么做了。如果情况不一样,没有公务在身的话,结果可能就完全不同了。她希望自己几年之前,他还在红砖大学①念书时就认识这个在大城市游荡的外地小伙子了。他的单纯让她嫉妒不已,她甚至有一瞬间还希望自己是兰开夏郡伯恩利的一位邻家姑娘——谁能知道那地方在哪儿啊!他既惹人怜爱,又温柔体贴、知情达理。他要是当丈夫,估计是那种不会总是计较她在买裙子上花多少钱的男人。

为什么英国情报部门要用这种男人办事,她百思不得其解。这也太业余了。这也就是为什么英国人什么事也办不好:他们全都很业余。连旁边的人都看不下去他们留下的烂摊子,最后都忍不住要接手来帮他们做事。美国人的两次世界大战都是这么打的。可能这都是英国人设下的一场巨大阴谋吧。她笑了。她可不觉得英国人能办出这种事。

司机给她递了支烟。她环顾四周,又拍了拍棺材,确保它没丢。她一向信不过自己看不见摸不着的东西。谢天谢地,有约翰尼来负责吗啡的剂量和各种细节,那个英国人肯定会忘掉,就算

---

① 英国共有六所红砖大学,它们创立于十九世纪工业革命时期和大英帝国时期的维多利亚时代,分布在英格兰六大重要工业城市,并于第一次世界大战前得到皇家特许状。分别为伯明翰大学、曼彻斯特大学、利兹大学、布里斯托大学、谢菲尔德大学和利物浦大学。

忘不了也会搞砸。那个英国人，总得有人在前头牵着他。她在和他共处时也完全体会到了这一点。他身边得放一个约翰尼·瓦坎这种人——或者萨曼莎·斯蒂尔——她自己加了一句。他能当一位好爸爸。瓦坎加以培养之后估计能当一名好男伴，但英国人则会是一个孩子们都喜欢的父亲。她比较了一下两人在记忆中的形象，好像他俩在自己的脑中正为博得她的芳心互相比武一样。她把身子又往座椅深处缩了缩，把大衣的领子抻到眉毛边上，自己思忖着——这样思考更保密一些。

瓦坎是最可怕的那种花花公子，并且他还觉得女人是低等人种；他也用过那个词——男人联盟：男人之间的情义、同志情谊，她妈妈告诫她这都是危险的信号。在一九四五年，女人比男人多出来两百万的时候，男人的这种态度还可以蒙混过关。但要是在以色列，在女性真正有自己地位的国家，他会受到有生以来最大的打击。

她点起了烟。她的手现在还在抖。这很正常，这是工作和焦虑在事后的影响，但现在还有机场的事没解决呢。如果他们到了以后她还是现在的状态，她就会让司机接手——他没什么想象力，因此能保持冷静，真是万幸。"我们到哪儿了？"她问道。

"这里是胜利纪念柱。"司机说着用手指了指高耸的纪念碑，它纪念着过去的胜利，像图钉插在一只绿蝴蝶上一样直耸于蒂尔加滕公园。他兜了个圈子，以防碰上警察，他们总是停在纪念柱基座旁边。"马上到了。"

"谢天谢地。"她有点发抖了。"今天真冷啊。"她说。

司机没说什么，但两人都知道外面根本不冷。

她又思索起那个英国人来。反正再也不会见到他了，想一想这事倒是能让自己感觉到温暖，能让自己沉浸于理论性的推想。他很好闻——她个人很看重气味。光凭气味和嘴的味道就能知道一个男人的很多信息。他的气味并不很阳刚——和瓦坎的不一样——后者全是烟草和生皮革味，而她知道这是靠香水喷出来的。自从她有天晚上找阿司匹林时看到他的发网，她就明白了。她笑了。英国人则闻起来更柔软一些；更像是温热、充满酵母的面包，有时候尝起来有可可的味道。

她记得那一晚，那天晚上她自己觉得永远也不会理解男人了。瓦坎像往常一样和她上了床，而他办事的方式和医生做大手术没什么区别。她还说要给他买几副橡胶手套，瓦坎则因为她演得像个被麻醉的病人而说了几句俏皮话。她发现那些东西时已经凌晨三点了，不只是发网，还有几篇没完成的四重奏乐章。瓦坎，国王瓦坎啊。这就是他在自己伟大、无人所知的特工生活之余找乐子的方式。她本该告诉他，这种对自己性生活的保密态度来自对父母的愧疚情结。但瓦坎更愿意相信这来源于"战争带来的精神创痛"。真是有够虚伪。

车为什么停下来了？她望了望窗外因堵塞而挤在一起的车。这座城里满是穿着长到脚踝的大衣、戴着大帽子的男人。至于女人穿的衣服，就更难以置信了，她来这里这么久都没见过一个穿得好看的。

她并不担心堵车，反正现在时间还充裕，她制定时间表的时候就已经给这种情况留足了时间。车往前爬了一小段，又停了下来。这里堵得和纽约一样糟糕。她不知道今年圣诞节要不要去看望母亲。母亲嘛，都对圣诞节有种特殊信仰。也许她应该让母亲来海法。车流又开始移动起来，一辆奶油色的双层公交发生侧翻，横在路上。原来是场交通事故。下了雪之后，估计路面太滑了。一开始，大片的雪花落在地上便会融化，但现在它们逐渐凝成了一层白色冰面。街上的行人也戴上了雪做的蕾丝披肩。司机打开雨刷器，车里的引擎发出单调的轰鸣声。

路中央停着一辆消防车，站满了人。照这个速度，不知要花多久时间。她往后靠了靠，想放松一下，喉咙里威士忌的味道又返了上来。自从她在维特瑙的车库把棺材装车以后，她就在不断回想整个计划。海法的指示是：不到不得已时，不要给钱。他们说给钱会让人生疑。但她现在却希望刚才能和英国人砍砍价了：他说"罗马士兵也对犹大这么说过"的时候显然带着点英国人的尖酸刻薄。她就应该用枪指着他，然后直接把棺材取走。她有那么一刻确实这么想过。是因为约翰尼·瓦坎不在，她才被迫这么做的。他估计正在街对面的一扇窗户后面监视动向呢。不得不崇拜瓦坎，他是真的专业。

现在天完全黑了下来，云层重量带着窒息的感觉，肮脏的雪花从其中无情地落向地面。堵车终于好一些了，他们又开始向前缓慢移动。耀眼的灯光正照着用千斤顶抬公交车的消防员们。其中有一位跪在一大摊汽油上，那里还跪着一名警察。现在她知道具体发生什么了。消防员正对着一位两条腿压在轮子下面的老人说话。他们想让他把手里面的横幅拿走，但老人还是紧抓着不放。警察挥手示意让车通过。老人还是不愿放手。雪已经盖满了他的脸。横幅上写着，一仆不事二主。马太福音 6:24。

"到舍讷贝格了。"司机说。前面估计马上就到滕珀尔霍夫机场了。

44

在中国、匈牙利、印度、韩国和波兰，兵被称为"走卒"，但在西藏地区它们则是"孩子"。

十一月五日，星期二

在道利什办公室里那盏绿色灯罩的台灯下面，堆着各种各样的线和让它保持平衡的物件。灯光从那里照下来，桌子周围的人影都被灯光拦腰斩断，而灯只能照亮腰际以下的部位。道利什把黑暗中看不出轮廓的手伸进黄色的光环。手指翻弄着一沓薄薄的纸币——全是崭新的，如一株虎尾兰一般。

"你估计是对的，"他说，"这些是假币。"

"我也只是瞎猜。"我说，"但她给我的时候就像玩大富翁一样随意。"

道利什用手捋了一遍，然后读了读德国马克上都会写的那段话，大意是他们不允许任何人自行盗印。道利什把钱交给了爱丽丝。

"他们非常不情愿纽比金去柏林工作。"道利什说，"他们觉得你这是在全方位美国化整个部门的着装、用语和办事方式。"

我回了一句："这就是让我听从华盛顿派遣之后弥补我的方

式。"

道利什点了点头。"苏格兰场给慕尼黑警方打了电话。"他在黑暗中盯着我。我没有说话。而桌子的另一边,爱丽丝正拿橡皮筋捆着萨姆给我的钱。橡皮筋在寂静的房间里发出明亮的脆响。

"有一位姑娘正在慕尼黑转运一口棺材——从柏林运到海法。棺材里有一具尸体。"

道利什又看了看我,等着我说话。我说道:"棺材里不经常放尸体吗?"

道利什转身走到小火炉旁,用像弯掉的刺刀戳了戳里面。火炉里突然蹿出几颗火星,紧接着一串小火苗组成的军队便行进到了炉子的另一端。

"你觉得我们该怎么说?"他对着火炉说道。

"我们?"我说,"我以为慕尼黑那边是要问苏格兰场呢。如果您要为了一位带着棺材去海法的姑娘把自己搅进去,那您请便吧。我可不知道您在说什么。"

道利什拿着刺刀戳了一下最大的煤块,又恢复了击剑的准备动作,煤块碎成了五小块,燃起了火焰。"据我的经验,"他说着把拨火的刀放了回去,走到桌前,"如果你的书面报告写的和我说的完全对不上,我说什么就都没意义了。"他点着头,好像要说服自己的样子。他反正不需要说服我。

"确实。"我说。屋外的椋鸟站在排水管上叽叽喳喳个不停。窗外清晨的光线照亮了破败的屋顶,把它血腥的轮廓直照在窗户的玻璃上。道利什桌案昏暗的灯光在与阳光的争斗中节节溃败。他穿过房间走到皮椅旁边,叹了口气,坐了下来。道利什摘下眼镜、拿出一块干净的手帕,细致地在脸上蘸了蘸。"可以给我们弄杯咖啡喝吗?"他轻声问道——但爱丽丝已经出去做咖啡了。

道利什读着我给他的那张新闻剪报。

瑞士银行将释放法西斯受害者的资产
十月二十一日（星期四）发于伯尔尼

瑞士议会在周四通过了一项政府法案，旨在释放该国银行中遭法西斯迫害的受害者的资产。

这项新法案得到了一百三十位议员的一致支持。对于那些存于瑞士机密账户的大量外国财产而言，这项法案则揭开了它们神秘的一角。

《银行保密法》现设立十年的缓冲期，在期限后，政府则可以收回无人认领的财产。

在新法案下，银行、保险公司或任何其他个体都有义务申报那些属于战后无迹可寻人员，或是因种族、政治、宗教而被迫害的外国人与无国籍人员的未处理资产。

政府推行此法案的目的则是要证明，瑞士并不准备利用从希特勒集中营被搜刮来的珠宝并从中获利。

资产的处置方式依政府决策而定，并会按规定将资产所有者的身份归属纳入考量。

预计犹太慈善机构或以色列政府将因此受益。

对于失踪或被认为已死亡的资产所有者，其财产继承人有五年的时间申领其财产。但瑞士当局认为，这些继承人大部分或许也已经逝世，所以申报人数并不会很多。

没有人清楚所涉及的金额具体为多少，但瑞士银行家协会称，金额总计应小于一百万法郎。

道利什将剪报读了四遍。

"钱呗。"他说,"瓦坎单纯就是为钱来的。"

"很可能是这样。"我说。

"钱代表不了一切。"道利什郑重地说道。

"确实不能,"我说,"但钱能买来一切。"

"我不太理解你说的意思。"道利什说。

"也不需要理解什么。"我说,"事情很简单。集中营里关着一位叫布劳姆的有钱人。布劳姆的家族给他留了二十五万英镑的债券,都存在瑞士银行里。任何能证明自己就是布劳姆本人的人就能拿到这些钱。所以很好理解。瓦坎需要文件来证明自己是布劳姆。其他的事就是细枝末节了。瓦坎让盖伦组织的人来要文件,就是为了让整件事可信度高一些。"

"那个姑娘想要什么?"道利什问。

"塞米察。"我说,"要让他给以色列的科学计划服务。她是以色列的情报人员。"

"唔,"道利什哼了一声,"瓦坎想要把塞米察交易给以色列政府。这样他们就能给他申领布劳姆的财产提供支持。瑞士银行非常看重以色列政府的观点。这一招还挺妙的。"

"几乎天衣无缝,"我说,"几乎如此。"

在我们部门的运转体系中,我负责处理所有财务问题,但那些所谓"账户"归爱丽丝管,我只是签个名而已。我是因为自己懂金融,才被招到 WOOC(P)并且逼着他们按我的规矩来的。道利什浏览了一番他在书写纸上准备的笔记。坐在道利什的旧扶手椅上烤火确实很舒服,火炉里时不时就会爆出几点小火星。

道利什清晰准确地总结了每一件问题，而我除了同意或否定他，也就不用多说什么了。只有道利什需要我解释或详述自己决策的时候，我才需要开口，而他也很少过问这一点。

他突然问道："你睡着了吗，老兄？"

"闭上眼睛罢了，"我说，"这能更好地集中注意力。"

"但凡谁走过来看看你，都会觉得你已经累坏了。"

"确实，"我说，"我感觉很糟糕。"

"是因为要对付瓦坎吧，老兄？"

我没说话，道利什又说道："肯定是这事没错了——过去一年半你都在解决这里那里关于瓦坎的事。全都是脏活儿累活儿。"道利什盯着炉子看了一会儿。"你担心吗？"他终于问了一句，"有没有想过报告里要写点什么？"

"怎么讲呢，"我说，"是要费点心神。"

"唔，费心神是肯定的了。"他把文件合了起来，放到膝盖上。"行了，你先回去吧——先回家补个觉再说。"

"我觉得也是。"我说。我突然觉得自己整个人都已经被榨干了。

道利什说："如果你还想要那笔无息贷款的话，我觉得我能帮你要到。是八百英镑对吧？"

"一千能行吗？"我问道。

"我觉得没问题，"道利什说，"你把枪放到我这里吧，我找个人送回战争部。"我把布朗宁FN手枪和三个十三发弹夹交给道利什，他则把这些一并放进一个马尼拉纸的大信封里，在封口写上枪支二字。

45

残局：主要发生于兵变后之时，此时大本营中可能会突然出现威胁。

十一月五日，星期二

我回公寓时已是上午十点了。送奶工刚好送到隔壁，我便从他手里拿了两品脱泽西牛奶和半磅黄油。

"你和我现在有一样的难处。"送奶工说。

"什么难处？"

他拍了拍自己的肚子，声音大得把他的马都吓退了一步。"你离了奶油和黄油也活不了。"然后他喊了一声，马便走去下一座房子了。"今晚别穿你的旧衣服了。"他说。

"为什么？"我问道。

"他们会把你架在火上烤的。①"他又笑了。

我开门时费了很大力气，门缝里实在是堵了太多邮件了：《泰晤士报》和《新闻周刊》、电费账单、九磅十七先令就能飞去

---

① 十一月五日为英国的"篝火之夜"。英国各地都会在夜晚点篝火，燃放烟花。该夜也称盖伊·福克斯之夜，庆祝者会在当夜焚烧盖伊·福克斯的人偶以纪念其于一六〇五年策划的火药阴谋。

巴黎的小传单、皇家防止虐待动物协会筹集旧衣物的公告，还有促销被火燎过的地毯的广告，上面说我只要用十分之一的价格就能拿下。公寓里飘着一股霉味，水池里的霉菌都够做两品脱盘尼西林了。我煮上咖啡，在这个熟悉的地方干着熟悉的事，心里反倒有股奇怪的愉悦感。我按开开关，打开时的"扑哧"一声很让人舒心，我往火里扔了块木柴，随手便拽了把椅子坐在跟前。窗外的阳光已经被晦暗的低云遮蔽，它好像也坐在天边，想着怎么把雪倾倒在整座城上。

水壶的嘶嘶声打断了我的思绪。我打开一罐蓝山咖啡，往法压壶里倒了很大一块。咖啡粉厚重的醇香重新给空气染上了味道，客厅里传来了木柴逐渐点燃时的噼啪声。我插上电热毯，站起身看了一会儿卧室窗外的景象。男人们倒垃圾时往市政部门的转运车上砸着垃圾桶，酒店老板雇了博特赖特先生擦窗子。街道远处的牛奶工正拍着肚子和邮递员谈笑。我拉上窗帘的一刹那，这一切陡然间便消失不见。我走回厨房，给自己倒好咖啡。

太阳正试着穿透云层的屏障和云层下面的人。五座只剩枯枝的花园里有人正在焚烧垃圾，它们的主人则为了应对冬天的入侵而收拾着自己不堪入目的园子。火焰的烟雾直涌进沉滞的空气中。有几座花园中堆满了易燃物，其中一堆的上面还放了一个残废的人形物件，头上戴着一顶高顶礼帽。十一月五日到了啊，我心想。估计牛奶工笑的就是这个。我往下看的时候，还有一个小男孩从隔壁的屋子里走了出来，往那堆东西上扔了一捧木柴。

我回到篝火前，用靴子尖捅了捅里面的柴火，一口口呷着杯中的浓咖啡。桌子上摆着富勒的《西方世界的关键战争》第三卷。我摊开书、拿走书签，读了差不多半个小时。外面逐渐下起了雨夹雪，整条街都空了。街边的咖啡桌上扔着不少瓶子。我给自己倒了大半杯麦芽威士忌，然后便开始盯着炉子里的火焰。

当我闻到麦芽浓郁的味道时，过去的记忆突然涌了上来。我回到了那个肮脏不堪、黑漆漆的小车库，里面遍地是汽油和拆掉的引擎零件。威士忌的气味钳住了我的鼻息，撬开了我尘封的记忆。约翰尼正躺在汽油与粉色的血沫混杂的脏污中，而我把他抬进棺材里时则感觉自己被一种浮士德式的噩梦附了身。我沉入自己的想象中，瓦尔普吉斯之夜①、瓦坎、汽油和威士忌的气味紧紧缠绕在一起。四小时之后，我终于醒了过来，炉子里的火早已凉了。我除了脱下衣服上床睡觉之外，再也不剩什么别的力气。

---

①瓦尔普吉斯为英国传教士圣威利巴尔德之妹，随其兄由英赴德传教，后为海登海姆修道院主持，死后在德、荷、英等国被尊为最孚众望的圣徒之一。五月一日原为英国土著督伊德教徒的古老节日，后改为圣瓦尔普吉斯的瞻礼日。由于督伊德教在基督教徒看来是异教，其神被认为是魔鬼。还由于督伊德教徒越来越少，他们常在夜间秘密举行仪式，到圣山献祭品并燃烧五月篝火，于是产生了魔鬼在布罗肯山聚会的迷信传说。而虔诚的瓦尔普吉斯的名字从此和魔鬼连在了一起，"瓦尔普吉斯之夜"也成为魔鬼狂欢节的代用语。

46

除非棋手是后翼弃兵战术的大师,如果对方准备牺牲掉自己的兵时,最好不要选择吃子。

十一月五日,星期二

"证件。"哈勒姆说,"证——件——"

"等一下。"我说,"我才刚醒,昨晚通宵都在工作,等我一下。"我把话筒搁到一旁,边走向卫生间边喝掉半杯已经凉了的咖啡。我往自己的脸上冲了好几次凉水,然后看了看表——已经下午五点半了。外面已经到了黄昏时刻,整条街上后院花园的窗户像象棋棋盘一样明暗交织。屋内灯光的暖色则在伦敦冬日湛蓝的夜晚中尤为明显。我走回电话旁。"好多了。"我说。

"我这么和你说吧,我们这里都要忙疯了。就是布劳姆文件的事,文件现在在哪儿?"他没等我回话,又继续说了起来,"我们给了你百分百的配合,可你怎么……"

"少安毋躁,哈勒姆。"我说,"是你跟我说,让我离开柏林,把文件给瓦坎的。"

"确实没错,老弟。但他人呢?文件呢?"

"那我怎么能知道?"

"你确定文件不在你身上？"

"不在。"我对哈勒姆撒了个谎。我不想要布劳姆的文件，但我倒是很想知道为什么其他人需要这个。

"你想不想来这里喝一杯？"哈勒姆说，他的语气突然拐了个弯。"今晚是焰火之夜，对吧？来喝一杯吧。我想问你一些事。"

"好，"我说，"什么时间？"

"一小时之后，"哈勒姆说，"你能不能自己带一瓶来？你肯定清楚焰火派对那档子事，大家趁天黑都会顺一两瓶酒走的。"

"好啊。"

"太棒了，"哈勒姆说，"不好意思，是我刚才态度太差了。常务次官刚刚因为文件的事把我狠狠训了一顿。"

"别提了。"

"那就这么定了。"哈勒姆说。

"没问题。"我说着挂了电话。

47

由于皇后的权力很大,棋手往往倾向于单独使用。如果没有其他棋子的协助,若是碰上能娴熟使用兵的棋手,皇后将是非常危险的。

十一月五日,星期二

整座伦敦城起了雾。虽然并不是那种能瘫痪公交系统、逼迫警察戴上防雾口罩的那种,但它仍然在各处游荡,能在一瞬间把汽车大灯的灯光甩回挡风玻璃上。它逼着行人们把脖颈上的围巾缠得比平常更往上了一些,让他们像厨房里喷出水垢的水壶一样咳出或吐出粘在喉咙黏膜上的那层黢黑的脏污。

议会广场上竖着几根电石灯,里面咆哮的火焰吐出独特的绿光。两位穿着白色雨衣的警察站在路中央,像幽灵玩偶一般被烟雾环绕。视野清晰时,他们便抬起自己白色的手臂,而灰雾迫近时则把胳膊甩在两边。地铁站入口周围有不少小孩正为他们的盖伊·福克斯人偶乞讨,后者看起来和一个戴着口罩、插着帽子、没有轮廓的麻袋没什么两样。但南肯辛顿站有一个很不错的人偶。它大得像一个稻草人,身上穿着一整套旧晚宴服,它穿着白衬衫,打着领结,头上则戴着一顶瘪了的圆顶高帽。它周围站着四个孩子,而看路人扔给他们钱的样子,我猜他们的乞讨很成功。我在哈勒姆公寓对面找到了停车位。这里停的车比平常多得多,因为格罗斯特路对于那些喜欢玩火的年轻管理层,对于喝鸡尾酒和放焰火则再合适不过了。

"太好了。"哈勒姆说道,眼神亮了起来。我猜我来之前他就已经喝上了。他领着我走进响着回声的门廊,楼上还能听见唱片机播放弗兰克·辛纳特拉的声音。"我是可怜那些动物。"他一边穿过漆黑的门廊一边说着,这里面没一点光亮,我几乎都看不见他。他打开通向自己房间的那扇门时,一轮光线则笼住了他的黑色的轮廓。"它们会被吓到的。"哈勒姆说。

哈勒姆的房间和上次来的时候不太一样。房间的一头放着一台博朗的立体声收音电唱两用机,地上则铺着一张品质极佳的地毯。哈勒姆站在门边,冲我笑着。

"喜欢吗?"他问道,"有了它整个屋子都好看了。"

"但估计这得让你的银行账户来次大放血吧。"

"你的脑子里总是想着钱的事。"

我脱下外套。哈勒姆想解释一下。"我的伯母去世了。"他说。

"是吗,"我回道,"得了什么传染病吗?"

"天哪,当然不是。"他赶忙说道,又匆匆地笑了一声,"她留下了好大一笔钱。"

"钱可是最能传染的了,"我说,"而且钱还有可能要人命呢。"

"你可真会开玩笑,"哈勒姆说,"我从来不清楚你到底什么时候是在和我认真讲话。"

我把大衣扔到沙发上,没再想着他的钱是从哪里来的。我把朗姆酒外面套的包装纸打开,把瓶子摆到储物柜上,它的左右两边则是吃了一半的缇树牌橘皮酱和伍斯特辣酱油。

柜子上的那摞旅行小册子叠得更高了。最上面那本的封面上印着一艘黄昏时的远洋邮轮。上面的舷窗射出金黄色的灯光,透着优雅闲逸的气氛。画面前方有一个女人,她身穿貂皮披肩,怀中抱着一只小贵宾犬,像是从神秘的传说中走出来的一样。封面上写着:"只有懂得享乐的人才选择邮轮旅行"。

"朗姆酒啊,"哈勒姆说,"真不错。我就拿了一瓶阿尔及利亚葡萄酒。"他把他的那瓶和我的柠檬哈特朗姆酒紧靠在一起,然后我们两人便站在一块,端详着两个瓶子。"要不要喝一点?"哈勒姆问。

"那还用说。"

哈勒姆高兴了起来。"来点朗姆酒?"

"哪种?"

"那种,你带的那种。"

"好啊。"

哈勒姆忙活了起来,往杯子里挤着柠檬汁,又把壁炉上的小煤气灶打开,烧上了水。

"道利什奶奶怎么样?"他一边俯身查看水壶,一边问道。

"越来越上年纪咯。"我说。

"哈,我们不都越来越老了吗?"哈勒姆说,"但凭道利什的做派,他是个人物。"

我没有说话。哈勒姆又说道:"他有点喜欢扮演那种严肃的父亲。你知道我什么意思吧——表面上看是内务部最高层,心里却非常柔软。"

"你俩可真是知根知底。"我说。

"没错啊,道利什在内务部干过一段时间。他和我在一层,他的办公室在电梯的旁边。他说电梯的声音快把他吵疯了,要不是他说过,我还真准备等他走的时候搬过去呢。"

哈勒姆站起身来,端来两杯热气腾腾的饮料。"来了来了,"他说道,"尝尝这个。"

我尝了一口,杯子里混着柠檬汁、丁香、糖和热水,上面还放了一点黄油。"这没什么酒味啊。"我说。

"当然没有了,傻瓜。我还没往里面放朗姆酒呢。"他拔开瓶塞,往玻璃杯里分别倒了不少。窗外突然传来一阵"噼噼啪啪"的爆炸声,有人点了一捆爆竹。

"我个人一直反对这种东西。"哈勒姆说。

"酒吗?"我问。

"焰火之夜。"哈勒姆回答道。

我走到沙发那里坐了下来,手里翻着哈勒姆收藏的唱片。他这里有不少现代音乐。我抽出一张阿尔班·贝尔格的《小提琴协奏曲》。"我们能听这个吗?"我问道。

"放这个吧,好听极了。"哈勒姆翻了翻自己的收藏,找出了萨姆最喜欢的那张:勋伯格的《管乐变奏曲》。

"即使抛弃了调性,它仍然保留着很强的旋律。"哈勒姆解释道,"真是杰作,杰作。"

他播放了这首曲子,我则自觉永远也逃不出这种噪声的包围。估计肯定只是个巧合吧,但我仍觉得事有蹊跷。乐声之外,我能听到外面奇怪的响声与叫喊声,还有焰火升天时发出的"飕飕"声与碎片飞溅的声音。音乐播完之后,哈勒姆则又满上了一杯酒。正如他所言,没有灯光时,聚会上的人便不会察觉杯中酒有没有倒满。只要外面有一声震耳欲聋的爆响,哈勒姆便会走去安抚他其中的一只猫。

"孔夫子。"他喊道。他只在和猫说话的时候会把音调拉高,发出特殊的声音。"毒牙。"这只毒牙则长得像浴室里的大丝瓜络长出了四条腿。它从沙发底下懒散地爬了出来,迈了差不多四步,把自己挪到了地毯中央,然后身子又慢慢瘫了下去,睡着了。

"它们好像并没有很受惊。"

"它们现在是挺消停的,"哈勒姆说,"但过一会儿那些大只的就疯起来了。我得趁着咱们出门之前让它们多清醒一会儿。"

"你如果不让它们睡觉的话,它们会一头栽进自己的奶盆的。"

哈勒姆轻轻笑了笑。"我的孔夫子跑哪里去啦?"

孔夫子是屋里比较好动的那只,和所有暹罗猫一样也有点对眼和罗圈腿。它本来在床上蜷着身子躺着,听到叫喊以后便优哉游哉地溜达过来,爬到了哈勒姆的肩膀上。它的肚子发出一阵短暂而优雅的呼噜声,哈勒姆随后摸了摸它的头。"多好的死鬼啊,"他说,"尊贵得很呢。"

"是啊。"我说。

"我们需要你的帮助。"哈勒姆说。

"我和猫不对付。"我说。

"不是。"哈勒姆直截了当地否定道。他温柔地把孔夫子从肩膀上拿下来,放到了地毯上。"我是说,需要你帮布劳姆文件的忙。"

"这样啊。"我说着掏出自己的高卢牌香烟。

"能不能也给我来一根?"哈勒姆说。我递给他一根。他则精确地把烟和一个金质打火机对在一起,一下就点上了。"不管怎么操作,这个忙都只有你才能帮。我们部门对这种文件特别上心。确实，是我说要交给瓦坎的，但我也没料到会出这么大的乱子。"屋外的街上传来一声爆炸，然后紧跟着又响了一声。哈勒姆弯下腰来轻拍着他的猫。"好啦好啦，我的宝贝们，没事的。"

"这可要花钱的。"我说。

"多少钱？"哈勒姆问道。他没有回答"那好吧"或者"那绝对不行"或者"我要请示一下上级"。我可不觉得内务部会花钱买回他们自己的东西。这有点不像它们的做事风格。"多少钱？这可难说了。你觉得来回周转有多少成本？"我问道。

"那只是时间的问题。"哈勒姆说，"文件在伦敦吗？"

"我不确定。"我说。

"我的天，别再和我开玩笑了。"哈勒姆说，"我今晚就得打常务次长的私人电话，告诉他文件已经安全到手了。"

有人轻轻敲了敲门。"等一下，"哈勒姆和我说道，走去把门打开了六英寸，"有事吗？"

门外的声音说："哈勒姆先生，她不让我在走廊里做这件事。"

"她就是个爱管闲事的老女人。"哈勒姆说，"你去外面好了。"

"去马路边上吗？"门外的声音说道。

"没错，去路灯下面。"哈勒姆说。

"他们这些小伙子今晚要玩不少焰火呢。"

"好了，"哈勒姆鼓励道，"你也花不了十分钟，对吧？"

"确实花不了，你说得对。"门外的声音说。哈勒姆随后关上了门，又转身和我说起话来。

"今晚有大雾。"他说道。

"是啊，十分斑驳。"

哈勒姆像嘬柠檬片一样抿了抿嘴。"尝尝，我觉得我都能品出空气里的雾气。"他走到他那张小写字桌旁，把盖子抬开，里面的洗手台露了出来。他用热水洗了洗手，旁边的煤气炉响了一声、点起了火，自己开始供热了。他仔细地把手擦干，拉开洗手台上面的壁橱，拿出一管润喉剂。

"大雾天真折磨人。"他说着便往喉咙里喷了两下。他突然停了下来，转身面向我，又把话重复了一遍，想让我明白他的意思。

门外那位已经差不多修好了哈勒姆被炸坏的轮胎。我开着车，哈勒姆则在旁边喊着路线怎么走。雾更浓了，岸边的弯旋的绿色河堤绕在周围，中间突兀着灰蒙蒙、黄色的球状街灯。大雾像墙一样把周围的脚步声撞出回响，又把所有的声音吸回墙体。一辆重型卡车挂着最低挡、小心沿着人行道边缘驶了过去。有个人在街上慢慢走着，用手电引导着身后的一辆车，而它的后面则跟着一整条小车队，像一艘勇于冒险的小拖船自己拖着一整条运煤邮轮一样。我也接到车队的尾端，跟着它们一同开着。"这里的天气就没好过。"哈勒姆说。

48

兵必须一往无前，永不后退。

十一月五日，星期二

现在天上都快被红色填满了。闪着棕点的红色、亮着粉光的红色，但这总感觉像某种阴森的黄昏或是新石器时代的清晨。天际线上，烟囱像士兵列队一样直耸着。等到车转过弯来，眼前的长街两侧则修着低矮的、给工人住的房子。房屋被焰火的光照得发亮，看上去活像肯辛顿那些炒房的人给它们刷了层粉色涂料、安上了黄铜狮子头门环。

焰火的爆炸声响个不停，焰火离地升天的嗖嗖声与噼噼啪啪的爆裂声也在头顶不断响起。街边一行行窗户在火焰的照映下变着形状。突然之间，街角出现了一团篝火。那是一个用无数水果箱堆起来的高台，箱子相互堆叠、在火中扭曲着，看起来像一个立体派画家用烈火绘制的噩梦。火焰的顶端直抵三十多英尺的高处，顶端盘绕着无数火星，它们踩着下面的热流飞快地向上攀去，又像一群受伤的萤火虫一般跌到冰冷的地面上。

篝火设置于一块大空地的中央。这里的地面一直都比较平坦，估计自从战争年代的轰炸损失统计队照着居民簿点完伤亡人数、往地上喷好药、周围围上篱笆,再等到篱笆弯掉、被人踩坏以来,这里一直都没盖过什么建筑。整块地上七七八八地长着几片齐腰高的杂草和荨麻。我倒挺想知道,如果道利什在场,他会不会挑几株种到自己的花园里。

平地的另一端突兀地点着一团火焰。交相缠绕的黄色、如纺线团在一处的绿色、亮丽的鲜红色块铺散在地——这团火活像一个被打翻的针线盒。

"小心脚。"一个人在我身后突然喊了一句。我转过身去,只见有两个男人正推着一辆维多利亚式婴儿车朝我走来,里面装满旧纸箱和碎木块。他们身后的街墙上挂满了摔跤的广告。死亡医生,其中一个如是写道,大战南伦敦吸血鬼——来坎伯韦尔一睹为快。

不少人聚在这里,他们各自分成或大或小的群体,彼此不混在一起,而是各自开着自己的派对。我们在凹凸不平的地面上走着,避开那些过去一年丢到这里的大块垃圾。这片地上现在剩下的只有点不着的东西了,它们从篝火管理员那里幸存了下来。我们绕过一个大坑,旁边有一群男人正围在炽热的篝火周围,他们的背影清晰地映在火焰白色的中心处。我看着那两个人从我身旁走过,把婴儿车里的木块高高地向柴堆里抛去。篝火另一边的观众看起来则像是用黄色粉笔在黑板上画出的轮廓,只不过每个人只画出了身子的一侧,而他们的背面则与残存的大雾一起融为了黑暗而朦胧的图案。

火焰后站着四个男人,他们在平地上剩下的几棵树之间找了一棵,并绕着树站成了一圈。硫黄烧出的蓝色火焰在我眼中闪烁,然后那群人和那棵树便又消失在黑暗之中。其中一位用拇指拨开打火机,里面闪出一个黄色的小光点。"火被吹没了。"一个人说道。而另一位则接了一句:"别点了,直接抽吧查理。"所有人笑了起来。我们周围全是火焰,耳边响着焰火升天时的爆炸声以及头顶上火箭冲着星星喷射火星的噼噼啪啪声。有个东西突然掉到了我的脚边,嘶嘶地轻响了起来。"我的天哪。"一位胖胖的女士说着朝我们走了过来,我俩赶紧跳到一边,那东西则炸出了一声巨响。

哈勒姆自己跑到人群后方点了根烟,但没有给我也来一根。我眼前能看到火光在房屋正面映出的人影,但却分不清到底哪个是哈勒姆。直到最后,一架火箭在一阵撕扯衣服般的刺响后飞上了天,里面的降落伞照明弹在空中散出白色强光。一刹那,整片平地亮如白昼。我顺着过来的方向看了看,终于看见了哈勒姆。他穿着自己的黑色麦尔登呢大衣、戴着圆顶硬呢帽,脖子上则围着一条黄色的丝绸围巾。但我注意到他手上正拿着一只点四五口径的手枪,而枪口则正对着我。那个亮光好像让我俩都吓了一跳。我看见他又把枪放回了大衣里面。刚才的白光渐渐淡了下来。我左右看了看,找到了刚才我差点儿跌进去的小深坑。我趁暗藏了进去。现在周围黑漆漆的,我身后是那堆篝火,身前则是哈勒姆。我顺着坑的边缘抬头看了看,试着找到哈勒姆的位置。

他没有动地方,而是把围巾缠在了枪上。两位老妇人正小心翼翼地从洞旁绕过去。"小心点,梅布尔。"其中一位说道。而另一位刚好看见了我,大声叫道:"天哪,亲爱的,你快看他,这小伙子喝多了吧。"另一个人则说道:"喝趴了还差不多。"

哈勒姆现在只需要知道我的位置就够了。我决定立马起身,然后靠近那两位老妇人。远处响了一声,一颗点四五的子弹顺着我的头盖骨从上方擦了过去。"哎呀,"老妇人们叫道,"这声音还挺大。"哈勒姆刚才估计是想让我留在原地,等着靠近我之后送我上路，然后直接把我的尸身留在这里。她们接着说道："这东西可真烦人。"

我察觉到自己兜里还装着过来的时候买的焰火，便伸手摸出来一个"小恶魔"。我点燃引线，瞄准哈勒姆扔了过去。爆炸逼着他侧身往旁边跳去，旁边目睹这一切的男人则喊道："你们这些小混混别扔爆竹了。再扔我就报警了。"

我又点燃了一个，朝着哈勒姆扔了过去。他这次则有所准备，但爆炸还是让他不能近身。一个路过的人问我："你在下面待着没事吧？"他的朋友则回道："他们这种醉鬼只是找借口在这里大醉一番罢了。"说完两人匆忙离开了。

哈勒姆身后的焰火明亮耀眼，绿色与黄色的火焰像黄金雨点一般洒向天空。我现在有机会接近他了。我扔出一根鞭炮，看着红色的尖头落到他的脚边。他花了一秒钟左右才发现它，但在看见之后便赶紧移开了身子。虽然爆炸声很大，但哈勒姆只是身子跟着抖了一下。我看了看周围，想找点办法逃离这个混乱之地。现在整片场地都挤满了来往的人群，这群高兴的人丝毫没有注意到哈勒姆正拿着枪，一心想取我的性命。

一个男人走过来往洞里看了看。"您是跌倒了吗？"

"我没有喝醉，"我说，"我崴脚了。"那个男人则伸出自己的大手，想帮我从坑里出来。我装着自己扭到脚踝的样子，从洞里爬了上来。远处闪出一道火光，哈勒姆又开了一枪。

在暗处有人喊了一声："那边有个家伙手里拿着炮仗呢——老兄，可不能这么乱搞啊。"哈勒姆则有意识地往边上靠了靠。"我现在没事了。"我对帮我的那个男人说道。附近传来一阵响声，是凯瑟琳转轮式焰火点燃的声音，焰火轮盘把夜晚的天空中捅出了一个金色的洞。

那个男人离开以后，手枪又响了一声，附近有一个人笑了起来。哈勒姆的枪瞄得很高，生怕打到那个人。我则开始怀疑，哈勒姆有可能想把我逼到篝火那里，然后一把把我推进去。我脑子里现在填满了各种想法，比如下一声枪响的时候赶紧趴下，这样哈勒姆就可能走进我的攻击范围之内了。但这个方案的前提在于，哈勒姆得是一个办事毛手毛脚的人，但显然他并非如此。我右手边的罗马焰火筒正鸣咽着向上方吐出滚烫的火球。有两个红点朝我走了过来。其中一个问道："你把它放哪里去了？"另一个则说："这片草丛下面，还剩了一半呢；瀚格的威士忌。"他们俩走了过去。旁边另外的两个人则又点燃一个罗马焰火筒。

我看不见哈勒姆了，这让我感觉有点紧张。我很清楚，只要点燃下一个焰火筒，他马上就能找到我。并且，他的手枪里没有几发子弹了。再开枪可能就要杀我了。

我像大卫混在非利士人中间一样走去和那些人站在一起。我用脚踩着点燃引线的焰火筒，把整个筒身踩进土里。"那边那个家伙，"这群人中块头最大的一个喊道，"你个——在干什么呢？"

"我要变个戏法。"我说道，"拿着这个。"我把兜里的那瓶朗姆酒拿出来递给他。"我要是不拿呢？"他回了一句。"那我和我的朋友就会把你的脑袋塞进去。"我凶狠地说道。他则赶紧往后退了几步。我在他们那一大箱子焰火中间找了一番，拿出了一支降落伞照明弹。我把下面的小棍子插进酒瓶里，点燃了引信。火星"噼噼啪啪"地发出巨响，焰火则随着一声爆炸变成了天上的一片白光，耀眼的光芒甚至让底下的篝火都暂时显得昏暗了一些。我紧靠着树站好。地上的人们正随着焰火的爆炸发出"唔"和"哇"的感叹声，我则发现了人群中戴着硬呢帽的哈勒姆，他正站在那辆维多利亚婴儿车旁边。我在树旁边的小树枝上架了三支火箭。哈勒姆正在焦急地搜索着四周,我则把第一支火箭的方向压低,对准哈勒姆,点燃引信。

"别冲动。"其中的一个人说。

"走吧,查理。"他的朋友劝道,"他这样会把别人炸伤的,我可不想在旁边待着。"

我点燃第二支时,第一支已经开始冒火星了。没过多久,它便被火药推着、像一发火箭弹一样呼啸而去。它没打中哈勒姆,从他头上方六英尺、右侧四英尺的地方擦过去了。我又点了一个爆竹,等到引信烧得差不多了,一把把它扔到了哈勒姆脚边。这次他则根据火箭飞来的方向,发现第二支火箭已经开始燃烧。眼前火光一闪,他打出了一发子弹,而树干炸开的碎片在我的袖子上穿出一个窟窿。第二支火箭咆哮着向哈勒姆冲去。火箭是很容易被发现的,因为它会像曳光弹一样拖着尾巴。他轻松地闪向一边,火箭则毫无威胁地一头扎进了土里,落在他刚才站的位置的后侧。他又开了一枪,树干也应声炸出不少碎片。我顺着树枝往外瞟了一眼,发现眼前正爆燃着一大片火花,像天上正在下索维林金币一般。哈勒姆背后也同样燃起了一大片火星。

我身旁的一个男人突然说道:"行了,我来对付他。火箭是我买的,要点也是我点。"他说话的口气醉醺醺的,我开始还以为这是那个找瀚格威士忌的人要来和我理论呢。但他们却说着话从树前面走过去了。哈勒姆开始换弹夹了。我现在能在暗处看到他的动作。他右边的篝火燃得炽亮,突然一阵风吹来,篝火旁边没怎么被照亮的一侧在一瞬之间也燃起了火。

我赶紧四处寻找,希望找出更多焰火。现在箱子里只剩下一支火箭、几个罗马焰火筒和几捆橡皮筋捆着的爆竹。我拿起一捆，用我抖得快拿不住火柴的手点燃火柴引信，然后对着哈勒姆扔了出去。我把最后一支火箭架在树枝上，趁着那捆爆竹爆炸发出的巨响点燃了引信。这打了哈勒姆个措手不及。我那最后一支火箭在黑夜织就的布匹上撕开一道黄色的裂口。我起初还以为火箭能正中目标，但他在最后一刻发现了它，于是闪向了一边。火箭插进了他身后几英尺的土里，慢慢燃尽了火药。而树干又挨了两枪。我蜷缩在树后，想着跑到最近的一处能当掩体的地方。我看了看周围被焰火照得白亮的地面。现在已经没有掩体可言了。现在我与哈勒姆之间再无任何可躲避的地方。

我趴在地上，看了看树背光的一侧，然后便目睹了接下来的一切。地上的第二支和第三支火箭突然听话地射出了火焰，而哈勒姆的身影在背后强烈的白光下变成了一团轮廓。我可以看清死亡博士的那条摔跤广告。哈勒姆半侧着身子，估计以为自己被我从背后偷袭了，但就在他转身时，他的围巾被点着了。他原来缠在手上的围巾现在看起来像一根燃烧的拐杖，而哈勒姆则用手拍着自己的身子，希望以此把火扑灭。然而一瞬之间，地上突然升起一片火墙，直接吞噬了哈勒姆。火焰摇曳了一阵，我看见哈勒姆的身体在火焰中心扭曲着。然后前方又突然传来一声喷气发动机一样的咆哮声，此时的火焰则变成了巨大而炽热的火球，它强烈的光芒让篝火在衬托之下显得又黄又暗。那瓶阿尔及利亚葡萄酒，确实是醇香佳酿啊。那瓶莫洛托夫鸡尾酒决定了我的性命。

"天哪，这也太好看了。"

"得了吧，估计就是有人往焰火箱里扔了根火柴罢了，没什么难的。"

"那上了天的焰火加起来也值好几镑呢，梅布尔。"

"估计我的狗已经被吓疯了。"

"小心脚下,那边有个坑。刚才已经有个醉鬼摔进去了。"

"不知道谁来清理这些东西。"

"冰箱里还冻了几根香肠,或者我们也可以去买点炸鱼和薯条。"

"看那个绿色的。"

"哎呀,哪里的吃的烧煳了。你看,这么大一股烟。"

"别折腾了,乔治。"

"喂!那边聚了好多人,肯定是发生什么意外了。"

49

如果棋局一方未被将军，但不管如何走棋都会被将——这种情况称作逼和，棋局判为和棋。

十一月六日，星期三

"不管怎么说，你可别在报告里写其中的任何事。"道利什说，"内阁要是知道，你只用一个星期就干出这么两档子事，它们肯定会气得发疯的。"

"那我一周的指标是几个？"我问道。

道利什没说话，只是嘬着他的空烟杆。

"到底多少个？"我又问了一遍。

"虽然身为一个厌恶将暴力施于他人的人，"道利什耐心地讲道，"但很不幸的是，你总是出现在别人的自杀现场附近。"

"您说得太对了。"我告诉他，"自从我成年以来，我一直都在那里待着，看着一半的人类自杀，而另一半人则铁了心地要跟他们一起死。"

"别再讲了，"道利什说，"我懂你的意思了。"我俩安静了好一会儿，屋里只剩下钟表的声音。现在已经凌晨两点半了。好像我和道利什总会深更半夜待在这里。

道利什翻了翻小台灯下的文件。门外满载着牛奶的卡车呼啸着驶过，叮叮哐哐地朝着市内疾驰。我坐在那团微弱的煤火前，这幢楼里只有道利什能烧这种炉子，我喝着他这里最好的白兰地，等着道利什下好决心告诉我点儿什么东西。现在能看出来，道利什应该准备好开口了。"是我的责任，"道利什说，"让这种事发生有我的责任。"我没有应声。道利什走到炉前，坐在那张最大的扶手椅上。

"你知道……"道利什好像是在对着扶手椅说话，"哈勒姆下周就不在政府干了吗？"

"我知道。"

"那你知道为什么吗？"

我呷了一口白兰地，慢条斯理地回答着，我知道道利什不会催我。"他的安全风险高得可怕。"我说。

"我的报告上只说了他的安全风险不容乐观。"道利什强调了一下两者的区别，"我的报告上写的。"

"是啊。"我说。

"所以你是知道的。"

"是您一直和我说不要为难他。"我说。道利什点了点头。"没错，我确实说过。"他也同意我说的话。我们一起盯着炉子里的火苗看了好长一段时间。我喝着白兰地，道利什则把手掌压在一起，用两根食指揉着鼻尖。

"我看不惯这个，"道利什说，"你知道我怎么想的。"

"我知道。"我说。

"我在他文件下面附了很多补充材料，还有三张便条，里面谈了他具体的个人情况和对他同性恋倾向的总体判断。你知道后来发生什么了吗？"

"发生什么了?"

"内阁里的一个浑蛋"——我从来没听见道利什这么说过他的上级——"让战争部的罗斯来查我,看我有没有同性恋倾向。"他往前探了探身,用拨火棒轻轻动了动炭火。"还要看我有没有呢。"

"如果您也是个政客,您也会有一样的想法。"我说。我记得当时我笑了一下。但道利什却伤心地说"这不好笑"。他给我又倒了一杯白兰地,自己也决定喝上一杯。"你要走这条路,就会摊上这种事。看看美国人吧。他们还发明了'非美式'这种词,说得就像'美式'是一种个人品质,而不是政府风格一样。美式、共产主义、阿里乌主义[①]三者之间非常类似:他们都是政府执政采用的理念,所以也自然会被用来描述那些心甘情愿被政府治理的人;它们之间的区别倒是可以忽略不计了。"

"是啊。"我说。

道利什没有再和我说话,他只是在思考。我想知道的是,有了哈勒姆这出乱子之后接下来会发生什么,但还是让道利什顺着自己的思路慢慢切入正题吧。

"所以大家才不喜欢和同性恋沾边,"道利什说,"我们甚至可以说,所有的女人都有安全风险,因为她们能和男人发生关系。反之亦然。"

"而能发生关系的也是喜欢'反之亦然'的人。"我说。

道利什点了点头。"唯一的办法就是消除社会对同性恋施加的压力。但这些破安全审查反倒是在加压。如果有人比我们更早接触到他这种人,那他身上的压力就更大了——他可能会直接丢

---

① 否认基督神性的主要异端邪说,源于亚历山大教士阿里乌。该学说认为耶稣基督系上帝创造,因此既不与上帝永世共存,也不与上帝具有相同实质。

掉工作；如果不想丢掉自己的工作，就要自愿在档案上加上'同性恋'。如果那时候有人逼迫他们的话，他们可能会上报自己那边的安全部门，然后我们才有机会介入处理。这个破体制，除了让我们四处树敌以外什么也干不了。"我点了点头。

"别和我汇报。"道利什说。我才意识到，他其实一直在想着哈勒姆的事。"你就装作什么都不知道吧。"

"对我而言和喝水吃饭一样简单。"

"是啊，"道利什说着，吸了一口自己的烟，"可怜的哈勒姆啊，就这么没了，"他又重复了两三遍，最终问道，"我给的这种说法，你满意了吗？"

"当然。"我说道，"在欢声笑语、载歌载舞的宽屏彩色影片里发生的大屠杀，我有什么不满意的？"

"沉疴当下猛药啊。"道利什说。

"这话是谁说的？"我问道。

"我猜是盖伊·福克斯吧。"道利什说。他在引述名言上真的很在行。

"要不然咱俩去苏黎世，把那二十五万领了？我们手上有证明。"我指了指信封里布劳姆的文件。

"领了补贴部门经费？"道利什说着走回了桌旁。

"补贴咱俩。"我说。

"那就得和那堆瑞士人住一块咯。"道利什说，"他们可不会让咱们种杂草的。"他打开一个抽屉，把文件放了进去，反手锁上，又踱回了炉边。

"那我们要不要试着抓一下莫尔那个浑蛋？"

"你这年轻人真是缺乏经验。"道利什说，"如果我们告诉波恩那边，说他是一名战犯。他们要么直接置之不理，要么就会直接送他一份待遇优厚的政府高职。基本上就是这种情况。"

"有道理。"我说道。我们又安静地盯着火炉看了一会儿。道利什每隔一阵子就会惊叹于瓦坎根本不存在的事实,说完还会给我倒一杯酒。"我和斯托克讲讲莫尔的事吧。"

"说吧,我们在旁边看看接下来会发生什么就行了。"

"说不定什么都不会发生呢。"我说。

"所以真的没有瓦坎这么个人吗?"

"有是有的,"我说,"他就是个看集中营的守卫,然后被一个富有的囚犯(真实身份是杀手)雇人杀了。这个囚犯就是布劳姆,而那个党卫军医疗官莫尔……"

"就是那个西班牙的莫尔,也就是咱们那位莫尔。"

我点了点头。"……他们达成了个协议。党卫军军官演了一出戏,让所有囚犯都相信布劳姆已经死了。而布劳姆这时则伪装成德国士兵,逍遥法外。一九四五年那会儿,当德国士兵都比当谋杀犯要好。就算没那二十五万英镑,布劳姆(或者瓦坎)日子也过得很不错,但留个念想总归挺不错的。没准他想把钱留给别人呢。也可能等到他行将就木,知道自己上不了断头台的时候,他会把自己的身份公之于众。可惜事与愿违。有了这项管理无人认领财产的法令,他便不得不赶紧行动了。他需要迅速找到法子以证明自己是布劳姆,但与此同时他要在脱身之前维持瓦坎的身份。"

"真让人大跌眼镜啊,"道利什说,"一名犹太囚犯,要终其一生对外称自己是一个集中营的纳粹守卫,这得遭多大的罪。"

"他不清楚他到底是在向好的还是坏的方向走,"我说,"他自己的结论是,如果你花的钱够多,你就不会有敌人。瓦坎、布劳姆,不管他头上挂的是什么名字,他最忠诚的主人还是钱。"

"这一切真的值得吗?"道利什问道。

"这可是二十五万英镑啊,"我说,"天文数字。"

"你没懂我的意思,"道利什说,"我想问的是,他有必要在如此恐惧中生活吗?不管怎么说,这都是老皇历了,就只是一次战时的政治暗杀……"

"但这是特定的政治暗杀,"我补了一句。"您敢顶着这个头衔去法国试试吗?"

道利什苦笑了一下。"你觉得斯托克是不是从头到尾都对这件事心知肚明?是不是知道瓦坎是谁,知道剩下的人的身份,还有他杀过的人?如果他们战争期间的文件里有全套的信息,他们真的可以把他逼到进退两难,最后再让他崩溃呢。"

"我想过这件事。"我说。

"那你确定吗?"道利什焦急地问道,"这不能只靠猜,这个死掉的人真是布劳姆吗?"

"是的。"我说,"从伤疤上可以确定。格勒纳德昨天确认过了。我花组织的钱给艾伯特寄了六瓶威士忌。"

"六瓶威士忌换一位优秀的特工,这可不是个好生意。"

"确实不是。"我说。爱丽丝端着道利什的咖啡进来了,那个杯子是他花一先令六便士在波多贝罗路买的。我从没见爱丽丝回过家。

"我觉得,在某种意义上,"我说,"当那个老头儿说在集中营能找到医生,甚至能给你治好病的时候,我就都明白了。毕竟,治好嘛——这意思要么就是放走——要么就是死。可能他就是找了个医生伪造死亡证明。布劳姆这件案子比较吊诡的地方在于,他必须假扮成他要加害的人——也就是守卫瓦坎——因为这样的话,瓦坎就有理由活着,并且他的第一个受害者是被别人害死的。"

"哈勒姆呢?"

"他一拿到钱,就尽他所能地去配合瓦坎了。他是唯一有权力签发这种文件的人。没有他的默许,事情就没那么好办了。"

"哈勒姆可能因为安全风险而丢掉工作,这样的话他确实也不怕失去什么。"

"恰恰如此。"我说,"他们都盼着,我一听到塞米察被列为不受欢迎人物,就会在最后时刻乱了阵脚呢。按照他们的计划,我会在最后一刻退出,让瓦坎负责交易。"

"他们相信斯托克会交出塞米察?"

"是不是特别搞笑?"我说,"他们的鼻子都快翘上天了,自己都不想想斯托克可能比他们还聪明呢。他只是四处开开玩笑,看看自己能捞到什么信息罢了。"

"但照你说的,这一切都再明显不过了。"

"怎么讲呢,"我说,"斯托克和我的想法是一样的——我们俩再知根知底不过了。"

"有人还以为,"道利什不动声色地说道,"你有可能最后会投奔斯托克,当他的助手。"

"以我对您的信任,您不会听信这种话吧?"

"天哪,当然不会。"道利什说,"我回他们了一句,他反而可能变成你的助手呢。"

50

> 被我们现在称作皇后的棋子，在当初则被称为参赞或政府顾问。

十一月七日，星期四

恰如哈勒姆所言，十一月五日的晚上发生了太多意外，以至于焰火之夜的惨死案根本都没有登上大报纸。当地的报纸也只是轻描淡写地说了几段，里面很大一部分还是皇家防止虐待动物协会发言人的讲话。

十一月七日是俄国布尔什维克革命纪念日。琼给了我四片阿司匹林，算是她对我表达的慰问，而爱丽丝则给我的咖啡加了奶，这是她治愈一切的方式。我给斯托克上校送了一条邦德街的伊顿牌领带，以表我对革命的敬意。

那盆婆婆嘴长势良好，琼说暖气上方的窗台最适合它，看起来它也确实在这里繁茂起来了。道利什决定去乡下忙一阵子，我估计他是想自己躲会儿清净。他把奇科一起带去了，这样办公室就再也没人吵我，我也能看完那本《提升你的用词能力》了。我的阅读评价为："还行"。

他们不同意我们给哈维·纽比金一份工作，一部分是因为他是外国人，也有一部分是因为我爱穿羊毛衫，讲话爱说"好像"而不是"似乎"。 如果哈维不在，我们不管在柏林还是布拉格的力量都会有所削弱。

"周日去内政部吗？"琼问道，"阵亡将士纪念的人邀请你了。我和他们说我早上会打回去的。哈勒姆的屋子那里只有十二个位置。"

"我答应过我会去的。"我说。

"哈勒姆现在在医院，是真的吗？"

"问他们呗。"

"我听说……"

"问他们去。"

"我问了，"琼说，"他们就回了几句话，还凶得很。"

"那估计就没什么事了，内政部就和伦敦的剧院一样：如果他们的态度很友好，那这个剧肯定不太入眼。"

"是啊。"琼说。她递给我一张道利什的便条，上边说布劳姆的文件有几张被油浸坏了，让我手写一份报告解释一下。另一份文件则批准了出纳室支付我一千英镑。等我签字拿钱之后，他们就能在接下来的两年从我的工资里按期扣款了。

我问琼："想不想这周末坐我的新车去乡下兜兜风？"

"也许吧。"琼说。

"我所有眼线笔都买齐了。"

"你都这么大手笔了，"琼说，"我还有什么可拒绝的呢？"

"那就周五走吧，"我说，"周日早上回来。"

"没问题。"琼说，"我还得照顾哈勒姆的猫呢。"

51

三次重复规则：根据规则，当棋盘上同一局面重复出现三次，棋局则可被终止。

十一月十日，星期日

一般伦敦在早晨下这种雾时，英国旅游与假日协会都会照一堆彩色照片，以备宣传使用。白厅是一座由灰色大理石构筑的体育场，黑色的街道上已经连夜铺好白色的几何条块，这样各地代表便能站在预定好的地方。戴着黑色熊皮高帽、身穿灰色大衣的士兵们阵列在广场三边，残酷的冷风一股股刮过这片看起来十分像军事刑场的地界。军鼓与军号演奏着《斯凯岛船歌》。一位将军正焦急地摆弄着被风卷进自己长大衣的剑。士兵们的三角帽在风中摇摆，活像一群受惊的母鸡。

女王从楼下的正门走出来时，一位我身旁上了年纪的政府职员说道："女王陛下来了。"闪耀着光泽的石质纪念碑是这场仪式的中心，它笔直挺立的样子像一根刚建好的立交桥支座。纪念碑后方，皇家教堂唱诗班的小男孩们则身穿鲜红色的都铎时期服装，正往冻得发蓝的小手上擤鼻涕。

梅纳尔太太在我们身后摆好一排排咖啡。我听见她说："哈勒姆先生不太舒服。他要歇几天假。"周围传来了几句安慰的话。"不太严重,"梅纳尔太太像母亲一样补充道,"他就是有点把自己忙垮了。"不过她没透露哈勒姆到底在忙些什么。

负责发令的军士发出低沉而洪亮的喊声,声音顺着一列列熊皮帽与刺刀传去。上了年纪的政客被十一月冰冷的空气刺出千疮百孔,这股寒气已经把不少他们的前辈带离了世间。

"嘿!"士兵厚厚的手掌娴熟地击打着松开的金属,几百杆步枪在击打声中阵列而立。

突然间,礼炮齐射的轰鸣声与大本钟十一点的钟声在低矮的云层下隆隆响动。擦得洁白的缎带与锃亮的金属在冬日阴郁的阳光下闪动,不时还会混进小号挥舞时折出的亮光。《最后岗位》的悲怆之音一步步沿着寂静的大道穿行而上,而旁边成百上千的人则紧张地保持着沉默。

寂静而潮湿的大街上,一张报纸像城市的风滚草一般轻轻打着圈。它在风中轻柔地飘浮着,吻了一下信号灯,又倾身碰了碰低音长号,最终把自己铺在了一列军靴中间。被雨水浸湿的报纸已经褪成了暗黄色,但上面的标题却清晰可辨:柏林——新危机再临?。

附录一：有毒杀虫剂

二十世纪三十年代末，一位名为杰拉德·施雷德的德国化学家发现了一系列有机磷杀虫剂，后者则是对硫磷[①]与马拉硫磷等杀虫剂的前身。德国政府在发现这种杀虫剂有可能成为军用神经毒气后，立刻对杀虫剂采取了保密措施。它们在集中营囚犯的身上使用了这种毒气，并拍摄了中毒过程。战争期间，这些影像与研究资料被盟军取得，而英美苏三国则将持续研究，并继续将其持有为一种重要的军事武器。

有关这种毒物烈性的故事数不胜数。例如，有一个喷农药的人仅是把手伸到水箱里拿一下喷嘴就直接中毒，在一天之内一命呜呼。

澳大利亚墨尔本大学药物学与精神病学系的塞缪尔·格申与F.H.肖博士在《柳叶刀》上发表文章称，已有十六例因使用这种杀虫剂而中毒的园艺工人出现了精神分裂、抑郁、丧失意识、记忆受损、无法集中注意力的症状。

虽然有机磷的化合物降解十分迅速，但它们很有可能"相互增效"，这十分危险。也就是说，两种无害的微量物质，有可能在组合后变得致命。

[①]对硫磷，也常用于自杀。

附录二：盖伦组织

盖伦生于威斯特伐利亚的一个历史悠久的家族。然而，家族的训言"永不言弃"（Laat vaaren niet）却是芬兰语。盖伦于一九二一年加入冯·赛克特将军管辖下的魏玛防卫军，之后被调派至军事情报部门工作，而此时希特勒甚至还没有上台。

他自己掌管的反间谍部门为111F组，主要负责反苏活动。一九四一年时，盖伦少校负责东线反间谍部门，其管辖范围则覆盖了乌克兰与白俄罗斯。他也获得了铁十字勋章在内的诸多荣誉。但当他撰写报告，并提出德国应参照波兰的抵抗运动组建抵抗军时，这份报告则因"战败主义"倾向被希姆莱压下。

一九四五年，相较于希特勒，盖伦所处的位置更能让他总览世界的格局。盖伦前往措森①的反间谍机关档案保存处，烧毁了所有文件——而在烧毁之前，他用微缩胶卷保存了一份备份，把它们装进了金属罐中。

盖伦主动让自己被美军抓获，并在一番周折后取得了与帕特森准将、美军情报部门最高长官的见面机会。

美国军方把"鲁道夫·赫斯住宅区"②分给了盖伦，这座大型现代化住宅群建于一九八三年，供党卫军军官居住。他们在房

---
① 措森，现为苏联军队的情报单位。
② 鲁道夫·赫斯住宅区，位于巴伐利亚州的普拉赫，离达豪很近。

顶挂上星条旗，在门口布置了岗哨，并且投入了大量经费。美方允许盖伦招募他在党卫队保安部的老同事，而反间谍机关以及他的一些国外的特工则仍然在接受拨款支持，并一直与盖伦保持联系。

附录三：德国反间谍机关

命名方式：

情报。

破坏（规模很小，几乎仅作为无特定成员的组织结构存在）。

反间谍。该组根据功能下分为不同部门，并以后缀字母标识。类别如下：

H ＝ 陆军

M ＝ 海军

L ＝ 空军

F ＝ 敌方情报侦查与渗透部门

附录四：苏联情报系统

现在仍然会有俄国安全部门的人谈起契卡干部的事。一开始，契卡只是反颠覆、打击革命运动的组织，后来则在内战期间转型为警察部队，负责军事审判、处决白军或白倾的红军。虽然契卡被保留为了军队的一部分，但现在它的意义便只剩下这个词本身了。契卡组织的架构、权责、名称经历过诸多变化。它曾经是国家政治保卫局（GPU）、国家政治保卫总局（OGPU）、内务人民委员部（NKVD）、国家安全人民委员部（NKGB），并直到一九四六年被分割为内务部（MVD）与国家安全部（MGB）。而国家安全部则在一九五四年改名为国家安全委员会（KGB），该组织负责保卫国家在海内外的核心安全与情报事务（而内务部则管辖警察、监狱、移民、公路警务、消防）。斯托克则属于国家安全委员会的反间谍部门，即国防人民委员部反间谍总局（GUKR）。

一九三七年，米哈伊尔·图哈切夫斯基密谋推翻契卡的控制，后因被指控与托洛茨基勾结、意图向希特勒出卖俄国而被处决。数千红军将领也在当时遭到处决，此举则令苏联红军的声誉扫地。一九五六年苏共二十大后，国内出现了为这些被处决人士平反昭雪的运动。

斯托克上校有着广泛的政治与军事经验，而他的军政生涯则始于一九一七年自己冲入列宁格勒的冬宫之时。他曾经与安东诺夫－奥弗申柯共事，后者当时于巴塞罗那担任军事顾问。有传言称斯托克是导致奥弗申柯被处决的幕后推手。作为国家安全委员会成员，斯托克效忠于共产党，但他有时在面对与他共事的职业军人时，也难免产生共情。斯托克并不是总参谋部情报总局[①]（苏军情报部门）成员，后者与国家安全委员会相互独立。

[①] 也称"格鲁乌"。

附录五：法国情报部门

就像所有情报部门一样，法国情报部门内部结构复杂、相互交叉，因此它们也往往会形成特殊的附属关系。

特别服务总局的那些人是其中的佼佼者，我也不在此赘述。紧随其后的便是领土安全局，格勒纳德所属的组织。该情报部门的权责如果放在英国，便是政治保安处与军情五处的结合体。

再往后则是情报总局，它手中掌握了各个政治人物与工会领袖的档案。情报总局由两部分组成，一部分权责与国家警察重叠，另一部分则与巴黎警察局重叠。

法国国家警察也十分独立于其他组织，并且下设各种分支部门——涵盖从赌博到庞大的电话窃听部等。法国内政部在统领情报总局的同时，也有着像 WOOC（P）一样的自设情报部门。不同之处在于，道利什通过英国首相对内阁负责，而法国内政部长则可以在总统之前拿到报告。

法国军方有自己的情报网络，并且会时不时与上述情报部门展开合作。

附录六

一九一一年《官方保密法案》(于一九二〇年与一九三九年修订)

根据第六款，法案准许警察（或其他部门）审问有可能掌握与违反法案第一款有关信息的个人。若该个人无法回答问题，则可被处以轻罪。第六款也准许采取手段从不予配合的个人之处获取信息。但该法案并未允许在处理违反第二款事务时引用第六款，而违反第二款相较于第一款严重程度较低。（轻罪的最大量刑为两年监禁。）但在通过第六条的授权取得相应信息前，实则很难确认该事件与第一款还是第二款更加相关。（你能懂我的意思吧！）

《官方保密法案》的适用还有一个有趣之处，也就是检方对"密谋违反《官方保密法案》"罪名的适用。因为这种密谋违逆的指控可以越过检察总长的许可，让君主有权将全部罪名同时施加于所有被指控者（而如果没有该法案的话，其中一些人可能并不会被起诉）。而这一运作方式的便捷性，也在检方频频引用《官方保密法案》、提出密谋指控的各案例中得以充分体现。

后记

有个男人站在国家电影院的一处吧台前,他看起来五十多岁、光头、体态臃肿。他无疑是个德国人,但就算英语说得再好,却仍然无法与吧台服务员沟通。我上前去帮他们说明白事情时才发现,原来只是柜台里的零钱不够换了。

那个人便是库尔特·容-阿尔森,而今天晚上东德的电影节则放映了他执导的《列兵普利复仇记》。当时我怎么也不会想到,这场机缘巧合的碰面最终会变成如此诚挚的友谊。我也未曾预料到,我们两人对彼此的信任会对我的人生产生如此大的影响。带着库尔特在伦敦游逛总能让人大有收获,因为他不仅知识渊博,眼光也十分独到。和每个名副其实的德国人一样,他总能为一切做好准备,还在笔记本上把所有一定要去看的地方都列出来。周日早晨的衬裙巷市集便是其中一项。今天是周日,而他也如约而至。因为我猜到他会准点到我这里,我早早备好了咖啡。"你快来看看这个,容-阿尔森先生。"我带着他走进客厅,而在电视上BBC正向观众疾呼,共产党要在柏林城中间建起一堵墙。

当然,库尔特最终还是回去了。他肯定不是共产党,但他的房子和所有的财产却面临风险。他是个地道的柏林人,在当上电影导演之前，他在战前的剧场行业做得很不错。第二年夏天，我开着自己那辆破旧的大众甲壳虫去捷克斯洛伐克玩了一圈。但我在乌克兰边境的警察那里遇到了点问题。这都是因为我没有严格遵守既定的路线和日程。事实上，我只是往签证表的空白处写了"野营"两个字，便开始自己随停随走的旅程。我从布拉格往北直接开到了柏林。那时美苏冷战寒气正盛。我出发本来就晚了一些，凌晨两点，我又被俄军的交通警察拦了下来，因为我脚下这条路可以直接开进东柏林。他们看见我的车上挂着英国车牌。从布拉格出发北上的西方车辆少之又少，而俄国军方下达过指示，像我这种外国人必须从西边进入柏林。因此，我在军队的陪同下被带回了当地军营，人和车都被扣在了那里。一位俄军的年轻军官觉得这是检验他英语技能的好机会，他的英语水平其实和我的俄语水平差不太多。我俩连说带猜了一个多小时之后，我才想起来，我的行李箱里还有一瓶没打开的白兰地。没过一会儿，我俩喝上酒之后，那名军官便给一个不知道姓名的人打了电话，并且告诉我一切正常了。我的车则在军用吉普的伴随下，获准在那条禁止通行的路上继续前行。当我抵达在东德下榻的阿德隆酒店时，这家老牌的豪华酒店里只剩下了破败的残余，工作人员则用拖把擦着大厅。

这一切只是我东柏林奇遇记的开始。库尔特加倍报答了我在伦敦帮他做过的事。他给我介绍了很多人，让我在这里感到宾至如归。我和他不止说过一次，他是我所有朋友中唯一一个能同时拥有家仆与奢华艺术品收藏这两种资产阶级待遇的。而且这里竟然是共产主义的所在？在这期间，我在东西柏林间短暂地折返了几次，给库尔特和他的朋友们带了各种好东西过来：其中有一次，我要带的东西包括小孩坐的轮椅、芦笋，还有类似《布尔达》的女装杂志。我花了很大力气才把那件儿童轮椅塞进车里，我因此被盘问了半天，但好像被没收的只有《布尔达》。我猜可能边境警察的太太们都很注重时尚吧。不过虽然我在东柏林十分舒服，但我也清楚，我在西柏林没有任何朋友和熟人。虽然到西边之后，我交到了慷慨善良的朋友，那种感觉也逐渐淡去了，但我初来东柏林时所受的欢迎则对我看待世界的方式造成了持久的影响。在库尔特一部关于西班牙内战的电影中，他十分好心地将我列为制作成员之一。拍摄电影时，我们在东柏林四处旅行、待了很长时间，还找了个机会去了莱比锡和魏玛之类的城镇，当时那些地方显得阴森而灰暗。我在魏玛住的是大象酒店：阿道夫·希特勒最喜欢的休憩地。库尔特告诉我，我的那间房间就是希特勒最常住的那间。浴缸有六英尺长，我以前从来没有在这么大的浴池里泡过澡。虽然他真诚地向我保证过这确有其事，但我还是怀疑库尔特可能只是在和我开玩笑。他很有幽默感，而且很喜欢用自己的笑话来反驳他口中我的英式幽默。

柏林马上便成了我的第二故乡，而我也愈发对它痴迷。我研习了这座城市的历史，收集了这里各种街道、街边生活与建筑的老照片。我和许多曾效力于第三帝国或受其所害的人聊了天。而当我现在走过这里的街道和小巷时，仍能看见过去在此留下的印记，即便这种痕迹此时已鲜有留存。我学习了这里的电力、天然气和污水处理系统，它们中很大一部分不能独立运转，而必须东西两城共用——双方都保守着这个秘密。这座城市被随意一分为二的事实则让这个秘密看起来更奇怪了一些。这里成为两极世界的一个缩影。

我的第二本书《水下之马》绕开了冷战的问题，但我现在正处于冷战的最前沿。评论家对我过去的几本书都很友好，这也鼓励着我去发现自己真正想写的内容。小时候,我从来没有梦想过成为一名作家,所以我也从来没有写作"严肃文学"的愿望。我的想法一直没有改变过。这并不是因为,在我眼里严肃文学太过严肃,而是因为我认为严肃文学其实一点都不严肃。

在某种程度上,《柏林葬礼》是我最成功的一本书。该书的美国版在纽约畅销书榜单上连续六周榜上有名。《纽约时报》《生活》杂志与各类新闻杂志均对此赞誉有加。为了摆脱这一切,我去巴黎度了个假,去那里寻找城中最好的饭店。或许我应该去纽约才是,但我已经是一个专职作家了。我想,无论什么作家,他们的天敌都是酒精与赞誉之声。

连·戴顿,二〇〇九年

Funeral in Berlin © PPC Pluriform Publishing Company BV 1964
This edition is published by arrangement with *Peters, Fraser and Dunlop Ltd.* through Andrew Nurnberg Associates Ltd.
Translation Copyright © 2024, by New Star Press Co., Ltd.
Simplified Chinese edition copyright: 2024 New Star Press Co., Ltd.
All rights reserved.
著作版权合同登记号：01-2024-0314

图书在版编目（CIP）数据

柏林葬礼 /（英）连·戴顿著；李逸帆译 . —— 北京：新星出版社，2024.12
ISBN 978-7-5133-5352-6

Ⅰ . ①柏… Ⅱ . ①连… ②李… Ⅲ . ①长篇小说 – 英国 – 现代 Ⅳ . ① I561.45

中国国家版本馆 CIP 数据核字 (2023) 第 217269 号

午夜文库
谢刚 主持

柏林葬礼

[英] 连·戴顿 著；李逸帆 译

责任编辑	曹晓雅
特约编辑	谢一可
责任校对	刘 义
责任印制	李珊珊
装帧设计	人马艺术设计 · 储平
出 版 人	马汝军
出版发行	新星出版社
	（北京市西城区车公庄大街丙 3 号楼 8001　100044）
网　　址	www.newstarpress.com
法律顾问	北京市岳成律师事务所
印　　刷	北京天恒嘉业印刷有限公司
开　　本	910mm×1230mm　1/32
印　　张	10
字　　数	233 千字
版　　次	2024 年 12 月第 1 版　　2024 年 12 月第 1 次印刷
书　　号	ISBN 978-7-5133-5352-6
定　　价	59.00 元

版权专有，侵权必究。如有印装错误，请与出版社联系。
总机：010-88310888　　传真：010-65270449　　销售中心：010-88310811